THE BIG FOUR

AGATHA CHRISTIE COMPLETE COLLECTION

THE BIG FOUR

빅 포 애거서 크리스티 장편 소설 | 김우열 옮김

황금가지

THE BIG FOUR
by Agatha Christie

정식 한국어 판 출간에 부쳐

나는 한국에서 우리 할머니의 작품을 정식으로 출간한다는 소식을 듣고 무척 기뻤다. 할머니가 1920년부터 1970년 무렵까지 오랜 세월에 걸쳐 집필한 작품들은 21세기인 지금 읽어도 신선하고 재미있다. 등장 인물들이 워낙 자연스러워서 요즘 사람들과 다를 바 없고 이들이 등장하는 상황과 장소가 전 세계 사람들의 애정과 향수를 자극하기 때문이다. 한국 독자들은 이번에 새로 나온 정식 한국어 판을 통해 그동안 접하지 못했던 애거서 크리스티의 일부 작품들을 읽을 수 있을 것이다. 덕분에 한국에 새로운 세대의 애거서 크리스티 팬들이 탄생할지도 모르겠다는 생각을 하면 가슴이 벅차다.

애거서 크리스티는 대표적인 두 명의 주인공으로 기억되는 작가이다. 14권의 작품에 등장하는 마플 양은 영국의 작은 시골 마을에서 평온한 나날을 보내며 뜨개질과 수다로 소일하는 미혼의 할머니이지만, 놀라운 기억력과 날카로운 두뇌 회전으로 주변에서 벌어진 살인 사건을 해결한다.

그리고 마플 양과 상반되는 성격을 지닌 에르퀼 푸아로는 자신만만하고 콧수염을 포함한 자신의 외모와 벨기에라는 국적에 대한 자부심이 상당하다. 그는 이집트와 이라크를 비롯한 세계 각지에서 수수께끼를 해결하며 『오리엔트 특급 살인 *Murder On The Orient Express*』, 『나일 강의 죽음 *Death On The Nile*』, 『애크로이드 살인 사건 *The Murder Of Roger Ackroyd*』 등 애거서 크리스티의 여러 대표작에 모습을 드러낸다.

황금가지의 대담하고 참신한 표지와 전반적인 디자인 덕분에 작품의 성격이 잘 살아난 것 같아 기쁘다. 또한 한국 독자들이 할머니의 원작이 지닌 참된 묘미를 느낄 수 있도록 충실한 번역을 위해 애써 준 점도 높이 사고 싶다.

할머니의 작품이 20세기의 그 어떤 작가들보다 많이 팔리고 있는 이유는 나이와 국적에 상관없이 읽을 수 있는 재미와 감동을 갖추었기 때문이다. 모쪼록 한국 독자들도 황금가지에서 선보이는 애거서 크리스티 작품들을 즐겁게 감상하기를 바란다.

매튜 프리처드

애거서 크리스티의 손자

ACL 이사장

차례

뜻밖의 손님

해협 횡단을 즐기는 사람들을 본 적이 있다. 갑판 위 의자에 차분히 앉아 있다가, 배가 도착하면 정박할 때까지 기다려서는 가만히 짐을 챙겨서 내리는 사람들. 나는 결코 이렇게 하지 못한다. 배에 타는 순간부터, 뭔가에 몰입하기에는 시간이 너무 짧다는 느낌이 든다. 여행 가방을 이리로 저리로 옮기거나, 식사하려고 식당으로 내려가서도 갑자기 배가 도착하면 어떻게 하나 하는 불안함에 음식을 씹지도 않고 삼킨다. 어쩌면 이 모든 게 전쟁 통에 휴가를 얻던 과거의 흔적에 불과한지도 모른다. 사흘에서 닷새 정도밖에 안 되는 귀중한 휴가 기간을 한순간도 낭비하지 않으려면 출입구 가까이에 자리를 잡고 있다가 가장 먼저 내리는 일이 중요했을 테니까.

그 특별한 7월의 어느 날 아침이었다. 나는 난간 옆에 서서 가까이 다가오는 도버의 하얀 절벽을 바라보다가 조국을 빨리 보고 싶은 생각은 조금도 없는지 의자에 차분히 앉아 눈길도 돌리지 않는 승객들 모습을 보고 매우 놀랐다. 하지만 그 사람들은 나와는 상황이 다를지도 모른다. 분명 그들은 대부분 주말 동안 파리에 다녀왔을 테지만 나는 아르헨티나 농장에서 1년 반 동안 지냈으니까. 그곳에서 성공한 덕에 아내와 나 모두 남미 대륙에서 자유롭고 편안한 삶을 즐겼는데도, 익숙한 해안이 가까워질수록 목이 메어 왔다.

나는 이틀 전 프랑스에 들러서 몇 가지 일을 처리한 뒤 런던으로 가는 길이었다. 런던에서 몇 달 머물 작정이었다. 그 정도면 오랜 친구들, 그중 특히 달걀형 머리에 초록색 눈동자를 한 자그마한 남자, 에르퀼 푸아로를 찾기에는 충분한 시간일 터! 나는 푸아로를 깜짝 놀라게 해 주기로 작정했다. 아르헨티나에서 마지막으로 보낸 편지에서 나는 이번 여행 계획에 대해 아무 언질도 주지 않았다. 사실 사업상 문제 때문에 황급하게 결정한 여행이기도 했지만 푸아로가 나를 보고 기뻐하며 놀라는 모습을 혼자 그려 보면서 즐거워한 적도 많았다.

푸아로는 분명 본거지에서 멀리 떨어져 지내지는 않을 것이다. 푸아로가 사건 때문에 영국 한쪽 끝에서 다른 쪽 끝으로 끌려 다니던 것도 이제 지나간 이야기다. 푸아로의 명성은 널리 알려졌고, 더 이상 사건 하나에 시간을 온전히 투자하지는 않을 것이다. 푸아로는 시간이 지나면서 점차 할리가(街)의 의사들처럼 '컨설팅 탐정'으로 인식되고자 했다. 탐정이란 멋지게 변장하고서 범인을 추적하고 발자국이 난 곳마다 멈춰 서서 조사하는 사람이라는 일반적인 생각에 그는 코웃음을 치고는 했다.

푸아로는 종종 이야기했다.

"그게 아니지, 헤이스팅스. 그런 건 파리의 지로와 그 무리들에게 나 맡겨 두자고. 나 에르퀼 푸아로에게는 나만의 방법이 있으니까. 순서와 방법, 그리고 '작은 회색 뇌세포'. 안락의자에 편히 앉아서 그 사람들이 간과하는 것들을 보고, 재프 경감처럼 성급히 결론 내리지 않는 거야."

그래, 에르퀼 푸아로를 멀리 떨어진 곳에서 찾아야 할까 봐 걱정할 필요는 없겠지. 나는 런던에 도착하자마자 호텔에 짐을 푼 뒤 차를 타고 예전 주소로 곧장 달려갔다. 얼마나 사무치는 추억들이 떠오르던지! 나는 이전 집주인 아주머니에게 인사하려고 기다리지도 않고 한 번에 두 계단씩 뛰어 올라가 푸아로의 방문을 두드렸다.

"들어오세요."

익숙한 목소리가 안에서 들려왔다.

나는 성큼 안으로 들어갔다. 내 쪽을 보고 서 있던 푸아로가 나를 보는 순간 그의 팔에 들려 있던 작은 손가방이 쿵 하고 떨어졌다.

푸아로가 외쳤다.

"몬 아미(내 친구), 헤이스팅스 아냐! 헤이스팅스!"

그러고는 내게로 달려와 감싸듯 끌어안았다. 우리 대화는 앞뒤 없이 마구잡이로 이어졌다. 대화 중간에 갑자기 소리를 지르거나 궁금함을 참지 못하고 질문을 던졌으며 대답 또한 완벽하지 않았다. 그리고 내 아내가 보낸 메시지, 내 여행에 대한 설명 등이 모조리 뒤범벅되었다.

둘 다 다소 차분해지고 나서 마침내 내가 입을 열었다.

"제가 쓰던 방에 누군가 살고 있겠지요? 여기서 다시 같이 지내면 정말 좋을 텐데."

푸아로의 안색이 놀라울 정도로 갑자기 바뀌었다.

"몽 디외(맙소사)! 정말 샹스 에푸방타블(끔찍한 우연이로군). 주변을 좀 보라고, 이 친구야."

나는 처음으로 주위를 살폈다. 벽에는 선사 시대 문양이 그려진 커다란 트렁크가 기대어 있었다. 그 옆에는 여행 가방 여러 개가 큰 것부터 작은 것 순으로 가지런히 정리되어 있었다.

결론은 분명했다.

"떠나시나요?"

"그래."

"어디로?"

"남미로."

"뭐라고요?"

"그래, 웃기는 일이지, 안 그래? 리우데자네이루로 가게 됐는데, 편지에 아무것도 말하지 않겠다고 날마다 혼잣말을 했지. 나를 보고서 착한 헤이스팅스가 놀라겠지 하면서."

"언제 가는데요?"

푸아로는 시계를 보았다.

"한 시간 안에."

"어떤 경우에도 긴 항해는 하지 않을 거라고 입버릇처럼 말하지 않았던가요?"

푸아로는 눈을 감더니 몸서리를 쳤다.

"그 얘기는 하지 말자고, 친구. 의사가 그 정도로는 죽지 않는다고 장담했거든. 게다가 이번 한 번뿐이야. 알지, 다시는 돌아오지 않을 거라고."

푸아로는 나를 의자에 앉혔다.

"이리 와 봐, 어떻게 된 건지 다 이야기해 줄 테니. 세상에서 제일 가는 부자가 누군지 알아? 록펠러보다 부자인 사람 말이야. 바로 에이브 릴런드지."

"비누업계 거물인 미국인?"

"그렇지. 그 비서 하나가 나한테 접근했어. 흔히 말하는 아주 엄청난 속임수가 리우데자네이루의 한 대기업과 연관돼 있다는 거야. 그래서 거기로 와서 조사해 줬으면 한다고. 난 거절했지. 오히려 비서가 나한테 정보를 가져오면 전문가로서 의견을 말해 주겠다면서. 그런데 비서가 그렇게는 할 수 없다는 거야. 내가 거기 도착해야만 정보를 주겠다는 거지. 보통 그런 말이 나오면 거래는 끝이지. 에르퀼 푸아로에게 명령한다는 건 한마디로 건방진 짓이니까. 그런데 비서가 제시한 금액이 너무나 엄청나서 평생 처음으로 순전히 돈 때문에 마음이 동해 버렸어. 상당한 돈이었어, 대단했다고! 게다가 또 한 가지 끌리는 게 있었지. 바로 자네였어. 지난 1년 반 동안 이 늙은이는 정말 외로웠거든. 혼자서 생각했지, 안 될 게 뭐 있어?

웃기는 문제들을 끝도 없이 해결하는 것도 지겨워지기 시작하는데. 명성도 충분히 얻었고. 이 돈 받아서 친구랑 가까운 곳에서 정착하자, 생각한 거지."

나는 푸아로의 호의 표시에 꽤나 감동받았다.

푸아로가 말을 이어 나갔다.

"그래서 받아들였어. 이제 한 시간 안에 배와 연결되는 기차에 올라타야 해. 얄궂은 우연이야, 그렇지? 하지만 고백하겠는데 헤이스팅스, 그쪽에서 제시한 돈이 그렇게 크지만 않았다면 나도 주저했을지 몰라. 바로 얼마 전부터 나 혼자 조사하기 시작한 건이 있거든. 헤이스팅스, 보통 '더 빅 포(The Big Four)'라고 하면 뭘 의미한다고 생각하나?"

"베르사유 조약에서 유래한 말 같네요. 영화업계의 '빅 포'도 유명한데, 송사리들이 거물을 지칭할 때 쓰는 표현이죠."

푸아로가 생각에 잠긴 듯 답했다.

"그렇군. 그게 말이야, 그런 설명으로는 이해가 가지 않는 상황에서 그 문구를 듣게 되었거든. 국제 범죄 집단이나 그와 유사한 걸 가리키는 말 같기는 한데, 다만……."

"다만 뭐요?"

주저하는 푸아로에게 내가 물었다.

"다만 엄청난 규모라는 생각이 들었어. 그냥 그런 작은 생각이 들었다는 것뿐이야. 아, 짐을 마저 싸야겠는걸. 시간은 어김없이 흐른다고."

"가지 마세요. 표 취소하고 나중에 나랑 같은 배로 가요."

내가 간청했다.

푸아로는 몸을 일으켜 세우더니 책망하듯 나를 힐끔 쳐다보았다.

"아아, 이해를 못 하는군! 약속했단 말이야. 이 에르퀼 푸아로가 약속했다고. 이제 사느냐 죽느냐 하는 문제가 아니면 아무것도 날 막지 못해."

"그런 일이 일어날 것 같지는 않군요. 마지막 순간에 '문이 열리면서 뜻밖의 손님이 들어오지' 않는 한."

내가 우울하게 웅얼거렸다.

옛 속담을 인용했더니 가볍게 웃음이 나왔다. 잠시 우리 사이에 침묵이 흘렀다. 그런데 안쪽 방에서 갑자기 소리가 나는 바람에 우리 둘은 깜짝 놀랐다.

"무슨 소리죠?"

내가 외쳤다.

"마 푸아(맙소사)! 자네가 말한 '뜻밖의 손님'이 내 침실에 온 것 같은데."

"하지만 거길 어떻게 들어가겠어요? 이 방을 통하지 않으면 들어갈 수가 없는데."

"대단한 기억력이야, 헤이스팅스. 그럼 이제 추론도 해 보지 그래?"

"창문! 그럼, 강도일까요? 올라오기가 여간 힘들지 않았을 텐데. 아니, 거의 불가능이라고 해야겠죠."

일어서서 문 쪽으로 성큼성큼 내딛고 있는데 반대편에서 방문 손잡이를 더듬는 소리가 나서 나는 발걸음을 멈췄다.

문이 천천히 스르르 열렸다. 문 앞에는 웬 남자가 서 있었다. 남자는 머리에서 발끝까지 먼지와 진흙으로 뒤덮여 있었고, 얼굴은 마르고 여위었다. 잠시 우리를 응시하더니 휘청거리면서 쓰러졌다. 푸아로가 황급히 남자 곁으로 가 살피더니 고개를 들어 내게 말했다.

"브랜디, 빨리."

나는 유리잔에 브랜디를 조금 담아 푸아로에게 가져갔다. 푸아로는 겨우겨우 남자에게 브랜디를 먹였다. 푸아로와 나는 힘을 합해서 남자를 일으켜 소파로 옮겼다. 잠시 후 남자가 눈을 뜨더니 멍한 눈길로 주변을 둘러보았다.

"이봐요, 원하는 게 뭐예요?"

푸아로가 물었다.

남자는 입술을 떼어 기묘하고 기계적인 음성으로 말했다.

"무슈 에르퀼 푸아로, 패러웨이가(街) 14번지."

"그래요, 그래. 제가 푸아로예요."

남자는 푸아로의 말을 못 알아들었는지, 판에 박힌 듯 똑같은 목소리로 반복할 뿐이었다.

"무슈 에르퀼 푸아로, 패러웨이가 14번지."

푸아로는 몇 가지 질문을 던졌다. 남자는 어떤 때는 전혀 대답하지 않고 어떤 때는 똑같은 구절을 반복했다. 푸아로는 내게 손짓으로 전화를 걸라고 표시했다.

"리지웨이 선생을 좀 오시라고 해."

의사인 리지웨이 선생은 다행히 집에 있었다. 선생의 집은 모퉁이를 돌면 바로 있기 때문에 선생이 요란하게 들어오는 데는 몇 분이 채 걸리지 않았다.

"뭐가 어떻게 된 거요, 응?"

푸아로가 간략히 상황을 설명하자 선생은 낯선 손님을 검사하기 시작했다. 손님은 전혀 정신이 없는 듯했다.

"흠! 흥미롭군."

리지웨이 선생이 검사를 끝내며 말했다.

"혹시 뇌열?"

내가 조심스럽게 묻자 선생은 즉시 무시하듯 콧방귀를 뀌었다.

"뇌열이라! 뇌열 따위는 없어. 소설가들이 만든 거지. 아니야. 저 남자는 뭔가에 충격을 받았어. 오직 한 가지 생각만으로 여기에 왔어. 패러웨이가 14번지에 있는 무슈 에르퀼 푸아로를 찾겠다는 생각 말이야. 그리고 그게 무슨 뜻인지 알지도 못하면서 기계적으로 그 말을 반복하고 있는 거라고."

"실어증?"

나는 열심히 의견을 냈다.

이번에는 의사 선생도 조금 전처럼 거세게 콧방귀를 뀌지 않았다. 리지웨이 선생은 아무 대답도 하지 않고서 남자에게 종이와 연필을 건넸다.

"이걸로 뭘 하는지 한번 봅시다."

남자는 잠깐 동안 아무것도 하지 않다가 갑자기 미친 듯이 쓰기 시작했다. 그러더니 다시 갑자기 쓰기를 멈추고서 종이와 연필을 땅에 떨어뜨렸다. 선생이 종이와 연필을 집어 들더니 고개를 가로 저었다.

"아무것도 없군. 그냥 숫자 4만 열댓 번 휘갈겨 썼는데 점점 크게 썼어. 패러웨이가 14번지를 쓰려던 게 아닌가 싶군. 흥미로운 사례야, 아주 흥미로워. 오늘 오후까지 이 남자를 여기 머물게 해 줄 수 있겠나? 나는 지금 병원에 가 봐야 할 시간이라서. 오후에 와서 모든 걸 준비할 테니 그렇게 해 주게. 놓치기에는 너무 흥미로운 사례라서."

나는 의사에게 푸아로가 떠날 예정이며 나도 사우샘프턴까지 동행하기로 했다는 사실을 설명했다.

"상관없어. 여기 남겨 두고 가. 별일 없을 테니. 저 남자 완전히 기진해 버렸거든. 아마 여덟 시간은 꼬박 잘걸. 내가 당신네 훌륭한 집주인 '못생긴' 부인한테 이야기해서 잘 감시하라고 하겠네."

그러고는 리지웨이 선생은 평소처럼 민첩하게 부산을 떨며 가 버렸다. 푸아로는 짐을 다 싸고서 시계를 들여다보았다.

"시간이 믿어지지 않을 정도로 빨리 흐르는군. 자, 헤이스팅스, 이제 내가 아무 할 일도 남기지 않고 떠났다고는 말 못 할 테지. 아주 흥미진진한 일이잖아. 미지의 세계에서 온 남자. 그 남자는 누굴까? 뭘 하는 자일까? 아, 사프리스티(하늘이여), 하지만 오늘 떠나지 않으면 2년은 가 버릴 거야. 아주 신기하고, 흥미진진한 일이기는 해. 하지만 시간, 시간이 문제라고. 저 남자가 왜 여기 왔는지 말할 수 있는 상태가 되려면 며칠, 아니 심지어 몇 달이 지나야 할지 모르니까.”

내가 안심시키며 말했다.

“최선을 다할게요, 푸아로. 되도록 효율적으로 푸아로의 자리를 메워 볼게요.”

“그으래.”

푸아로의 대답에는 미묘한 의심이 어려 있었다. 나는 종이를 집어 들며 쾌활하게 이야기했다.

“내가 이야기를 쓴다면, 이걸 푸아로 특유의 최신 표현과 함께 엮어서 ‘빅 포의 미스터리’라고 할 거예요.”

나는 말하면서 연필로 쓴 숫자를 톡톡 두드렸다.

그때 놀랍게도 누워 있던 남자가 갑자기 혼수상태에서 깨어나 의자에 앉더니 명확하고 또박또박하게 말했다.

“리창옌.”

남자는 잠을 자다가 갑자기 깨어난 사람 같은 얼굴이었다. 푸아로는 내게 아무 말도 하지 말라고 손짓했다. 남자는 명확하고 높은 톤으로 말했는데, 어떤 보고서나 강연 내용을 인용하고 있다는 느낌이 들었다.

“리창옌은 빅 포의 우두머리를 가리키는 이름으로 생각할 수 있다. 리창옌은 전체를 통제하고 움직이는 존재다. 그러므로 나는 리창옌을 1인자라고 지칭했다. 2인자는 이름으로 불리는 경우가 거의 없다. 그를 상징하는 것은 가운데를 뚫고 지나가는 두 선이 있는 S 모양, 즉 달러를 나타내는 모양이다. 또 두 가닥 줄무늬와 별 하나도 그를 상징한다. 따라서 2인자는 미국인이라고 추정할 수 있고, 부를 상징한다고 볼 수 있다. 3인자가 여성이고 프랑스인이라는 데는 의심할 여지가 없다. 상류층 요부 가운데 하나일 가능성도 있으나, 어떤 것도 분명치는 않다. 4인자는……."

남자의 목소리가 떨리더니 멈췄다. 푸아로가 앞으로 몸을 숙여 재촉하듯 물었다.

"그래, 4인자가 뭐라고요?"

푸아로의 눈은 남자의 얼굴에 고정되어 있었다. 어떤 압도적인 공포가 남자를 지배한 듯 보였다. 남자의 얼굴은 일그러지고 뒤틀려 있었다.

"파괴자."

남자가 헐떡이며 말했다. 뒤이어 마지막으로 발작하듯 움직이더니 죽은 듯 다시 쓰러졌다.

"몽 디외(맙소사)! 그러면 내가 맞았군. 내가 옳았어."

푸아로가 속삭였다.

"그럼……?"

"내 방 침대로 저 남자를 좀 데려다 놔. 기차를 잡으려면 한시도 지체할 수 없어. 그렇다고 기차에 타고 싶다는 소리는 아니야. 오, 양심의 가책 없이 기차를 놓칠 수 있다면! 하지만 일단 약속했으니까. 따라와, 헤이스팅스!"

우리는 수수께끼 같은 방문객을 피어슨 부인에게 맡기고 차를 타고 출발해서 아슬아슬하게 기차에 올라타는 데 성공했다. 푸아로는 조용히 있다가 떠들다가를 반복했다. 마치 꿈을 꾸는 사람처럼 창밖을 응시한 채 앉아서 내가 무슨 말을 해도 전혀 듣지 않는 것 같았다. 그러다가도 갑자기 활기를 띠면서 지시와 명령을 퍼부으며, 계속 무선 전신을 보내라고 역설했다.

우리는 워킹을 지난 직후부터 긴 침묵에 빠졌다. 그런데 갑자기 기차가 멈춰 섰다. 원래 이 기차는 사우샘프턴에 도착하기 전에는 정차하지 않는데, 우연히 신호에 걸려 멈춰 선 것 같았다.

푸아로가 갑자기 외쳤다.

"아! 사크레 밀 토네르(이런 우라질)! 난 정말 바보야. 이제야 분명히 알겠군. 기차를 멈춘 사람은 틀림없이 복 받은 성인일 거야. 뛰어, 헤이스팅스. 뛰어내리라고."

순간 푸아로는 객차 문을 열고 선로에 뛰어내렸다.

"가방을 던지고 뛰어내려."

나는 그대로 했다. 내가 내려 푸아로 옆에 서는 순간 기차가 움직이기 시작했다.

"자, 푸아로, 대체 무슨 일인지 말 좀 해 보시죠."

내가 다소 화를 내면서 말했다.

"그게 말이야 친구, 뭔가가 번득였거든."

"그거, 차암 번득이는 말이네요."

"그렇지. 하지만 두려워. 그렇게 되지 않을까 봐. 자네가 가방 두 개만 들어 주면 나머지는 내가 어떻게 할 수 있을 것 같은데."

정신 병원에서 온 남자

　다행히 기차는 역 가까운 곳에서 멈췄다. 잠시 걸으니 자동차 정비소가 보였다. 우리는 거기서 차를 얻어 타, 30분 후에는 런던으로 재빠르게 달리고 있게 되었다. 그때까지도 푸아로는 내 호기심을 달래 주지 않았다.

　"모르겠어? 하긴 나도 몰랐지. 하지만 이제는 알겠어. 헤이스팅스, 누군가 나를 여기서 빼돌리려고 했던 거야."

　"뭐라고요?"

　"그래. 아주 분명하다고. 장소와 방법 모두 대단한 안목과 지식으로 선택했어. 나를 두려워한 거지."

　"누가요?"

　"법망 밖에서 활동하려고 뭉친 천재 네 명. 중국인, 미국인, 프랑스 여인, 그리고 또 한 사람. 우리가 제때 되돌아가기를 신께 기도하라고, 헤이스팅스.”

“그럼 그 손님이 위험하다는 말인가요?”

“확실해.”

피어슨 부인은 도착한 우리를 반겨 주었다. 푸아로를 보고 부인이 느낀 엄청난 놀라움은 일단 뒤로하고 우리는 먼저 몇 가지를 물었다. 안심이었다. 아무도 전화하지 않았고, 손님도 아무런 움직임이 없었다고 했다.

우리는 안도의 한숨을 쉬며 방으로 올라갔다. 푸아로는 바깥방을 가로질러 안쪽 방으로 들어갔다. 그러더니 나를 불렀는데, 목소리가 이상하게 흥분해 있었다.

“헤이스팅스, 이 사람 죽었어.”

나는 뛰어서 푸아로에게 갔다. 남자는 우리가 떠날 때와 마찬가지로 누워 있었지만 죽은 지 조금 된 상태였다. 나는 달려 나와 의사를 찾기 시작했다. 리지웨이 선생은 아직 일을 마치지 않았을 터였다. 나는 곧바로 다른 의사를 찾아서 함께 방으로 갔다.

“죽은 게 분명합니다. 딱하기도 하지. 두 분이랑 아는 부랑자인가 보군요?”

“뭐 그런 셈이지요. 사인이 뭡니까, 선생?”

푸아로가 얼버무리며 물었다.

“간단하지가 않습니다. 발작일 수도 있고, 질식한 흔적도 있습니다. 가스 들여놓은 거 없습니까?”

“아니요, 전깃불밖에 없는데요.”

"게다가 창문도 양쪽 다 열려 있었군요. 죽은 지 두 시간 정도 된 것 같습니다. 사람들한테는 선생님께서 알려야 할 것 같은데요."

의사 선생은 자리를 떠났다. 푸아로는 필요한 곳에 전화를 걸었다. 조금 놀라운 일이었지만, 마지막으로 오랜 친구 재프 경감에게도 와 달라고 했다.

모든 절차를 끝냈을 때 피어슨 부인이 눈이 접시처럼 동그래져 들어왔다.

"안웰 정신 병원에서 사람이 왔어요(한웰은 정신 병원으로 유명한 지역이다. 피어슨 부인이 당황해서 발음을 뭉갠 것으로 보인다 ― 옮긴이). 혹시 두 사람이 불렀나요? 위로 올라오라고 할까요?"

우리는 올려 보내라고 했다. 잠시 후 제복 차림의 우람한 남자가 안내를 받으며 들어왔다.

남자는 쾌활하게 말했지만 말투가 특이했다.

"안녕아십니까. 우리 새 안 마리가 이곳에 날아왔다는 믿을 만한 정보를 받고 왔습니다. 어젯밤 탈출했지요."

"여기 있기는 했지요."

푸아로가 조용히 말했다.

"다시 사라진 건 아닐 테지요?"

관리인인 그 남자가 걱정스럽게 물었다.

"죽었어요."

남자는 차라리 잘됐다고 안심하는 듯한 모습이었다.

"그럴 리가 있습니까. 뭐, 그편이 모두에게 좋기는 하겠습니다만."

"그 남자, 위험인물이었나요?"

"살인, 그런 거 말씀인가요? 오, 아닙니다. 아무 애도 끼치지 않았지요. 피애망상이 아주 심했습니다. 중국 출신 비밀 단체가 자기를 가뒀다고 생각했지요. 이 사람들은 다 그렇습니다."

나는 오싹했다.

"얼마나 수용되어 있었다고요?"

푸아로가 물었다.

"이제 2년가량 됐습니다만."

"그렇군요. 저 남자가 제정신일지도 모른다는 생각은 아무도 하지 않았나 보군요?"

푸아로가 조용히 묻자 관리인은 웃음을 참지 못하며 말했다.

"제정신이었다면 정신 병원에 갈 일이 뭐가 있었겠습니까? 다들 자기는 정상이라고 하지요, 아시다시피."

푸아로는 입을 다물었다. 관리인에게 들어와 시신을 보게 했다. 신원이 즉시 밝혀졌다.

관리인이 냉정하게 말했다.

"이 사람 맞습니다. 웃기는 작자지요, 안 그렇습니까? 자, 선생님들, 저는 이제 가서 준비를 해야겠습니다. 시신 처리는 오래 걸리지 않을 겁니다. 그리고 검시를 하면 참석하셔야 할 겁니다. 그럼, 안녕히 계십시오."

남자는 다소 기묘하게 인사하더니 비틀거리며 방에서 나갔다.

잠시 후 재프 경감이 도착했다. 런던 경시청 경감 재프는 평소처럼 쾌활하고 말쑥했다.

"나 왔네, 무셔(재프 경감은 '무슈'를 종종 이상하게 발음하는 습관이 있다―옮긴이) 푸아로. 무슨 일로 나를? 산홋빛 바닷가인지 어딘지로 오늘 떠난 줄 알았는데?"

"재프 경감, 혹시 이 남자를 본 적 있나?"

푸아로는 재프를 침실로 데리고 들어갔다. 경감은 침대에 누운 남자를 당혹스러운 얼굴로 쳐다보았다.

"어디 보자, 낯이 익은 것 같기도 한데. 게다가 내가 기억력이 좋잖나. 이런 놀라운 일이. 메이얼링이잖아! 경찰이 아니라 첩보부 친구야. 5년 전에 러시아로 갔지. 그 뒤로는 소식을 못 들었는데. 소련 공산당에서 처리했다고만 생각했지."

재프 경감이 떠나고 나자 푸아로가 말했다.

"다 들어맞는군. 자연사한 것 같다는 점만 빼면."

푸아로는 불만스러운 듯 얼굴을 찌푸린 채 꼼짝 않고 누워 있는 남자를 내려다보며 서 있었다. 바람이 불어 창문 커튼이 날리자 푸아로는 날카롭게 위를 쳐다보았다.

"이 친구를 침대에 눕힐 때 자네가 창문을 열어 둔 거겠지, 헤이스팅스?"

"아뇨, 아닌데요. 내 기억으로는 닫혀 있었어요."

푸아로가 갑자기 고개를 들었다.

"닫혀 있었는데, 지금은 열렸다…… 뭘 뜻하는 걸까?"

"누군가 그리로 들어온 거겠죠."

내가 넌지시 말했다.

"그럴 수도."

푸아로가 동의했지만 멍한 듯 확신 없는 말투였다. 일이 분 뒤에 푸아로가 말했다.

"내가 말하는 건 그게 아니야, 헤이스팅스. 창문이 한쪽만 열려 있었다면 이렇게 궁금하지는 않았을 거라고. 양쪽이 다 열려 있었다는 게 호기심을 자극하는군."

푸아로는 다른 방으로 서둘러 갔다.

"거실 창문도 열려 있잖아. 이것도 닫아 놓고 나갔는데. 아아!"

푸아로는 죽은 남자 위로 몸을 숙여 입가를 세심하게 살폈다. 그러더니 갑자기 고개를 들어 위를 쳐다보았다.

"재갈을 물렸어, 헤이스팅스. 재갈을 물리고는 독살한 거야."

"어떻게 그런 일이! 검시로 전부 밝혀내야 할 것 같아요."

나는 충격을 받아 소리쳤다.

"아무것도 알아내지 못할 거야. 강력한 청산가스를 들이마시고 죽었거든. 바로 코밑으로 쑤셔 넣었다고. 그러고서 살인자는 먼저 창문을 전부 연 뒤에 사라진 거지. 청산은 극도로 휘발성이 강하지만 쌉쌀한 아몬드 냄새가 도드라지거든. 추적할 만한 냄새도 없고, 살해됐다고 생각할 만한 기미도 없으니 의사들은 자연사로 기록할 테지. 그런데 이 남자는 첩보부에 있었잖아, 헤이스팅스. 게다가 5년 전에 러시아에서 사라졌고."

"지난 2년간은 정신 병원에 있었지요. 하지만 그 전의 3년은 어떻게 된 걸까요?"

푸아로는 머리를 가로젓더니 내 팔을 잡았다.

"시계야, 헤이스팅스. 시계를 보라고."

나는 푸아로의 시선을 따라 벽난로 선반을 응시했다. 시계는 4시에 멈춰져 있었다.

"몬 아미(친구), 누군가 시계를 건드렸어. 사흘은 더 가야 했는데. 태엽을 8일에 한 번 감아 주는 시계거든, 알지?"

"하지만 왜 그런 짓을 했을까요? 4시에 범죄가 일어난 것처럼 보이게 해서 잘못 짚게 하고 싶었을까요?"

"아니, 아니야. 다시 생각해 보게, 몬 아미. 작은 회색 뇌세포를 쓰라고. 자네가 메이얼링이라고 치게나. 무슨 소리가 들려? 그리고 자네는 자네 운명의 순간이 왔다는 걸 잘 알아. 표시를 남길 시간밖에 없다는 말이지. 4시야, 헤이스팅스. 4인자, 파괴자 말이야. 아! 그거야!"

푸아로는 다른 방으로 황급히 가서 전화기를 들었다. 그러고는 한웰 정신 병원을 연결해 달라고 했다.

"거기 정신 병원 맞습니까? 오늘 도망친 사람이 있다고 들었는데요? 뭐라고 하셨죠? 잠시만 기다려 보세요. 다시 말해 주겠어요? 아! 파르페트망(완벽해)."

푸아로는 수화기를 내려놓고 나를 쳐다보았다.

"들었지, 헤이스팅스? 도망친 사람이 없다는데."

"하지만 여기 왔던 그 관리인은요?"

"뭔가 의심스러워. 아주 의심스러워."

“무슨……?”

“4인자, 파괴자야.”

나는 어안이벙벙한 채로 푸아로를 응시했다. 일이 분 뒤에 목소리를 가다듬고서 내가 말했다.

“무엇보다, 어디선가 그자를 만난다면 알아볼 수 있을 거예요. 개성이 아주 두드러진 사람이었잖아요.”

“그럴까, 몬 아미? 아닐걸. 건장하고 퉁명스럽고 혈색이 붉은 데다 짙은 콧수염이 있었고 쉰 목소리였어. 지금쯤이면 이런 특징은 전부 사라졌을 테고. 더군다나 눈과 귀는 아무런 특징도 없었고, 완벽한 틀니를 하고 있었어. 자네 생각처럼 알아보기가 그리 쉽지는 않을 거야. 다음번…….”

“다음번이 있을 거라고 생각해요?”

내가 끼어들었다.

푸아로의 얼굴이 아주 심각해졌다.

“이건 생사를 건 싸움이라고, 몬 아미. 자네와 내가 한쪽에, 빅 포가 다른 한쪽에 서 있어. 첫 번째 계략에서는 그자들이 이겼지만, 나를 쫓아내겠다는 계획은 실패했으니 앞으로는 에르퀼 푸아로를 염두에 둬야 할 거야!”

리창옌에 대해 더 알게 되다

정신 병원에서 가짜 관리인이 다녀간 뒤 하루 이틀 동안 나는 그 자가 돌아올지 모른다는 기대 속에 잠시도 아파트에서 나가지 않았다. 내가 아는 한, 그자는 우리가 자기의 변장을 알아챘다고 의심할 만한 이유가 없었다. 난 그자가 돌아와서 시체를 처리하려 할 거라고 생각했지만 푸아로는 내 추리에 콧방귀를 뀌었다.

"몬 아미, 원한다면 그자가 오기를 기다렸다가 붙잡을 수도 있겠지만, 나라면 그런 데 시간을 낭비하지는 않을 거야."

"그럼, 푸아로. 애초에 그자가 위험을 감수하면서 여기에 올 필요가 있었을까요? 나중에 시체를 찾으러 올 생각이었다면 여기 온 것이 이해가 가죠. 적어도 자기가 죽였다는 증거를 없앨 수는 있을 테니까. 지금으로서는 아무것도 얻은 게 없는 것 같은데요."

내가 따지듯 말하자 푸아로는 프랑스인 특유의 몸짓으로 어깨를 으쓱했다.

"하지만 자네는 4인자의 눈으로 보지 않고 있어, 헤이스팅스. 자네 증거 운운하지만, 우리한테 무슨 증거가 있지? 물론, 시체는 있지만 그 사람이 살해되었다는 증거조차 없다고. 청산은 호흡으로 들이마실 경우 아무 흔적도 남지 않아. 게다가 우리가 자리를 비운 동안 아파트에 누군가 들어오는 걸 본 사람도 없고, 작고한 친구 메이얼링이 뭘 하고 다녔는지도 우리는 알아내지 못했어…….

아냐, 헤이스팅스. 4인자는 아무 흔적도 남기지 않았고, 그자 스스로도 그걸 알고 있어. 그자가 여기 온 건 답사 같은 거야. 어쩌면 메이얼링이 죽었는지 확인하고 싶었는지도 모르지만, 아마도 에르퀼 푸아로를 만나 보고 자기가 두려워해야 할 유일한 적과 이야기해 볼 심산이었을 공산이 커."

푸아로의 추론은 그답게 자기중심적이었지만 나는 따지지 않고 다른 질문을 던졌다.

"그럼, 검시는요? 거기서 상황을 명쾌하게 설명하고 경찰들에게 4인자에 대해 자세히 이야기할 거 아닌가요?"

"뭘 위해서? 영국인들로 구성된 일치단결한 검시 배심원단을 우리가 감동시킬 수 있을까? 우리가 4인자에 관해 묘사한 내용이 무슨 가치가 있을까? 아니, 우리는 배심원들이 '사고사'라고 명하게 내버려 두는 수밖에 없어. 그리고 어쩌면 영리한 살인자는 에르퀼 푸아로를 1라운드에서 속였다고 자신을 기특하게 여길지도 몰라. 물론 그다지 기대하진 않지만."

푸아로는 이번에도 옳았다. 우리는 정신 병원에서 온 남자를 다시 보지 못했다. 또 검시에 참석하지 않은 푸아로 대신 내가 증거를 제시했지만 아무런 관심도 끌어내지 못했다.

푸아로가 남미로 여행할 생각에 내가 도착하기 전에 이곳 일을 정리해 버린 터라 맡은 사건도 없었다. 우리는 대부분 아파트에서 시간을 보냈다. 그런데도 나는 그에게서 거의 아무것도 얻어 내지 못했다. 푸아로는 안락의자에 파묻혀 있으면서 말도 걸지 못하게 했다.

그러던 어느 날 아침, 살인 사건이 벌어진 지 약 일주일 뒤에 푸아로는 어딘가 가려는데 동행하지 않겠느냐고 내게 물었다. 나는 기뻤다. 푸아로가 완전히 독자적으로 문제를 해결하려고 하는 게 잘못이기도 했거니와, 사건에 관해 토론하고 싶었기 때문이다. 하지만 알고 보니 푸아로는 대화할 생각이 없었다. 어디로 가는 거냐는 질문에도 대답하려 하지 않았다.

푸아로는 베일에 싸여 있는 걸 좋아한다. 마지막 순간까지 단 하나라도 알려 주는 법이 없다. 이번에도 버스와 기차 두 대를 연달아 타고서 런던에서 가장 음울한 남부 지역에 도착해서야 내게 상황을 설명해 주었다.

"헤이스팅스, 지금 우리는 영국에서 중국 지하 세계를 가장 잘 아는 사람을 만나러 가는 거야."

"정말요! 누군데요?"

"들어 본 적은 없을 거야. 존 잉글스라는 남자지. 사실상 잉글스 씨는 평범한 지능의 은퇴한 공무원인데, 집 안 가득 골동품을 채워

놓고는 그걸로 친구들과 지인들을 지루하게 만드는 사람이야. 그렇지만 아는 사람들 말이, 내가 찾는 정보를 줄 수 있는 유일한 사람이 바로 존 잉글스라고 하더군.”

몇 분 후, 우리는 잉글스 씨 저택인 로럴스의 계단을 오르고 있었다. 저택 이름이 로럴스라서 월계수(Laurel은 월계수라는 뜻 — 옮긴이)를 찾아보았지만 전혀 보이지 않았다. 나는 교외 지방에서 흔히 모호하게 이름을 붙이듯이 여기도 그렇게 했나 보다고 추론했다.

우리는 표정이 전혀 없는 중국인 하인에게 안내를 받아 잉글스 씨 앞으로 갔다. 잉글스 씨는 단단한 체격에, 얼굴은 다소 노랗고, 두 눈이 움푹 들어가 성격이 기이해 보였다. 잉글스 씨는 일어나 우리에게 인사하면서 손에 들고 있던 편지를 옆으로 치워 두었다. 그러고 나서 그것을 가리키며 말했다.

“앉으시겠습니까? 두 분이 정보를 원하신다면서, 제가 도움이 될지 모르겠다고 해슬리가 그러더군요.”

“그렇습니다, 무슈. 리창옌이라는 남자에 대해 아는 게 있는지요?”

“그거 이상하군요, 아주 이상해요. 어떻게 그 사람 이야기를 들으셨습니까?”

“그럼 그자를 아십니까?”

“한 번 만났습니다. 어느 정도는 압니다만, 원하는 만큼은 아닐 겁니다. 어쨌든 영국에서 저 아닌 다른 사람이 그 사람 이름을 알다니 놀랍군요. 그 남자는 나름대로 대단한 사람입니다. 실력자에 또……무슨 말인지 아시죠? 하지만 그건 중요한 게 아닙니다. 그가 모든 일을 주도하고 있다고 여길 만한 이유가 있습니다.”

“무슨 일을요?”

“모든 일을요. 전 세계적인 불안, 나라마다 들끓는 노동 문제, 몇
몇 나라에서 일어나는 혁명. 제대로 된 정보 제공자들이 있습니다.
유언비어나 퍼뜨리는 사람들 말고요. 그 사람들 말을 들으니 어떤
배후 세력이 문명을 파괴하려고 한다더군요. 러시아에서는 레닌과
트로츠키가 그냥 꼭두각시일 뿐이고 뒤에서 모든 행동을 조종하는
수뇌가 있다고 합니다. 선생한테 중요한 정보가 될 만한 분명한 증
거가 있는 건 아닙니다만, 저는 그 수뇌가 바로 리창옌이라고 확신
하고 있습니다.”

“저기, 그건 너무 억지 아닙니까? 어떻게 중국인이 러시아에서 영
향력을 발휘합니까?”

내가 이의를 제기하자 푸아로가 민감하게 얼굴을 찌푸렸다.

“헤이스팅스, 자네는 직접 상상한 게 아니면 뭐든지 억지라고 하
는 경향이 있네. 나는 이분 말씀에 동의하네. 부디 계속 말씀하시지
요, 무슈.”

“거기서 그자가 정확히 뭘 얻어 내려는지 확실히 말할 수 없습니
다만……..”

잉글스 씨가 말을 이었다.

“아크바르와 알렉산드로스에서 나폴레옹에 이르기까지 위대한
사람들을 사로잡은 병에 걸렸다고 가정할 수는 있겠지요. 권력과
패권을 향한 탐욕이라는 병 말입니다. 근대까지는 군사력이 정복에

필수였지만, 불안한 20세기에는 리창옌 같은 남자라면 다른 수단을 쓸 수도 있습니다. 그자의 배후에 뇌물과 선동에 쓸 돈이 무한정 있다는 증거가 있고, 세상에 꿈꿔 왔던 것보다 더 강력한 힘을 과학으로 얻어 내서 통제한다는 징후들도 있지요."

푸아로는 최대한 주의를 기울여 잉글스 씨의 말을 듣고 있다가 물었다.

"그럼 중국은? 중국도 그자가 움직이나요?"

잉글스 씨는 힘주어 고개를 끄덕였다.

"그게, 법정에 내세울 증거는 없지만 아는 대로 말씀드리겠습니다. 저는 중국에서 오늘날 일어나는 온갖 중요한 일을 움직이는 사람들과 개인적으로 친분이 있는데, 이것은 말씀드릴 수 있습니다. 대중의 눈에 가장 크게 부각되는 사람들은 사실 거의 중요하지 않은 인물입니다. 주인이 손가락으로 당기는 줄에 맞춰 춤추는 마리오네트인 셈이지요. 주인은 바로 리창옌이고요. 그자는 오늘날 동양을 지배하는 수뇌입니다. 우리는 결코 동양을 이해하지 못하고 앞으로도 그럴 겁니다. 하지만 리창옌은 그 주동자지요. 그렇다고 그자가 외부로 몸을 드러낸다는 말은 아닙니다. 그럴 리 없습니다. 그자는 베이징에 있는 자기 왕궁에서 움직이는 법이 없습니다. 거기서 줄만 당기는 겁니다, 그렇지요. 그가 줄을 당기면 먼 곳에서 일이 일어나는 겁니다."

"그자에게 맞설 사람이 없나요?"

잉글스 씨는 의자에 앉은 채로 몸을 앞으로 움직이고는 천천히 말했다.

"네 사람이 지난 4년간 노력했습니다. 훌륭하고 정직하며 똑똑한 사람들이었습니다. 누구라도 때가 되면 그자의 계획을 저지할 수 있었을지 모릅니다."

잉글스 씨가 말을 멈춘 사이에 내가 물었다.

"그런데요?"

"그런데 그들이 죽었습니다. 한 사람은 베이징에서 일어난 폭동과 연관해서 리창옌 이름을 언급하는 기사를 썼는데 이틀이 채 되지 않아 길에서 칼에 찔려 죽었습니다. 살인자는 잡히지 않았고요. 다른 두 사람의 경우도 비슷합니다. 연설이나 기사, 혹은 대화에서 리창옌의 이름을 폭동이나 혁명과 연관 지어 말했다가 일주일 내에 사망했습니다. 한 사람은 독살되었고, 한 사람은 콜레라로 죽었는데, 전염병이 아니라 혼자 병에 걸린 거였습니다. 한 사람은 침대에서 죽은 채로 발견되었고요. 마지막 사람은 사인이 밝혀지지 않았지만, 시신을 본 의사가 하는 말을 들으니 엄청난 전력을 띤 자기장이 몸을 관통한 것처럼 타서 오그라들었다고 하더군요."

"리창옌 그자를 추적할 근거야 당연히 남지 않았을 테지만, 그래도 흔적이 있지 않았나요?"

푸아로가 묻자 잉글스 씨가 어깨를 으쓱거렸다.

"오, 흔적이요, 네, 물론입니다. 한번은 입을 열려고 하던 어떤 남자를 발견했는데, 리창옌의 보호를 받던 젊고 총명한 중국인 화학자였습니다. 하루는 이 화학자가 저한테 왔는데 신경 쇠약에 걸리기 직전이라는 게 눈에 보이더군요. 이 친구는 정부의 지시에 따라 리창옌의 왕궁에서 실시한 실험에 참가했다며 리창옌에 대해 넌지시 말해 줬습니다. 가장 저급한 막일꾼에게 실시한 그 실험은 인간 생명과 고통을 그 무엇보다 경시하는 구역질 나는 것이었답니다. 저는 다음 날 더 물어볼 생각으로 제 집 가장 위층에 있는 방에서 그 친구를 쉬게 했습니다. 당연한 말이지만, 멍청한 짓이었지요."

"어떻게 그자들이 그 친구를 찾아냈죠?"

푸아로가 재촉하듯 물었다.

"그걸 도무지 모르겠습니다. 그날 밤 깨어나 보니 집에 불이 나 있었고, 피신해서 목숨을 건진 것만도 다행스러운 일이었으니까요. 조사해 보니 어마어마하게 강력한 불이 맨 위층에서 일어났고, 그 젊은 화학자의 유해는 타서 숯덩이가 되었습니다."

진지한 태도로 말하는 것을 보아 나는 잉글스 씨가 자기 이야기에 빠져 있음을 알 수 있었다. 그도 사과하며 웃음을 터뜨리는 걸 보면 스스로 흥분했음을 깨달은 게 틀림없었다.

"하지만 증거가 없으니, 두 분도 다른 사람들처럼 제가 망상에 빠져 있다고 이야기하시겠죠?"

"정반대입니다. 우리는 선생 이야기를 믿을 만한 이유가 있어요. 우리도 리창옌한테 상당히 관심이 있거든요."

푸아로가 조용히 말했다.

"두 분이 그자를 안다니 정말 신기합니다. 영국에서 그자에 대해 들어 본 사람이 있으리라고는 상상도 못 했는데. 문제가 안 된다면 어떻게 그자에 대해 듣게 됐는지 알고 싶습니다만……."

"말해 드리죠, 무슈. 웬 남자가 제 방으로 피신을 왔어요. 충격으로 심하게 고통스러워하고 있었는데, 겨우겨우 리창옌이라는 자에 대해 관심을 끌 정도의 이야기를 했습니다. 남자는 네 사람을 이야기하면서 빅 포라고 했는데, 그때까지 제가 꿈도 꿔 보지 않은 어떤 조직이더군요. 1인자는 리창옌이고, 2인자는 미지의 미국인이고, 3인자 역시 미지의 프랑스 여인이며, 4인자는 조직의 집행부라고 할 수 있습니다…… 파괴자라고. 그 남자는 죽었어요. 무슈, 빅 포라는 문구를 알고 계신가요?"

"리창옌과 관련해서는, 아닙니다. 모른다고 해야겠군요. 하지만 바로 얼마 전에 듣거나 읽기는 했습니다. 그것도 좀 일반적이지 않은 상황이었지만. 아, 맞습니다."

잉글스 씨는 자리에서 일어나 무늬가 새겨진 옻칠 캐비닛으로 가로질러 갔다. 캐비닛은 내가 보기에도 정교했다. 잉글스 씨는 손에 편지를 한 장 들고 돌아왔다.

"여기 있습니다. 제가 상하이에 있을 적에 우연히 만난 늙은 선원이 보낸 편지입니다. 늙고 타락한 남자였는데, 지금쯤 아마 술을 먹고 감상에 젖어 있을 겁니다. 저는 이걸 알코올 중독 때문에 쓴 잠꼬대라고 생각했지요."

잉글스 씨가 큰 소리로 읽었다.

친애하는 선생님, 선생님은 기억 못 하실지 모르지만, 상하이에서 저에게 친절을 베풀어 주셨습니다. 한 번 더 도와주십시오. 이 나라에서 벗어날 돈이 필요합니다. 이곳에 잘 숨어 있다고 생각하고 있습니다만, 언제라도 그자들은 저를 찾아낼 겁니다. 빅 포 말입니다. 목숨이 걸린 일입니다. 돈은 제게도 많지만 감히 그걸 찾을 수가 없습니다. 그자들에게 발각될까 두렵기 때문입니다. 지폐로 일이백 파운드만 보내 주십시오. 분명히 갚겠습니다. 맹세합니다.

당신의 종,
조너선 웰리

"발신지는 다트무어 호파턴에 있는 그래나이트 방갈로로 되어 있습니다. 저는 이 편지를 읽고 저한테서 일이백 파운드쯤 뜯어내려는 치졸한 방법이라고 여겼습니다. 선생에게 쓸모가 있다면……."

잉글스 씨가 편지를 내밀었다.

"즈 부 르메르시(고맙습니다), 무슈. 저는 아 뢰르 멩(당장) 호파턴으로 떠나겠습니다."

"저런, 이것 참 흥미롭습니다. 제가 같이 간다고 하면 반대하실 건가요?"

"동행해 주신다면야 좋습니다만, 당장 떠나야 합니다. 실은 어두워지기 전에 다트무어에 도착해야 하거든요."

잉글스 씨는 일이 분 이상 우리를 지체하게 하지 않았다. 곧 우리는 패딩턴에서 출발하여 서부 지방으로 가는 기차에 탔다. 호파턴은 늪지대 가장자리에 형성된 분지에 자리한 자그마한 마을이었다. 모튼햄스테드에서 차로 가면 15킬로미터 거리에 있었다. 도착해 보니 8시 무렵이었는데도 7월이어선지 아직 날이 밝았다.

우리는 마을의 좁다란 길을 따라 차를 달리다가 한 시골 노인에게 길을 묻기 위해 차를 세웠다.

"그래나이트 방갈로라…… 그래나이트 방갈로라고 했나? 응?"

노인이 생각에 잠겨 말했다.

우리는 그곳을 찾고 있다고 다시 대답했다.

노인은 길 끝에 있는 작은 회색 오두막을 가리켰다.

"저게 그 방갈로라우. 경감 양반 보러 왔나?"

"무슨 경감요? 무슨 소립니까?"

푸아로가 날카롭게 물었다.

"그럼 살인 사건 얘기는 못 들었나 보구먼? 충격적이더구먼. 피가 강을 이뤘다던데."

"몽 디외(맙소사)!"

푸아로가 중얼거렸다.

"영감님이 말씀하신 그 경감 말입니다, 당장 만나야겠습니다."

5분 후, 우리는 메도스 경감과 밀담을 나누었다. 경감은 처음에는 다소 뻣뻣하게 굴었는데, 경시청 경감 재프의 이름을 들은 후 마법처럼 누그러졌다.

"네, 선생님. 오늘 아침에 살해됐습니다. 충격적인 일입니다. 저는 모튼에서 전화받자마자 이곳으로 즉시 왔습니다. 처음부터 수수께끼에 부딪혔습니다. 그 노인은 일흔 정도 됐고, 제가 들은 바로는 술을 좋아한다고 했는데, 거실 바닥에 누워 있었습니다. 머리에 멍 자국이 있었고 목이 양쪽 귀에서부터 절단되었습니다. 아시겠지만, 피가 사방에 퍼져 있었습니다. 노인에게 요리를 해 주는 벳시 앤드루스라는 여자의 말에 따르면 주인한테 중국 옥 조각상이 몇 개 있었고, 주인 말이 아주 귀한 거라고 했다는데, 그게 사라졌답니다. 그 말을 들으면 폭행 및 도난처럼 보입니다만, 그렇게 보기에는 갖가지 문제가 있습니다. 노인은 집에 두 사람을 뒀습니다. 호파턴 출신인 벳시 앤드루스하고, 다소 거친 남자 하인 로버트 그랜트입니다. 그랜트는 매일 그렇듯 농장에 우유를 가지러 갔고, 벳시는 바깥에 나가 이웃하고 잡담을 하고 있었습니다. 벳시는 10시에서 10시 30분 사이에 20분 동안만 나가 있었는데, 그사이에 사건이 일어난 게 틀림없습니다. 그랜트가 먼저 집으로 돌아왔습니다. 뒷문으로 들어갔는데, 이 동네에서는 문을 잠그지 않거든요. 특히 백주 대낮에는 더더욱 문을 잠그지 않아 열려 있었던 겁니다. 그런 뒤에 저장고에 우유를 넣고, 자기 방으로 가서는 신문을 읽고 담배를 피웠습니다. 무슨 일이 일어났다는 건 전혀 몰랐습니다, 그가 말한 대로라면 말입니다. 그러고 나서 벳시가 들어와서 거실로 갔다가 사건 현장을 보고 죽은 노인이 깨어날 정도로 비명을 질렀답니다. 아주 그럴듯한 말입니다. 누군가 두 사람이 없는 틈에 잠입해서 딱한 노인을 없애 버린 겁니다. 살인자는 아주 뻔뻔한 작자임이 분명하다는 생각이 들더군요. 마을 거리를 똑바로 따라 이곳으로 오거나, 아니면 마을 주민 누군가의 뒤뜰을 통해 이리로 숨어들었을 겁니다. 그래나이트 방갈로는 보시다시피 주변에 집들이 있거든요. 그런데 어떻게 그자를 본 사람이 하나도 없었던 걸까요?"

경감은 주목해 달라는 듯 잠시 말을 멈췄다.

"아하, 무슨 뜻인지 알겠어요. 계속하시지요."

푸아로가 말했다.

"그래서 선생님, 저는 냄새가 난다고 혼잣말을 했습니다. 냄새가 나. 그러고는 주변을 둘러보기 시작했습니다. 옥 조각들이 눈에 들어오더군요. 평범한 부랑자라면 그게 귀중한 물건이라고 생각했을까요? 여하튼 대낮에 그런 짓을 저지르다니 미친 겁니다. 노인이 도와 달라고 고함이라도 치면 어쩌려고……?"

"그런데 말입니다, 경감님. 머리에 난 멍은 노인이 죽기 전에 생긴 게 아닐까요?"

잉글스 씨가 말했다.

"맞습니다, 선생님. 먼저 때려눕힌 뒤에 목을 자른 겁니다. 그건 분명합니다. 하지만 도대체 그 악마 놈이 어떻게 들어오고 나갔을까요? 이렇게 좁은 동네에서는 낯선 사람을 금세 알아보거든요. 문득 저는 아무도 오지 않았다는 생각이 들었습니다. 다시 주변을 잘 살펴봤습니다. 어젯밤에 비가 왔고, 주방에서 들어오고 나간 발자국이 선명하게 남아 있었습니다. 거실에 난 발자국은 두 종류였습니다. (벳시 앤드루스는 문에서 멈췄거든요.) 웰리 씨의(카펫용 슬리퍼를 신은) 발자국과 다른 남자의 발자국이 전부입니다. 그 남자가 핏자국을 밟았기 때문에, 저는 그 피 묻은 발자국을 추적했습니다. 직접

적인 표현 죄송합니다."

"괜찮습니다. 충분히 이해합니다."

잉글스 씨가 희미하게 웃으며 답했다.

"저는 발자국을 따라 주방으로 갔지만 발자국은 거기서 끝이 났습니다. 그게 첫 번째입니다. 로버트 그랜트의 방 문틀 위쪽에 희미한 흔적, 핏자국이 있었습니다. 이게 두 번째입니다. 세 번째는 그랜트가 부츠를 벗어 놓은 걸 가져다가 흔적에 맞춰 보았는데, 딱 맞더군요. 내부자 소행이었습니다. 저는 그랜트에게 경고하고서 그를 구속했는데, 그자의 여행 가방에서 뭘 발견했는지 아십니까? 그 작은 옥 조각들과 가출옥 허가증이었습니다. 로버트 그랜트는 사실 에이브러햄 비그스였습니다. 5년 전에 사기와 가택 침입으로 유죄 판결을 받은 자였지요. 어떻게들 생각하십니까?"

경감이 의기양양하게 말을 멈추자 푸아로가 대꾸했다.

"제 생각에는 아주 빤한 사건처럼 보이는군요. 놀라울 정도로 빤해요. 비그스인지 그랜트인지 하는 자는 분명 아주 어리석고 무식한 사람이었겠지요?"

"오, 그렇습니다. 거칠고 평범한 그런 사람입니다. 발자국이 뭔지도 모를 겁니다."

"추리 소설을 읽지 않는 게 분명하군요! 음, 경감, 축하드립니다. 현장을 봐도 괜찮겠지요?"

"제가 모시고 가겠습니다. 선생님께서 발자국을 봐 주셨으면 합니다."

"저 역시 보고 싶어요. 그래요, 아주 흥미롭고 아주 교묘하군요."

우리는 즉시 출발했다. 잉글스 씨와 경감이 앞서 걸었다. 나는 푸아로를 약간 뒤로 당겨서 경감이 듣지 못하는 곳에서 이야기를 하려고 했다.

"진심이 뭐예요, 푸아로? 보이는 것 말고도 뭔가 있는 건가요?"

"바로 그게 문제야, 몬 아미. 웰리는 편지에서 빅 포가 자기를 추적하고 있다고 명백하게 썼고, 우리도 빅 포가 애들 장난이 아니라는 걸 알잖아. 그런데도 모든 정황을 보면 그랜트라는 남자가 살인범처럼 보이지. 그랜트는 왜 죽였을까? 자그마한 옥 조각을 얻으려고? 아니면 빅 포의 요원일까? 나는 빅 포의 요원일 가능성이 크다고 봐. 옥 조각이 아무리 귀하더라도 그런 무지한 남자가 그 사실을 알 리 만무하지. 적어도 그 때문에 사람을 죽일 정도는 아니라는 거야. (경감은, 그러니까, 그걸 보고 뭔가 느꼈어야 해.) 옥을 훔친 다음 잔인하게 살인하지 않고 도망칠 수도 있었거든. 아아, 그거야. 우리 데번셔 출신 경감이 작은 회색 뇌세포를 쓰지 않은 것 같아. 발자국은 살펴봤지만 필요한 순서와 방법에 따라 생각하고 정리하지 않은 거지."

양고기 다리

경감은 주머니에서 열쇠를 꺼내어 그래나이트 방갈로 문을 열었다. 날씨가 맑고 건조해서 발자국이 남을 염려는 없었지만, 그럼에도 우리는 들어가기 전에 매트에 발을 조심스럽게 닦았다.

한 여성이 어두운 곳에서 나타나 경감에게 말을 걸자 경감이 그쪽으로 고개를 돌렸다. 그러고는 어깨 너머로 말했다.

"한번 둘러보십시오, 푸아로 선생님. 빠뜨리지 말고 보십시오. 저는 한 10분 후에 다시 오겠습니다. 그건 그렇고, 이게 그랜트의 부츠입니다. 발자국을 비교해 보시라고 가지고 왔습니다."

우리가 거실로 들어가자 경감의 발소리는 멀어져 갔다. 구석에 놓인 탁자 위에 몇몇 중국 골동품이 있었다. 잉글스는 즉각 중국 골동품에 빠져서 그것들을 살펴보러 가까이 다가갔다. 푸아로가 뭘 하는지에는 별로 흥미가 없는 듯했다. 하지만 나는 숨죽인 채 그를 관심 있게 지켜보았다. 바닥은 발자국이 잘 드러나는 짙은 초록색 리놀륨으로 덮여 있었다. 멀리 있는 쪽의 문은 작은 주방으로 이어져 있었다. 거기서 또 다른 문이 식기실(뒷문이 있는 곳)로 이어졌고, 또 다른 문이 로버트 그랜트가 묵었다는 침실로 이어져 있었다. 1층을 조사한 뒤에 푸아로는 독백처럼 낮게 말했다.

"시체가 쓰러진 곳은 여기. 크고 진한 얼룩과 사방으로 튄 피를 보면 알 수 있지. 카펫의 슬리퍼 흔적과 '치수 9'짜리 부츠 흔적이 여기 보이지. 하지만 전부 아주 혼란스러워. 그리고 두 종류의 흔적이 주방에서 들어오고 나갔어. 살인자가 누구였든, 그 길로 온 거야. 부츠 갖고 있지, 헤이스팅스? 이리 줘 봐."

푸아로는 부츠와 발자국을 주의 깊게 비교했다.

"그래, 똑같은 사람, 즉 로버트 그랜트가 남긴 흔적이야. 저리로 들어와서 노인을 죽인 다음 주방으로 돌아갔어. 피를 밟았지. 나가면서 남긴 저 자국 보이지? 주방에는 볼 게 없어. 마을 사람 전체가 걸어 다닌 모양이야. 그랜트는 자기 방으로 갔어. 아니, 먼저 범죄 현장으로 돌아갔는데, 그 옥 조각 때문이었을까? 아니면 뭔가 발각될 만한 걸 남겨 뒀기 때문일까?"

"두 번째 들어왔을 때 죽이지는 않았을까요?"

"메 농(아니야), 관찰 좀 해 봐. 바깥으로 나가는 발자국 중 하나가 들어올 때 만든 발자국 위에 나 있잖아. 뭣 때문에 다시 돌아왔는지 모르겠어. 옥 조각이 뒤늦게 생각나서? 말도 안 돼, 멍청한 짓이라고."

"음, 어차피 칠칠맞지 못할 정도로 정체를 드러냈는데요."

"네 스 파(안 그래)? 헤이스팅스, 그건 논리에 안 맞아. 작은 뇌세포에 거슬린다고. 침실로 가 보자. 아 그래, 문틀 위쪽에 혈흔과 발자국 흔적이 남아 있군. 시신 가까이에 있던 건 로버트 그랜트의 발자국뿐이야. 집 가까이에 다가간 건 로버트 그랜트뿐이지. 그래, 분명 그럴 거야."

내가 갑자기 물었다.

"노파는요? 그랜트가 우유를 가지러 간 뒤에 집에 혼자 있었잖아요. 노파가 노인을 죽이고, 그런 뒤에 나갔을지도 모르죠. 바깥에 나가지 않았다면 발자국도 남지 않았을 테고."

"아주 좋은 추리야, 헤이스팅스. 자네가 그런 가정을 하지 않을까 하고 생각했지. 나는 벌써 그 생각을 하고 그건 아니라고 결론 내렸어. 벳시 앤드루스는 이 동네 여자고 잘 알려진 사람이야. 빅 포랑 연관되어 있을 리가 없어. 더구나 웰리는 어느 모로 보나 강한 사람이었어. 이건 여자가 한 짓이 아니라 남자가 한 거야."

"빅 포가 천장에 사악한 발명품을 보이지 않게 설치해서, 그게 자동으로 내려와 노인의 목을 잘라 버린 뒤에 다시 위로 사라지게 하지는 않았겠죠?"

"야곱의 사다리처럼? 나도 자네가 누구보다 상상력이 뛰어나다는 건 알지만, 부탁이니 선을 넘지는 말라고."

나는 부끄러워서 입을 다물었다. 푸아로는 극도로 불만족스러운 표정으로 방과 찬장을 쑤시고 다녔다. 잠시 후 푸아로가 꼭 포메라니안 개처럼 갑자기 들뜬 듯 외쳤다. 나는 그에게로 달려갔다. 푸아로는 식품 저장실에서 극적인 자세로 서 있었다. 손에 양고기 다리를 쥐고 흔들면서!

“아니, 푸아로! 이게 뭐예요? 갑자기 정신이 나가기라도 했어요?”

“제발 이 양고기를 좀 보라고. 대신 잘 봐야 해!”

나는 가능한 꼼꼼히 살펴봤지만 특별한 거라고는 아무것도 찾아내지 못했다. 내 눈에는 아주 평범한 양고기 다리처럼 보였다. 내 느낌을 말하자 푸아로는 꾸짖는 듯한 눈길로 나를 바라보았다.

“여기, 그리고 여기, 또 여기는 안 봤잖아…….”

푸아로가 ‘여기’라고 할 때마다 아무 반응 없는 고깃덩이를 찔러대는 바람에 작은 얼음 덩어리가 떨어져 나왔다.

푸아로는 방금 내게 상상력이 지나치다고 힐난했지만, 이제 보니 푸아로가 나보다 몇 수는 앞서가고 있었다. 정말로 이 얼음 조각들에 치명적인 독이 담겨 있다고 생각한 걸까? 그토록 흥분한 푸아로의 모습에서 내가 생각할 수 있는 이유는 그게 다였다.

“냉동 고기잖아요. 뉴질랜드에서 수입된 거네요.”

내가 부드러운 말투로 설명하자 푸아로는 잠시 나를 빤히 쳐다보더니 기이하게 웃어 제쳤다.

“얼마나 대단한 친구인지 몰라! 모르는 게 없어요! 하나도! 뭐라고 하더라, ‘이리 와서 무엇이든 물어보십시오!’였던가. 그게 바로 헤이스팅스라지.”

푸아로는 양고기 다리를 접시에 팽개치고 저장실에서 나갔다. 그러고는 창밖을 쳐다보았다.

"우리 친구 경감님이 오시는구먼. 잘됐어. 보고 싶은 건 다 봤으니."

푸아로는 마치 뭔가 골똘히 따져보듯 무심결에 탁자를 두드리다가 갑자기 물었다.

"오늘이 무슨 요일이지, 몬 아미?"

"월요일요. 그게 왜요?"

내가 다소 놀라며 물었다.

"아! 월요일이라 이거지? 좋지 않은 요일이야. 월요일에 살인을 저지른 건 실수야."

푸아로는 거실로 돌아가면서 벽에 붙은 유리를 두드리더니 온도기를 흘긋 보았다.

"맑고, 섭씨 20도라. 전형적인 영국 여름 날씨로군."

잉글스는 여전히 중국 자기들을 살피고 있었다.

"이번 조사에는 별로 흥미를 못 느끼시나 보군요, 무슈?"

푸아로가 말하자 잉글스가 천천히 웃었다.

"아시다시피 제 일이 아니니까요. 저는 감식가이기는 하지만 이런 쪽은 아닙니다. 그러니 물러서서 방해하지 않으려는 거죠. 동양에서 인내하는 법을 배웠거든요."

경감은 요란하게 들어와서는 오래 걸려서 죄송하다고 사과했다. 그가 다시 1층을 둘러보게 해 주겠다고 고집을 부렸지만, 우리는 결국 집에서 나왔다.

우리가 다시 마을 거리를 걸어 내려가는데 푸아로가 말했다.

"경감, 정말로 친절하게 대해 줘서 어떻게 고마움을 표해야 할지 모르겠군요. 꼭 한 가지만 더 부탁하고 싶은데."

"시체를 보고 싶으신 건가요, 선생님?"

"오, 그런. 아니에요! 시체에는 아무 관심도 없어요. 로버트 그랜트를 만나 보고 싶어서."

"저랑 같이 차를 타고 모턴으로 가셔야 볼 수 있습니다, 선생님."

"좋아요, 그리합시다. 하지만 저 혼자 만나야 하겠는데요."

경감이 윗입술을 핥았다.

"음, 그건 좀 곤란합니다."

"경감이 런던 경시청과 통화하면 허가를 얻어 낼 수 있을 거예요."

"물론 선생님 이야기는 저도 들었고, 시시때때로 저희를 도와주신다는 것도 알고 있습니다. 다만 규칙에 맞지 않는 일이라서."

"하지만 필요한 일이지요. 바로 이런 이유에서 필요합니다. 그랜트는 살인범이 아니에요."

푸아로가 차분히 말했다.

"뭐라고요? 그럼 누구입니까?"

"제 생각에 살인범은 젊은 남자예요. 2륜 경마차를 타고 그래나이트 방갈로로 가서는 마차를 바깥에 두고 안으로 들어갔지요. 살인을 저지른 뒤에 나와서 마차를 타고 사라졌고. 머리에 모자는 쓰지 않았고 옷에는 혈흔이 조금 묻어 있었어요."

"그렇지만 그렇다면 마을 사람 전체가 그자를 봤을 겁니다!"

"어떤 경우에는 못 볼 수도 있지요."

"어두웠다면 그럴 수도 있겠지만 사건이 일어난 건 대낮이었습니다.”

푸아로는 그저 웃기만 했다.

“말과 마차도 그렇습니다, 선생님. 그걸 어떻게 아십니까? 바퀴 달린 건 무엇이든 지나갔을 수 있습니다. 특별히 어느 하나라고 할 만한 흔적은 없습니다.”

“육신의 눈으로는 안 보이겠지만, 마음의 눈으로는 보이지요.”

경감은 의미심장하게 이마를 건드리며 나를 향해 씨익 하고 웃었다. 나는 도무지 갈피를 잡을 수 없었지만 푸아로를 믿었다. 그 후의 논의는 경감과 함께 모튼으로 돌아가는 길에서 끝났다. 푸아로와 나는 그랜트를 만나러 갔다. 그와 면담하는 동안 경찰관이 지키고 있었다. 푸아로는 단도직입적으로 이야기했다.

“그랜트, 저는 당신이 무죄라는 걸 알고 있어요. 정확히 어떻게 된 건지 제게 말해 보시라고요.”

죄수는 중간 키에 다소 불쾌한 모습을 하고 있었다. 꼭 상습범 같은 그런 얼굴이었다.

그랜트가 우는소리를 했다.

“신께 맹세코 제가 안 했습니다. 누군가 그 옥 조각을 제 소지품에 넣어 둔 겁니다. 저는 말씀드렸듯이 곧바로 방으로 갔습니다. 벳시가 비명을 지르기 전에는 아무 짓도 안 했습니다. 부디 도와주십쇼, 전 아닙니다.”

푸아로가 일어섰다.

“진실을 말하지 않으면 끝장입니다.”

"하지만 교도소장이……."

"당신은 방으로 들어갔습니다. 가서 주인이 죽은 걸 알고서 재빨리 도망치려고 하는데 그 벳시가 끔찍한 장면을 발견한 거지요."

그랜트는 입을 쩍 벌린 채 푸아로를 빤히 쳐다보았다.

"말해 봐요, 맞지요? 진지하게 말하건대, 제 명예를 걸겠습니다. 솔직히 말하지 않으면 영영 기회는 없다고요."

"에이, 모르겠다."

그랜트가 갑자기 내뱉더니 털어놓기 시작했다.

"선생님이 말씀하신 그대로입니다. 저는 안으로 들어가서 곧장 주인님한테 갔는데, 주인님은 바닥에 죽은 채로 누워 계셨고 사방에 피가 퍼져 있었습니다. 그 순간 불안한 생각이 들었습니다. 제 기록을 추적해서 분명히 제가 한 짓이라고 말할 거라는 생각이 들었던 겁니다. 당장 도망쳐야겠다는 생각뿐이었습니다. 주인님이 발견되기 전에……."

"옥 조각들은?"

그랜트는 주저했다.

"그게……."

"당신은 말하자면 직감을 거스르면서 그걸 가져갔지요? 당신 주인이 그게 귀하다고 말하는 걸 들었고, 그래서 가는 데까지 가 보자고 생각한 거예요. 그건 저도 이해해요. 자, 대답해 봐요. 조각을 가져온 게 두 번째로 방에 들어갔을 때였습니까?"

"저는 한 번밖에 안 들어갔습니다. 그걸로 충분했습니다요."

"확실한 건가요?"

"장담합니다요."

"좋아. 그럼, 감옥에서 나온 건 언제지요?"

"두 달 전입니다."

"이 일자리는 어떻게 얻었고요?"

"죄수 도움 모임을 통해서였지요. 출소하고서 그 남자를 만났습니다."

"어떻게 생겼지요?"

"목사는 아니었지만, 비슷하게 보였습니다. 부드러운 검은색 모자와 으스대는 듯한 걸음걸이하며, 앞니가 부러져 있었습니다. 안경을 꼈고요. 이름이 손더스라고 했습니다. 저더러 뉘우치기를 바란다면서 좋은 자리를 구해 주겠다고 했습니다. 저는 손더스가 써 준 추천장을 갖고 웰리 씨한테 갔습니다."

"고맙군요. 이제 다 알겠습니다. 조금만 참아요."

푸아로는 다시 일어서서 걸어 나가다가 잠시 멈춰서 덧붙였다.

"손더스가 당신한테 부츠를 한 켤레 줬을 텐데요, 아닌가요?"

그랜트는 매우 당황한 듯 보였다.

"네, 맞습니다. 그랬지요. 그런데 그걸 어떻게 아셨습니까?"

"그런 걸 알아내는 게 제 일이거든요."

푸아로가 진지하게 말했다.

경감에게 한두 마디 건넨 뒤, 우리 세 사람은 화이트 하트라는 식당으로 가서 달걀과 베이컨, 그리고 데번셔 사과주를 맛있게 먹었다.

"무슨 단서라도 잡았습니까?"

잉글스가 웃으며 물었다.

"네, 이제 사건은 분명해졌습니다. 하지만 그걸 증명하려면 고생깨나 해야겠군요. 웰리는 빅 포의 명령으로 살해되었습니다. 그랜트가 아니지요. 아주 똑똑한 사람이 그랜트에게 일자리를 주고서 고의적으로 희생양으로 만들 계획을 세웠어요. 그랜트의 전과라면 쉬운 일이었겠지요. 그자는 그랜트에게 부츠 한 켤레를 줬는데, 자기가 똑같이 생긴 부츠를 한 켤레 더 갖고 있었어요. 나머지 한 켤레는 자기가 보관했던 거지요. 아주 간단했을 겁니다. 그랜트가 집에서 나가고 벳시가 마을에서 잡담하는 동안 (아마 벳시는 날이면 날마다 그랬을 테지요.) 그자는 부츠를 신고서 마차를 몰고 방갈로로 가서는 부엌으로 들어가 거실을 통과한 뒤에 노인을 때려눕히고 목을 잘랐어요. 그런 다음에 부엌으로 돌아가 부츠를 벗어서 들고 나머지 부츠를 신은 채로 마차를 타고 사라진 겁니다."

잉글스가 침착하게 푸아로를 쳐다보았다.

"그래도 이상한 점이 있어요. 왜 아무도 그자를 못 본 걸까요?"

"아! 확신하건대, 바로 그게 4인자가 교활하다는 점이지요. 모두다 그자를 봐 놓고도 보지 못했다고 생각하는 겁니다. 정육점 마차를 타고 왔거든요!"

나는 탄성을 내질렀다.

"양고기 다리?"

"바로 그거야, 헤이스팅스. 양고기 다리. 모두들 그날 아침에 그래나이트 방갈로에서 아무도 못 봤다고들 증언했지만, 그럼에도 나는 식품 저장실에서 양고기 다리를 발견했어. 그것도 아직 언 채로. 월요일이었으니 고기는 분명 그날 아침에 배달되었을 거야. 만일 토요일에 배달되었다면 이런 더운 날씨에 일요일이 지나는 동안 녹았을 테니까. 그러니까 누군가 방갈로에 간 건 확실하고, 그 남자는 여기저기에 핏자국이 있어도 아무도 관심을 기울이지 않을 만한 사람이었을 테지."

"기가 막히게 교묘하군요!"

잉글스가 동조하며 외쳤다.

"그렇지요, 교활한 자예요, 4인자는."

"에르퀼 푸아로만 할까요?"

내가 웅얼거리자 푸아로는 위엄 있게 꾸짖듯 나를 흘긋 쳐다보았다. 푸아로가 딱딱하게 말했다.

"하지 말아야 할 농담도 있는 법이야, 헤이스팅스. 무고한 사람이 교수대에 가지 않도록 내가 구해 냈잖아? 오늘은 그걸로 충분해."

나는 배심원이 로버트 그랜트, 일명 비그스에게 조너선 웰리 살인 기소에서 무죄를 선언했을 때조차도 그랜트가 무고함을 메도스 경감이 전적으로 믿었다고 생각하지는 않는다. 경감이 그랜트가 유죄라고 내세운 증거, 그러니까 전과와 그가 훔친 옥 조각, 그리고 정확히 맞아떨어지는 부츠는 사실을 따지기를 좋아하는 경감의 시각으로는 너무나 완벽해서 쉽사리 뒤집을 수 없었을 것이다. 하지만 푸아로는 증거를 제시하고 싶은 걸 참아 가며 배심원을 설득했다. 증인 두 명은 정육점 마차를 보았다고 했고, 동네 정육점 주인은 수요일과 금요일에만 그곳에 들른다고 증언했다.

사실 한 여성이 나타나서 정육점 남자가 방갈로에서 나가는 걸 본 기억이 난다고 대답했지만 그자가 어떤 모습이었는지는 제대로 설명하지 못했다. 유일하게 기억에 남은 거라고는 깔끔하게 면도를 했고 키는 중간 정도에 꼭 정육점에서 일하는 사람처럼 보였다는 사실뿐이었다. 이 설명에 푸아로는 철학자처럼 어깨를 으쓱했다.

푸아로가 판결이 끝난 뒤 말했다.

"내가 말한 그대로야, 헤이스팅스. 이자는 예술가야, 4인자 말이야. 가짜 수염이랑 파란색 선글라스 따위로 변장하지 않지. 물론 모습을 바꾸기는 해. 하지만 그건 중요하지 않아. 속이는 시간 동안 그자는 바로 자기가 변장하려는 인물이 되어 있는 거라고. 자기 역할에 녹아드는 거지."

분명 한웰에서 나왔던 그 남자가 정신 병원 직원이라면 이렇게 생겼겠지 하는 내 생각과 딱 맞아떨어졌다는 점은 인정할 수밖에 없었다. 그가 진짜인지 의심할 생각은 꿈에도 하지 못했으니까.

상황은 다소 실망스럽게 전개되었고, 다트무어에서 겪은 일들은 전혀 도움이 되지 않은 듯 보였다. 나는 푸아로에게 이런 말을 했지만, 푸아로는 아무것도 얻은 바가 없다는 말에 동의하지 않으려 했다.

"발전하고 있어. 발전하고 있다고. 그자와 접할 때마다 그 사고방식과 수법을 조금씩 알아 가고 있잖아. 반대로 우리와 우리 계획에 대해 그자는 모르고."

"그 점은 푸아로, 그자나 우리나 똑같은 것 같은데요. 푸아로도 내 눈에는 아무 계획이 없어 보여요. 그냥 앉아서 일이 터지기만을 기다리는 것 같아요."

내가 따져 묻자 푸아로가 웃었다.

"몬 아미, 자넨 그대로구먼. 항상 그렇지, 헤이스팅스. 어디 달려들 거 없나 하고 기다리듯이. 아마…….”

푸아로가 덧붙이려는데 문을 두드리는 소리가 났다.

“달려들 기회가 오려나 보다. 그 친구가 들어올지도 몰라.”

방으로 들어온 사람이 재프 경감과 또 다른 남자인 걸 알고 내가 실망하자 푸아로가 웃었다.

재프 경감이 말했다.

“안녕한가, 무셔. 미국 국토안전부 비밀수사국 소속 켄트 대위를 소개하네.”

켄트 대위는 키가 크고 마른 미국인으로, 매우 냉정한 얼굴을 하고 있어 마치 나무로 조각한 듯한 인상을 풍겼다.

“만나서 반갑습니다.”

켄트가 중얼거리며 큰 동작으로 악수를 했다.

푸아로는 벽난로에 장작을 더 넣은 후 안락의자를 몇 개 더 가져왔다. 나는 유리잔과 위스키, 그리고 소다수를 가져왔다. 켄트는 주욱 들이켜더니 고맙다고 했다.

“영국에는 여전히 제대로 된 입법부가 있군요.”

재프 경감이 서둘러 본론을 꺼냈다.

“자, 이제 일 얘기를 합시다. 여기 무셔 푸아로가 내게 부탁을 하나 했습니다. 빅 포라는 이름으로 알려진 문제에 관심을 보이면서, 일을 하다가 그걸 접하거든 언제라도 알려 달라고요. 저는 그 문제에 별로 관심을 기울이지 않았지만, 푸아로가 한 말은 기억하고 있었지요. 그래서 여기 켄트 대위가 와서 흥미로운 이야기를 하시기에 제가 곧바로 말했습니다. '무셔 푸아로를 만나러 가시지요.'라고."

푸아로가 켄트 대위를 바라보자 켄트가 이야기를 하기 시작했다.

"무슈 푸아로, 어뢰정과 구축함 여러 척이 미국 해안에서 암초에 부딪혀 가라앉았다는 기사를 읽은 기억이 나실지 모르겠습니다. 일본에서 지진이 일어난 직후였는데, 조사 결과 해일 때문이었다고 했습니다. 그런데 얼마 전에 몇몇 사기꾼과 살인자를 일제 검거했는데, 그때 완전히 새로운 인물을 가리키는 서류를 발견했습니다. 내용은 '빅 포'라는 단체를 가리키는 듯했고, 강력한 무선 설비에 대한 개략적인 설명이있었습니다. 그것은 막대한 무선 에너지를 한 곳으로 모아 엄청난 에너지 빔으로 만드는 첨단 장치였습니다. 이 발명품에 관한 주장은 분명 말도 안 되는 것 같았지만, 저는 그걸 본부로 보내서 얼마나 쓸모 있는 건지 알아보게 했고, 지식 좀 있네 하는 소속 교수들 가운데 한 명이 일에 착수했습니다. 그런데 영국 과학자들 중 한 사람이 영국학술협회에 논문을 발표한 것 같았습니다. 동료들은 그것이 어느 모로 보나 대단한 일이 아니라고 여기면서 억지스럽고 공상적이라고 믿었지만, 그 과학자는 신념을 잃지 않고서 자기가 실험에 성공하기 직전이라고 공표했습니다."

"에 비앵(그래서)?"

푸아로가 관심을 보이며 재촉했다.

"저더러 여기로 와서 그 과학자를 인터뷰하라고 했습니다. 꽤나 젊은 친구인데, 이름이 핼리데이라고 했습니다. 그 분야의 권위자라고 하기에 저는 문서에서 본 내용이 가능하기는 한지 알아볼 생각이었습니다.”

“그래서 가능하다고 하던가요?”

내가 궁금해하며 물었다.

“바로 그걸 모르겠습니다. 아직 핼리데이를 만나지 못했고, 생각
건대 앞으로도 못 만날 것 같습니다.”

“사실을 말하자면 핼리데이가 실종됐습니다.”

재프 경감이 끼어들었다.

“언제요?”

“두 달 전입니다.”

“실종 신고가 들어왔나요?”

“물론 들어왔죠. 핼리데이의 아내가 퍽 흥분해서 우리를 찾아왔
습니다. 노력은 했지만, 아무 소용도 없을 거라는 사실은 처음부터
알았습니다.”

“어째서지요?”

“그런 식으로 사라질 때는 찾아낼 방법이 없거든요.”

재프가 눈짓하며 말했다.

“그런 식이라니요?”

“파리입니다.”

“그러니까 핼리데이가 파리에서 사라졌다는 말이로군요.”

“그렇죠. 과학 연구차 파리에 간다고 말했답니다. 물론 그런 식으
로 말할 수밖에 없었겠지만. 하지만 사람이 거기서 실종되었다는
게 무슨 뜻인지 아실 겁니다. 악당이 한 짓이라면 그걸로 마지막이

겠지요. 아니면 제 발로 사라졌거나. 아마 후자일 가능성이 훨씬 높다고 할 수 있습니다. '자유분방한 파리'니 뭐니 그런 거, 아시지요? 가정생활에 염증을 느꼈다랄까. 파리로 떠나기 전에 아내와 사소한 말다툼을 했다는 사실을 보면 아주 분명해지지요."

"과연 그럴까요."

푸아로가 생각에 잠긴 듯 말했다.

켄트 대위는 호기심에 찬 얼굴로 푸아로를 보다가 천천히 본론을 꺼냈다.

"말해 주시겠습니까. 그 빅 포라는 게 뭔지?"

"빅 포는 중국인을 수뇌로 하는 국제단체예요. 그자가 1인자로 알려져 있어요. 2인자는 미국인이고, 3인자는 프랑스 여성, 4인자, 즉 '파괴자'는 영국인입니다."

"프랑스 여인이라고요?"

켄트가 휘파람 소리를 내고는 말을 이었다.

"그런데 핼리데이가 프랑스에서 사라졌다…… 어쩌면 뭔가 있을지도 모르겠습니다. 이름이 뭡니까?"

"모르겠어요. 그 여자에 관해 아는 게 하나도 없군요."

"하지만 힘 있는 거물이겠지요, 아마?"

켄트가 넌지시 던졌다.

푸아로는 고개를 끄덕이며 쟁반에 있는 유리잔을 가지런히 한 줄로 정돈했다. 늘 그렇듯 푸아로는 정돈을 무척이나 좋아했다.

"그 배들을 가라앉힌 이유는 무엇일까요? 빅 포가 독일의 조직입니까?"

"빅 포는 독자적으로만 활동해요, 무슈 르 카피텐. 세계 정복이 목표지요."

켄트는 웃음을 터뜨렸지만 푸아로의 진지한 표정을 보고 멈췄다.

푸아로는 그에게 손가락을 흔들어 보이고 있었다.

"무슈, 당신은 웃기만 하고 생각은 하지 않는군요. 작은 회색 뇌세포를 쓰지 않고 있어요. 단지 힘을 시험해 보려는 생각으로 당신네 해군을 파괴한 이자들은 누구일까? 바로 그게 목적이었던 겁니다, 무슈. 그들이 만든 자기력이라는 새로운 힘을 시험하기 위해서였단 말입니다."

"에이 관두지, 무서. 나는 대단한 범죄자들 기사를 수없이 읽어 봤지만 빅 포 기사는 보지 못했네. 뭐, 켄트 대위 이야기는 들었으니…… 내가 더 도와줄 일이라도?"

재프 경감이 넉살 좋게 말했다.

"물론 있지, 친구. 핼리데이 부인의 주소를 알려 주게. 그리고 소개장을 간략히 써 준다면 더욱 좋겠지."

그리하여 우리는 다음 날 서리에 있는 초범이라는 마을 인근의 체트윈드 로지라는 곳으로 향하였다.

핼리데이 부인은 키가 크고 매력적이면서 예민하고 적극적이었다. 부인은 우리를 곧바로 맞아들였다. 부인 옆에는 다섯 살 난 어여쁜 작은 소녀가 있었다.

푸아로는 방문한 목적을 이야기했다.

"오! 무슈 푸아로, 정말 기쁘고 고맙습니다. 저도 선생님 말씀은 들었어요. 선생님은 런던 경시청 사람들과는 달라서 제 말을 무시하거나 이해하지 않으려 하지는 않으실 거예요. 게다가 프랑스 경찰도 영국 경찰하고 똑같이, 아니 한 술 더 뜨는 것 같아요. 다들 제 남편이 다른 여자와 함께 사라졌다고 확신하고 있어요. 하지만 그이는 그런 사람이 아니에요! 그이 마음속에는 오직 일뿐이었거든요. 우리가 싸운 것도 절반은 그 때문이었죠. 저보다도 일을 더 중시했으니까요."

푸아로가 부드럽게 말했다.

"영국 남자들이 그렇지요. 일이 아니면 게임, 스포츠에 빠지고. 그런 걸 오 그랑 세리외(너무나 진지하게) 받아들인다니까. 자, 마담, 남편이 사라진 상황을 되도록 자세하고 정확하게, 그리고 정연하게 이야기해 보세요."

"남편은 7월 20일 화요일에 파리로 떠났어요. 거기서 일과 관련해서 여러 사람을 만나기로 되어 있었는데, 그중에는 마담 올리비에도 있었어요."

푸아로는 저명한 프랑스 여류 화학자 이름이 나오자 고개를 끄덕였다. 올리비에는 그 찬란한 업적으로 마담 퀴리마저 무색하게 할 정도였다. 프랑스 정부에서 훈장도 받았고, 당대의 유명 인사 가운데 한 사람이었다.

"남편은 그날 저녁 파리에 도착해서 그 길로 곧장 뤼 데 카스틸리오네(카스틸리오네 거리)에 있는 카스틸리오네 호텔에 묵었어요. 다음 날 아침에는 부르고노 교수와 약속이 있어서 만났어요. 평소와 다름없이 유쾌하게 행동했어요. 두 사람은 아주 즐겁게 대화를 나누었고, 그다음 날 교수의 실험실에서 몇 가지 실험을 남편이 보기로 했죠. 그이는 카페 로얄이라는 곳에서 혼자 점심을 들었고, 부아에서 산책을 한 후 패시에 있는 마담 올리비에 집으로 찾아갔어요. 거기서도 남편은 지극히 정상적이었고요. 한 6시쯤 거기서 나왔어요. 어디서 저녁을 먹었는지는 모르겠어요. 아마 어떤 음식점에서 혼자 먹었을 거예요. 남편은 11시쯤 호텔로 돌아가서 자기 앞으로 온 편지가 있는지 물은 뒤 곧장 방으로 갔어요. 다음 날 아침에 호텔에서 나가 다시는 돌아오지 않았죠.”

“호텔에서 나간 시간이 몇 시지요? 평소 남편 행동을 비춰 봤을 때 부르고노 교수 실험실에서 만나기로 한 약속에 맞춰서 떠난 것 같나요?”

“모르겠어요. 그이가 나가는 걸 목격한 사람이 없어요. 하지만 프티 데쥐네(아침 식사)를 하지 않았다는 걸 보면 일찍 나간 것 같아요.”

“아니면 사실은 전날 밤에 들어왔다가 다시 나가지 않았을까요?”

“그건 아닌 것 같아요. 침대에 잔 흔적이 있었고, 그 시간에 누가 나간다면 야간 수위가 기억했을 테니까요.”

“멋진 추론이군요, 마담. 그 말이 맞는다면 다음 날 이른 아침에 나갔다고 봐도 되겠어요. 그리고 그건 한 가지 점에서 안심이 되는군요. 부군이 그 시간에 악당에게 당하지는 않았을 거라는 점입니다. 그럼, 짐은 모두 남겨 두고 갔나요?”

핼리데이 부인은 대답하기 꺼려 하는 듯했지만 결국은 입을 열었다.

"아뇨, 작은 여행 가방 하나를 갖고 나간 게 틀림없어요."

푸아로가 생각에 잠겨 말했다.

"흠, 그날 저녁에 어디를 갔는지 모르겠군요. 그걸 안다면 크게 도움이 될 텐데. 누굴 만났을까, 그게 수수께끼예요. 마담, 저는 경찰의 의견을 꼭 믿지는 않아요. 경찰들은 사건마다 '셰르세 라 팜(여자를 찾아라).'이라고 하지만요. 그렇지만 그날 밤 부군의 계획을 바꾼 어떤 사건이 일어난 건 분명해요. 마담은 남편이 호텔에 가서 편지가 없는지 물었다고 했는데, 받은 거라도 있나요?"

"하나뿐이에요. 그것도 필시 그이가 영국에서 떠나던 날 제가 보낸 편지였을 거고요."

푸아로는 잠시 깊이 생각에 잠겼다가 벌떡 자리에서 일어났다.

"음, 마담, 수수께끼의 해답은 파리에 있으니 답을 찾기 위해 즉시 파리로 가야겠군요."

"오래전 일인걸요, 무슈."

"그래요, 그렇지요. 그렇더라도 반드시 그곳에서 찾아야 해요."

푸아로는 몸을 돌려 방에서 나오다가 문을 붙잡고 잠시 멈췄다.

"마담, 혹시 남편이 '빅 포'라는 말을 하는 걸 들은 기억이 있나요?"

"빅 포."

부인이 따라 하며 생각해 보는 눈치더니 대답했다.

"아니요, 못 들은 것 같아요."

그것이 핼리데이 부인에게서 얻은 전부였다. 우리는 서둘러 런던으로 돌아갔고, 다음 날 파리로 이동했다. 다소 어두운 웃음을 지으며 푸아로가 말했다.

"빅 포라는 자들 말인데, 애 좀 먹이는군, 몬 아미. 위로 아래로, 사방으로 뛰어다니는 내 모습이 마치 우리 옛 친구 '인간 사냥개' 같아."

"어쩌면 파리에서 만날지도 모르지요."

푸아로가 경시청에서 가장 신임받는 탐정 지로를 가리키고 한 말임을 알고 내가 말했다. 푸아로는 지난번에 그를 만났다.

푸아로가 얼굴을 찌푸렸다.

"부디 그러지 않기를. 지로는 날 좋아하지 않거든."

"아주 까다로운 일이 되지 않을까요? 알려지지 않은 영국 남자가 두 달 전 어느 날 저녁에 한 일을 알아낸다는 게?"

"아주 까다롭지, 몬 아미. 하지만 잘 알다시피 난관은 에르퀼 푸아로의 가슴을 즐겁게 한다고."

"빅 포가 납치했다고 생각하는 건가요?"

푸아로가 고개를 끄덕였다.

우리는 어쩔 수 없이 했던 이야기를 되짚게 되었다. 핼리데이 부인이 이미 말해 준 내용 외에 대화하면서 새로 알아낸 것은 별로 없었다. 푸아로는 부르고노 교수와 장시간 면담하면서 핼리데이가 그날 저녁 무슨 계획이라도 있다고 언급했는지 알아내려고 했지만 완전히 허사였다.

다음 정보원은 그 유명한 마담 올리비에였다. 나는 패시에 있는 마담 올리비에의 저택 계단을 올라가면서 퍽 들떠 있었다. 나는 여성이 과학계에서 그토록 대단한 위치에 올랐다는 사실이 늘 특별하다고 생각했다. 과학 분야에는 순전히 남성다운 두뇌가 필요하다고 생각했던 것 같다.

열일곱 살 정도 되어 보이는 어린 친구가 문을 열었는데, 그 동작이 사뭇 의례적이어서 가톨릭 복사(服事)가 어렴풋이 떠올랐다. 푸아로는 마담 올리비에가 연구에 몰두해 지내느라 미리 약속한 사람이 아니면 아무도 집에 들이지 않는다는 사실을 알고서 앞서 면담을 주선해 놓았다.

우리는 자그마한 응접실로 안내되었다. 이윽고 집주인이 그곳으로 우리를 맞으러 나왔다. 마담 올리비에는 가뜩이나 키도 큰데 길고 흰 실험복을 입고 수녀 두건 같은 걸 머리에 뒤집어쓰고 있어서 더욱 커 보였다. 얼굴은 길고 창백했으며, 검고 아름다운 눈동자는 거의 광적인 빛을 뿜어냈다. 마담은 현대 프랑스 여성이라기보다는 옛적의 성직자 같았다. 한쪽 뺨에는 상처가 나 있었는데, 3년 전에 실험실에서 일어난 폭발 때문에 마담의 남편과 동료가 죽었고 마담 역시 끔찍한 화상을 입었다는 사실이 떠올랐다. 그때부터 마담 올리비에는 세상을 등진 채 불타는 듯한 에너지로 과학 연구에 빠져 지냈다. 마담 올리비에는 냉정하지만 예의 바르게 우리를 맞이했다.

"면담은 경찰하고 여러 번 했습니다만, 경찰에게 도움이 되지 않은 걸 보니 두 분에게도 거의 도움이 못 될 것 같습니다."

"마담, 제가 그들과 똑같은 질문을 하지 않을 수도 있지요. 우선, 마담은 무슈 핼리데이와 무슨 이야기를 했나요?"

마담은 다소 놀란 눈치였다.

"당연히 일이지요! 그 사람 연구요, 물론 제 연구도요."

"최근에 써낸 논문에 들어 있고 영국학술협회 앞에서 읽기도 했던 이론에 대해 핼리데이가 언급하던가요?"

"물론입니다. 주로 그것에 대해 이야기했으니까요."

"핼리데이 씨 발상은 좀 현실성이 떨어지지 않던가요?"

푸아로가 무관심하게 물었다.

"그렇게 생각하는 사람도 있습니다. 저는 동의하지 않지만."

"그것이 실제로 가능하다고 보시나요?"

"그렇고말고요. 제 연구도 비슷한 부분이 있습니다. 같은 목적으로 실시한 것은 아닙니다만. 흔히 라듐 C라고 알려진, 라듐 방사로 생성된 물질에서 방사되는 감마선을 조사하고 있었는데, 그 과정에서 아주 흥미로운 자기(磁氣) 현상을 발견했습니다. 사실 우리가 자기라 부르는 힘의 실제 특성을 설명할 이론이 저에게 있지만, 아직 결과를 발표할 때가 되지 않았습니다. 핼리데이 씨의 실험과 견해는 대단히 흥미로웠습니다."

푸아로가 고개를 끄덕였다. 그러고는 나를 놀래는 질문을 던졌다.

"마담, 그런 이야기를 어디에서 주고받았나요? 이곳에서?"

"아니요, 무슈. 실험실이었어요."

"볼 수 있을까요?"

"물론입니다."

마담 올리비에는 자기가 들어온 문으로 우리를 인도했다. 문을 열자 작은 통로가 나타났다. 문을 두 개 통과하고 나자 비커와 도가니, 그리고 이름도 모르는 기구가 무수히 많은 커다란 실험실에 도착했다. 실험실에는 두 사람이 있었는데, 모두 뭔가 실험하느라 바빴다. 마담 올리비에가 두 사람을 우리에게 소개했다.

"제 조수인 마드무아젤 클로드예요."

키가 크고 진지한 얼굴을 한 젊은 여자가 우리에게 인사를 했다.

"믿을 만한 오랜 친구 무슈 앙리예요."

키가 작고 가무잡잡한 젊은 남자가 움찔거리듯 인사했다.

푸아로는 주위를 둘러보았다. 우리가 들어온 문 외에도 문이 두 개 더 있었다. 하나는 정원으로 가는 문이고, 다른 하나는 연구에 쓰는 더 작은 방이라고 부인이 설명했다. 푸아로는 양쪽 모두 둘러본 뒤에 응접실로 돌아가도 좋겠다고 말했다.

"마담, 무슈 핼리데이와 이야기할 때 단둘뿐이었나요?"

"네, 무슈. 조수 둘은 작은 옆방에 있었습니다."

"두 분의 대화를 엿들을 수는 없었을까요? 조수나 다른 누가?"

마담은 잠시 생각하더니 고개를 가로저었다.

"그렇지는 않을 거예요. 거의 확실합니다. 문은 모두 닫혀 있었습니다."

"방에 누가 몰래 숨어들었을 가능성은 없을까요?"

"구석에 커다란 찬장이 있기는 하지만, 그건 말도 안 됩니다."

"파 투 타 페(그렇고말고요), 마담. 한 가지 더. 핼리데이 씨가 그날 저녁에 뭘 하겠다고 혹시 언급하던가요?"

"아무 말도 하지 않았습니다, 무슈."

"고맙습니다, 마담. 그리고 방해해서 죄송합니다. 배웅하지 않으셔도 됩니다. 나가는 길은 알거든요."

우리는 둘이서 걸어 나왔다. 그때 한 여성이 현관으로 막 들어가고 있었다. 여성은 재빠르게 계단을 뛰어올랐고, 나는 프랑스 미망인에게서나 볼 수 있는 무거운 애도의 감정을 그 여성에게서 느꼈다.

"정말 보통 여자가 아니야."

걸어가다가 푸아로가 말했다.

"마담 올리비에 말이에요? 맞아요, 마담은……."

"마이 몬(아니), 마담 올리비에 말고. 슬라 바 상 디르(그거야 두말하면 잔소리지)! 세상에 그 여자만큼 천재적인 여자는 별로 없으니까. 나는 다른 여자를 말한 거야, 계단을 오르던 여자 말이야."

"저는 얼굴도 못 봤는데요. 어떻게 볼 수 있었다는 건지 이해가 안 가는군요. 우리 쪽을 보지도 않았는데."

내가 푸아로를 쳐다보며 말하자 푸아로가 차분히 대꾸했다.

"그래서 보통 여자가 아니라고 한 거야. 열쇠로 열고 들어가는 걸 보니 자기 집인 것 같은데, 자기 집에 들어가는 여자가 홀에 있는 낯선 방문자가 누구인지 쳐다보지도 않고 곧바로 계단으로 뛰어오르다니 아주 특이하잖아. 부자연스럽다고나 할까. 밀 토레네(저런)! 저게 뭐지?"

푸아로가 나를 뒤로 잡아당겼다. 아슬아슬했다. 인도로 쓰러지는 나무에 자칫 깔릴 뻔했던 것이다. 푸아로는 창백한 얼굴로 불편한 심기를 드러내며 나무를 노려보았다.

"당할 뻔했잖아! 나도 참 어설퍼. 아직 전혀, 아니 거의 의심하지 않다니. 그래, 고양이의 눈과 같이 재빠른 이 눈이 아니었다면, 에르퀼 푸아로는 뭉개져 없어졌을 거야. 그러면 세상에 끔찍한 재앙이 겠지. 게다가 몬 아미 헤이스팅스까지. 물론 헤이스팅스가 죽는다고 나라 전체의 재앙이 되지는 않겠지만."

"참 고맙군요. 이제 어떻게 할 생각이에요?"

내가 차갑게 말했다.

"어떻게 하냐고?"

푸아로가 언성을 높였다가 다시 설명을 이어 나갔다.

"우리는 생각할 거야. 그래, 지금 바로 여기서 우리는 작은 회색 뇌세포를 사용할 거야. 핼리데이, 그는 정말 파리에 있었을까? 그건 맞아, 핼리데이를 아는 부르고노 교수가 핼리데이를 보고 그와 이야기도 했으니까."

"도대체 무슨 생각을 하는 거예요?"

"그건 금요일 아침이었어. 핼리데이는 금요일 밤 11시에 마지막으로 목격됐다고. 하지만 정말 목격한 걸까?"

"수위가……."

"핼리데이를 본 적이 없는 야근 수위였을 거야, 아마 4인자였겠지, 핼리데이와 아주 흡사한 웬 남자가 들어와서 편지가 있는지 물어보고, 위로 올라가 자그마한 가방을 싸서는 다음 날 아침에 빠져나오는 거지. 그날 저녁에 핼리데이를 본 사람은 아무도 없어. 단 한 명도. 이미 적의 수중에 놓여 있었기 때문이야. 마담 올리비에와 만난 사람은 핼리데이였을까? 맞아, 얼굴은 모르지만 가짜라면 마담의 특별 관심 분야를 속일 수는 없었겠지. 핼리데이는 이곳에 와서 마담 올리비에와 만난 뒤에 떠났어. 그다음에 어떻게 된 걸까?"

푸아로는 나를 잡아끌면서 저택으로 돌아갔다.

"자, 몬 아미, 오늘이 실종된 다음 날이고, 우리가 핼리데이의 발자국을 추적한다고 상상해 봐. 헤이스팅스, 발자국 좋아하잖아, 아닌가? 봐, 자. 남자, 즉 핼리데이의 발자국이 있어……. 핼리데이는 우리처럼 오른쪽으로 돌아서며 활기차게 걸었어. 아! 다른 발자국이 아주 빠르게 뒤를 따르고 있어. 아까보다 크기가 작은 여자 발자국이지. 보라고. 여자가 남자를 따라잡았어. 마르고 젊은 여자에, 미망인 모습을 하고 있어. '실례합니다, 무슈. 마담 올리비에께서 다시 모셔 오라고 하십니다.' 남자가 멈춰서 뒤로 돌지. 자, 젊은 여자가 남자를 어디로 데려갔을까? 두 정원을 가로지르는 좁은 통로에서 여자가 남자를 따라잡은 게 우연이었을까? 여자가 남자를 그리로 인도하는 거야. '이쪽으로 가면 빠릅니다, 무슈.' 오른편에는 마담 올리비에의 저택 정원이 있고, 왼편에는 또 다른 저택의 정원이 있어. 그리고 바로 그 정원에서 나무가 우리 발치에 떨어졌지. 양쪽 집 모두 정원 문이 통로에서 열리게 되어 있어. 거기에 누군가 매복하고 있었던 거야. 남자들이 쏟아져 나와서 핼리데이를 제압한 뒤에 낯선 저택으로 데려간 거라고.”

“와우, 푸아로, 지금 그게 다 보인다는 건가요?”

“마음의 눈으로 보는 거야, 몬 아미. 그렇게 될 수밖에 없었거든. 이리 와, 집으로 돌아가자고.”

“마담 올리비에를 다시 만나려고요?”

푸아로가 기이한 웃음을 지었다.

“아니, 계단에 있던 여자 얼굴을 보려고.”

“그 여자가 누구라고 생각하는데요, 마담 올리비에의 친척?”

“그보다는 비서겠지. 얼마 전에 고용된 비서.”

조금 전 본 복사가 문을 열자 푸아로가 물었다.

“지금 막 들어간 미망인의 이름이 뭔지 말 좀 해 줄래요?”

“마담 베로노요? 마담 올리비에 비서 말씀이십니까?”

"바로 맞아요. 잠깐 우리랑 이야기할 수 있는지 물어봐 줄래요?"

젊은이는 사라졌다가 곧 나타났다.

"죄송합니다. 다시 나가셨나 봅니다."

푸아로가 조용히 다시 말했다.

"아닐 텐데. 제 이름이 에르퀼 푸아로라고 말해 주고, 제가 곧 파리 경찰청에 갈 예정이니 당장 꼭 만나야 한다고 전해 주겠어요?"

젊은이는 다시 사라졌다. 이번에는 여자가 내려와 응접실로 걸어 들어갔다. 우리는 여자를 따라갔다. 여자는 뒤로 돌아서 베일을 벗었다. 놀랍게도 우리의 예전 적대자인 로사코프 백작 부인의 얼굴이 드러났다. 런던에서 일어났던 아주 기발한 보석 절도 사건에 연루되었던 러시아 출신 백작 부인이었다. 부인이 하소연하듯 말했다.

"홀에서 당신 모습을 보자마자 최악의 상황이 일어날까 겁이 나더군요."

"친애하는 로사코프 백작 부인⋯⋯."

부인은 머리를 가로 젓고는 웅얼거리며 말했다.

"이제는 베로노예요. 프랑스 남자와 결혼한 스페인 사람이지요. 저에게 뭘 원하시죠, 무슈 푸아로? 당신은 끔찍한 사람이군요. 런던에서 날 쫓아내더니, 이제 멋진 우리 마담 올리비에에게도 내 이야기를 해서 날 파리에서 쫓아낼 생각이겠죠? 우리 불쌍한 러시아인도 좀 살자고요."

푸아로가 부인을 쳐다보며 말했다.

"그보다 훨씬 심각한 일입니다, 마담. 옆문으로 저택에 들어가서,

아직 살아 있다면 무슈 핼리데이를 놓아주기를 권하는 바요. 제 다 알고 있어요."

부인의 안색이 갑자기 창백해졌다. 부인은 입술을 깨물었다. 그러더니 평소처럼 단호하게 말했다.

"아직 살아 있어요. 하지만 저택에는 없어요. 이리 오세요, 무슈. 당신과 거래를 하지요. 나를 자유롭게 해 주면 무슈 핼리데이를 건강한 상태로 풀어 주겠어요."

"좋지요. 저도 마침 똑같은 제안을 하려던 참이니까. 그건 그렇고, 빅 포가 당신 고용인인가요, 마담?"

이번에도 죽은 자의 얼굴 같은 창백함이 얼굴에 가득했지만, 부인은 푸아로의 질문에 답하지 않았다. 대신에 "전화 좀 해도 되겠죠?"라고 물었다. 그러고는 전화기로 가서 번호를 눌렀다.

부인이 설명했다.

"저택 번호예요. 우리 친구 핼리데이가 감금된 곳이죠. 그 번호를 경찰에 줘도 좋아요. 경찰이 도착할 때면 비어 있을 테니까. 아아! 난 끝났어. 당신이에요, 앙드레? 나예요, 이네스. 그 작달막한 벨기에인이 다 알아 버렸어요. 핼리데이를 호텔로 보내고 빠져나오세요."

부인은 수화기를 내려놓고 웃으며 우리에게 다가왔다.

"우리랑 함께 호텔로 갑시다, 마담."

"당연하지요. 저도 그럴 생각이었어요."

나는 택시를 잡았고, 함께 출발했다. 푸아로 얼굴을 보니 당황하고 있음을 읽을 수 있었다. 너무 쉽게 풀리고 있었다. 우리는 호텔에 도착했다. 수위가 우리에게 다가왔다.

"한 신사분이 도착했습니다. 마담 방에 있습니다. 무척 아파 보였습니다. 간호사가 같이 왔는데, 지금은 떠나고 없습니다."

우리는 같이 위로 올라갔다. 창가에 놓인 의자에 앉아 있는 사람은 지칠 대로 지친 듯 보이는 초췌한 젊은이였다. 푸아로는 그에게 다가갔다.

"당신이 존 핼리데이?"

남자는 고개를 끄덕였다.

"왼쪽 팔을 보여 줘요. 존 핼리데이는 왼쪽 팔꿈치 바로 밑에 점이 있거든."

남자가 팔을 뻗었다. 점이 있었다. 푸아로는 백작 부인에게 인사했다. 부인은 몸을 돌려 방에서 나갔다.

브랜디를 한 잔 마시고 정신을 조금 차린 핼리데이가 중얼거렸다.

"하느님! 정말 지옥이었어요……. 그 작자들은 악마의 화신입니다. 내 아내, 아내는 어디 있나요? 어떻게 생각하고 있죠? 그자들은 아내가 자기들 말을 믿을 거라고 했습니다."

"그렇지 않아요. 당신 아내의 믿음은 흔들리지 않았어요. 아내는 아이와 함께 당신을 기다리고 있어요."

푸아로가 분명하게 말했다.

"하느님, 감사합니다. 다시 자유로워졌다는 사실이 믿어지지 않습니다."

"이제 조금 회복했으니, 무슈, 어떻게 된 일인지 자초지종을 듣고 싶군요."

핼리데이는 복잡한 표정으로 푸아로를 쳐다보았다.

"아무것도 기억나지 않습니다."

"뭐라고요?"

"빅 포에 대해 들어 보셨습니까?"

"조금은요."

푸아로가 메마른 목소리로 말했다.

"선생님은 그들을 모릅니다. 그자들의 힘은 끝이 없습니다. 입을 다물면 저는 안전합니다. 하지만 한마디만 한다면, 저뿐 아니라 가장 사랑하는 가까운 사람이 말로 표현할 수 없는 고통을 받을 겁니다. 저랑 실랑이해 봐야 아무 소용 없습니다. 저는 압니다…… 아무것도 기억나지 않습니다."

그러더니 핼리데이는 일어서서 방에서 걸어 나갔다.

푸아로가 당혹스러운 얼굴로 중얼거렸다.

"이렇게 되고 마는 건가? 이번에도 빅 포가 이겼군. 손에 들고 있는 게 뭐지, 헤이스팅스?"

나는 푸아로에게 그것을 넘겨주었다.

"백작 부인이 떠나기 전에 휘갈겨 쓰고 갔어요."

내가 설명하자 푸아로가 읽었다.

오 르브아(또 만나길). I.V.

"이네스 베로노의 머리글자들로 서명했군. I.V. 이 글자들이 4를 의미하기도 한다는 건 어쩌면 단순한 우연일지도 몰라. 과연 그럴까, 헤이스팅스, 그런 걸까?"

라듐 도둑

　풀려난 날 밤 핼리데이는 우리가 묵은 호텔 방 옆방에서 잤다. 밤새도록 그가 꿈속에서 신음하며 저항하는 소리가 들렸다. 필시 저택에서 겪은 일로 정신이 황폐해진 탓인지 다음 날 아침에도 우리는 그에게서 아무런 정보도 끌어내지 못했다. 핼리데이는 빅 포에게 무한한 힘이 있다는 말과 자기가 입을 열면 복수를 당할 거라는 말만 되풀이했다.

　점심을 먹은 후 핼리데이는 영국에 있는 아내를 만나러 떠났지만, 푸아로와 나는 파리에 남았다. 나는 뭔가 활동적인 일을 하고 싶어서 몸이 근지러웠기에, 잠자코 있는 푸아로가 짜증스러웠다.

　"제발 좀, 푸아로! 그자들을 맞으러 가자고요."

　내가 다그쳤다.

　"훌륭하군, 몬 아미. 훌륭해! 어디로, 누굴 맞으러 가자는 거지?

분명히 말해 주면 좋겠는데."

"그야 물론 빅 포죠."

"슬라 바 상 디르(그거야 당연한 소리고). 하지만 어디서 시작하자는 말이지?"

"경찰요."

내가 의심스러워하면서도 용기를 내어 말하자 푸아로는 웃었다.

"우리더러 꿈꾸고 있다고 할걸. 아직 보여 줄 게 없어, 하나도. 우린 기다려야 해."

"뭘 기다려요?"

"그자들이 움직이기를 기다려야지. 그래, 영국 사람들은 모두 복싱을 이해하고 사랑하지. 복싱에서는 한 사람이 움직이지 않으면 다른 사람이 움직여야 해. 그리고 적을 파악하기 위해 공격을 허용하지. 그게 우리가 할 일이야. 상대가 공격하게 만드는 거라고."

"그자들이 움직일 거라고 생각하세요?"

내가 의심스러워 물었다.

"그건 의심할 여지가 없어. 먼저, 그자들은 나를 영국에서 내보내려고 했어. 하지만 실패했지. 그런 다음 다트무어 사건에 우리가 끼어들어 희생양을 단두대에서 살려 냈어. 그리고 어제 다시 한번 그자들의 계획을 방해했고. 단언하건대 그자들은 거기서 멈추지 않을 거야."

푸아로의 말을 곰곰 생각하고 있는데 문을 두드리는 소리가 들렸다. 대답도 기다리지 않고 웬 남자가 방으로 들어와 문을 닫았다. 남자는 키가 크고 마른 체격이었고, 코가 조금 휘어 있었으며 안색이 창백했다. 턱까지 단추를 채운 오버코트를 입고 있었고, 중절모는 눈 아래까지 내려와 있었다.

남자가 부드러운 목소리로 말했다.

"신사분들, 무례하게 들어온 걸 용서하십시오. 제 일이 좀 일반적이지 않아서 말입니다."

남자는 웃으면서 탁자로 다가와 그 옆에 앉았다. 내가 벌떡 일어나려고 했지만, 푸아로가 몸짓으로 나를 말렸다.

"무슈, 당신 말대로 다소 무례하게 들어왔으니 이제 무슨 일인지 말해 보겠습니까?"

"친애하는 무슈 푸아로, 아주 간단한 일입니다. 당신이 제 친구들을 귀찮게 하고 있어요."

"어떻게요?"

"이거 보세요, 무슈 푸아로. 지금 진심으로 묻는 겁니까? 당신도 잘 알지 않습니까."

"그야, 무슈, 당신 친구라는 사람들이 누구인지에 따라 다르겠지요."

남자는 말없이 주머니에서 담배 케이스를 꺼내 열었다. 그리고 담배 네 개비를 꺼내어 탁자에 던져 놓았다. 그러고는 다시 집어 들어 케이스에 담고는 주머니에 넣어 버렸다.

"아하! 그게 그렇게 된 거로군요? 그럼 당신 친구들이 원하는 건 무엇이지요?"

"우리 친구들은 선생이 그 놀라운 재능을 이용해 일반적인 범죄

를 간파해 내는 예전 일로 돌아가, 런던에 있는 부인들 문제나 해결
해 주기를 바라고 있습니다."

"평화로운 나날이 되겠군요. 제가 동의하지 않는다면요?"

남자는 몸짓으로 감정을 표현했다.

"당연히 대단히 유감스럽겠지요. 위대한 무슈 에르퀼 푸아로의
친구들과 추앙자들 역시 유감스러워질 테고요. 하지만 아무리 비통
하게 후회한다고 해도 죽은 자를 살릴 수는 없는 법이지요."

푸아로가 고개를 끄덕이며 말했다.

"아주 우아하게 말하는군요. 그럼 만약에 제가 받아들인다면?"

"그렇다면 제 권한에 따라 보상을 해 드리겠습니다."

남자는 지갑을 꺼내더니 탁자에 지폐를 열 장 던졌다. 1만 프랑짜
리 지폐 열 장이었다.

"이건 단지 믿음에 대한 보증 수표에 불과합니다. 이 금액의 열
배를 더 지불하겠습니다."

"이런, 감히 그런 생각을……."

내가 벌떡 일어서며 외쳤다.

"자리에 앉아, 헤이스팅스."

푸아로는 다그치는 듯한 말투가 되었다가 다시 차분해졌다.

"그 훌륭하고 정직한 성격을 억누르고 좀 앉으라고. 무슈, 당신에
게는 이 말을 해 주겠어요. 당신이 도망가지 못하게 이 친구가 막는
동안 제가 경찰에 전화해서 당신을 그들에게 넘겨주지 못할 까닭이
있을까요?"

"그것이 바람직하다 생각하면 그렇게 하시지요."

남자의 태연한 말투에 나는 다시 언성을 높이고 말았다.

"오! 관둬요, 푸아로! 난 참을 수가 없다고요. 경찰에 전화해서 끝장을 내 버려요."

나는 신속하게 일어나 문으로 성큼 다가가 문을 등지고 섰다.

"그게 확실한 방법 같기는 한데."

푸아로가 혼자서 논쟁하듯 웅얼거렸다.

"하지만 선생은 그 방법을 불신하는 거겠죠?"

방문자가 웃으며 말했다.

"어서요, 푸아로."

내가 재촉했다.

"자네 책임이야, 몬 아미."

푸아로가 수화기를 들려고 하자 남자가 갑자기 고양이처럼 내게 뛰어들었다. 나는 준비가 되어 있었다. 잠시 후 우리는 서로 뒤엉켜 방 안을 비틀거리며 오갔다. 갑자기 그자가 미끄러지며 뒷걸음질하는 게 느껴졌다. 나는 그 기회를 놓치지 않았다. 그자는 내 앞에 넘어졌다. 그런데 승리의 환희를 느끼는 찰나 기이한 일이 벌어졌다. 내 몸이 앞으로 날아가는 느낌이 든 것이다. 나는 머리부터 벽에 부딪히며 엉망으로 넘어졌다. 곧 몸을 일으켰지만 이미 적은 방문을 닫고 달아난 뒤였다. 나는 문으로 달려가 손잡이를 돌렸지만, 문은 바깥에서 잠겨 있었다. 나는 푸아로에게서 전화를 빼앗았다.

"안내죠? 지금 나가는 남자 잡아요. 키가 크고 단추를 잠근 오버코트를 입고 중절모를 쓴 남자예요. 경찰 수배자예요."

잠시 후 복도에서 시끄러운 소리가 들려왔다. 열쇠가 돌아가더니 문이 활짝 열렸다. 호텔 매니저가 직접 와 있었다.

"그 남자, 잡았습니까?"

내가 외쳤다.

"아니요, 무슈. 아무도 내려오지 않았습니다."

"보내 버린 게 틀림없어요."

"아무도 나가지 않았습니다, 무슈. 그 사람이 도망쳤다는 건 믿을 수 없습니다."

"나간 사람이 있긴 할 텐데. 혹시 호텔 직원이 나가지 않았나요?"

푸아로가 부드럽게 말했다.

"요리를 나르는 웨이터 한 사람이 나가긴 했습니다, 무슈."

"아아!"

푸아로가 무수한 뜻을 함축한 탄성을 뱉었다.

"바로 그 때문에 턱까지 가리는 오버코트를 입고 있었던 게로군."

흥분한 호텔 직원들을 마침내 내보낸 후에 푸아로가 생각에 잠기며 말했다.

"정말 미안해요, 푸아로. 제대로 때려눕혔다고 생각했는데."

내가 다소 의기소침해하며 웅얼거렸다.

"그래, 내 생각에 그건 일본식 속임수였던 것 같아. 너무 자책하지 말라고, 몬 아미. 모두 계획대로 되었으니까. 그자의 계획대로. 그게 내가 바란 것이고."

"이게 뭐죠?"

내가 바닥에 놓인 갈색 물체에 달려들며 외쳤다.

그것은 얇은 갈색 가죽 지갑이었는데, 나와 다투던 와중에 그자의 몸에서 떨어진 게 분명했다. 지갑에는 '무슈 펠릭스 랑'이라는 이름이 쓰인 지폐 두 장과 접힌 종이 한 장이 들어 있었다. 그것을 보자 내 심장이 빠르게 뛰기 시작했다. 메모지 반 장에는 연필로 휘갈겨 쓴 글자가 몇 개 있었는데, 무척이나 중요한 내용이었다.

"위원회의 다음 모임은 뤼 데 제셸(에셸 거리) 34에서 금요일 오전 11시에 열린다."

거기에는 4 자가 커다랗게 서명되어 있었다.

그리고 오늘이 바로 금요일이었고, 벽난로 위에 놓인 시계는 10시 30분을 가리켰다.

"주여, 대단한 기회로군요! 운명이 우리 손에 놓여 있어요. 하지만 당장 출발해야겠어요. 정말 놀라운 행운이에요!"

"그 때문에 온 것이로군. 이제 다 알겠어."

푸아로가 웅얼거렸다.

"뭘 알아요? 제발 푸아로, 거기 앉아서 백일몽 좀 꾸지 말아요."

푸아로는 나를 쳐다보고는 천천히 고개를 가로저으며 웃음 지었다.

"'내 방으로 갈래?'라고 거미가 파리에게 말했다. 이게 영국에서 부르는 전래동요 아닌가? 안 되지, 안 돼. 그자들은 교묘해. 하지만 에르퀼 푸아로만큼은 아니라고."

"도대체 무슨 소리를 하는 거예요, 푸아로?"

"친구, 난 오늘 아침 그자가 찾아온 이유가 과연 뭘까 혼자 생각해 봤어. 그자는 정말로 내게 뇌물이 통할 거라고 기대했을까? 아니면 내게 겁을 줘서 일에서 손을 떼게 할 수 있을 거라고? 그건 거의 설득력이 없어. 그렇다면 왜 온 걸까? 이제야 그림이 보여. 아주 말끔하고, 아주 멋지게 만들었군. 내게 뇌물을 먹이거나 나를 겁줄 만한 그럴싸한 이유가 되겠어. 불가피한 싸움을 피하지 않으면서 지갑을 떨어뜨려 아주 자연스럽고 그럴듯하게 보이도록 해서, 마지막에 함정을 놓는 거지! 뤼 데 제셸, 오전 11시? 내 생각은 달라, 몬 아미! 에르퀼 푸아로를 그리 쉽게 잡을 수야 없지."

"그럴 수가."

기가 막혀서 내가 말했다.

푸아로는 혼자서 인상을 쓰고 있었다.

"그런데 아직도 한 가지 이해 안 가는 게 있단 말이야."

"뭔데요?"

"시간 말이야, 헤이스팅스. 시간. 미끼로 나를 속일 생각이었다면 분명 밤 시간이 유리했을 텐데 왜 이런 이른 시각이지? 오늘 아침에 뭔가 일어날 수도 있지 않을까? 에르퀼 푸아로가 알면 어쩌나 하고 걱정하는 뭔가가?"

푸아로는 고개를 가로저었다.

"보면 알겠지. 난 여기 앉아 있겠어, 몬 아미. 오늘 아침에는 움직이지 않을 거야. 여기서 사건을 기다리는 거지."

정확히 11시 30분이 되자 호출장이 왔다. 옅은 파란색이었다. 푸아로가 봉투를 열어 내용물을 나에게 건넸다. 세계적으로 유명한 과학자 마담 올리비에가 보낸 것이었다. 마담 올리비에 집에는 어제 우리가 핼리데이 건으로 방문했다. 호출장에는 곧바로 패시로와 달라고 쓰여 있었다.

우리는 한시도 지체하지 않고 곧바로 명에 따랐다. 마담 올리비에는 어제와 같은 작은 응접실에서 우리를 맞았다. 나는 이 여성의 놀라운 힘을 느끼고, 긴 수녀 같은 얼굴과 타오르는 눈을 보며 새삼 놀랐다. 마담 올리비에는 베크렐과 퀴리 부부의 총명한 후계자였다. 마담은 곧바로 핵심으로 들어갔다.

"메슈(여러분), 어제 무슈 핼리데이의 실종에 관해 저에게 물으셨지요? 저는 두 분이 집으로 다시 찾아와서 제 비서인 이네스 베로노를 보고 싶다고 하셨다는 걸 알고 있습니다. 베로노는 두 분과 함께 집에서 나가서는 돌아오지 않았습니다."

"하실 말씀은 그게 전부인가요, 마담?"

"아니요, 무슈. 아직 아닙니다. 어젯밤 실험실에 누가 침입해서 귀중한 논문과 메모를 몇 개 훔쳐 갔습니다. 도둑은 그보다 더 귀중한 것을 찾으려고 했지만 다행히도 큰 금고를 여는 데 실패했습니다."

"마담, 사건의 진상은 이렇습니다. 최근에 들어온 비서 마담 베로노는 원래 전문 도둑인 로사코프 백작 부인인데, 무슈 핼리데이 실종도 그 때문에 일어난 겁니다. 이네스가 마담의 비서가 된 지 얼마나 되었지요?"

"다섯 달 되었습니다, 무슈. 정말 놀라운 이야기군요."

"그렇지만 사실이지요. 말씀하신 논문 말인데, 찾기 쉬운 곳에 있었나요? 아니면 내부 소행자가 있다고 생각하시나요?"

"도둑이 정확히 어디를 찾아야 하는지 알았다는 게 좀 신기합니다. 선생님은 이네스가……?"

"맞아요, 이네스가 정보를 줘서 그들이 움직였다는 건 확실해요. 하지만 도둑이 찾지 못했다는 그 귀한 물건은 무엇이지요? 보석?"

마담 올리비에는 희미하게 웃으며 고개를 가로저었다.

"그보다 훨씬 귀중한 거랍니다, 무슈."

부인은 주위를 둘러보더니 앞으로 몸을 숙이고서 목소리를 낮춰 말했다.

"라듐입니다, 무슈."

"라듐요?"

"네, 무슈. 지금이 제 실험에서 가장 중요한 시기입니다. 원래는 제게 라듐이 소량 있었는데, 실험을 위해 다른 곳에서 더 빌려 왔지요. 실제 양은 얼마 되지 않지만, 세계 라듐 보유량을 생각하면 상당한 양인 데다가 수백만 프랑의 가치가 있습니다."

"그게 어디에 있지요?"

"큰 금고에 든 납 상자 안에 있습니다. 금고는 고의로 낡고 오래된 모양으로 보이게 했지만 실제로는 금고 제작자의 걸작입니다. 아마 그 때문에 도둑이 열지 못했던 것 같습니다."

"그 라듐을 얼마나 오랫동안 보관해야 하나요?"

"이틀만 더 보관하면 됩니다, 무슈. 그러면 실험은 끝나거든요."

푸아로의 눈이 반짝거렸다.

"그리고 이네스 베로노도 그 사실을 알겠지요? 좋아요. 그러면 도둑 친구들은 다시 올 겁니다. 누구에게도 제 이야기는 하지 마세요, 마담. 하지만 안심하세요. 라듐은 제가 지켜 드릴 테니. 실험실에서 정원으로 들어가는 문 열쇠는 갖고 계시겠지요?"

"네, 무슈. 여기 있습니다. 복사본도 하나 있어요. 그리고 이건 이 저택과 옆 저택 사이에 있는 통로로 이어지는 정원 문 열쇠예요."

"고맙군요, 마담. 오늘 밤, 평소처럼 걱정하지 말고 잠자리에 들고 나머지는 제게 맡기세요. 하지만 아무에게도 말해서는 안 됩니다. 조수인 마드무아젤 클로드와 무슈 앙리에게도요. 알겠지요? 특히 그들에게는 말하면 안 됩니다."

푸아로는 아주 만족스러운 듯 손을 비비며 저택에서 나왔다.

"이제 어떻게 하면 되죠?"

내가 물었다.

"자, 헤이스팅스, 이제 우리는 곧 파리를 떠나 영국으로 갈 거야."

"네?"

"짐을 싸고, 점심을 든 뒤에 가르 뒤 노르(북역)로 가세."

"하지만 라듐은요?"

"영국으로 떠나자고 했지 거기에 도착한다고는 하지 않았잖아. 잠깐 생각해 보라고, 헤이스팅스. 분명히 누군가 우리를 감시하고 미행할 거야. 적이 우리가 영국으로 돌아간다고 믿게 해야 하는데, 우리가 정말로 기차를 타서 출발하는 모습을 보기 전에는 믿지 않을 거라고."

"지난번처럼 마지막에 빠져나와야 한다는 말인가요?"

"아니야, 헤이스팅스. 우리 적은 실제로 우리가 출발하기 전에는 만족하지 않을 거야."

"하지만 기차는 칼레까지 직행으로 달리는데요?"

"돈을 주면 멈출 거야."

"에이, 말도 안 돼요, 푸아로. 아무리 돈을 먹인다고 멈추겠어요? 분명히 거부할 거라고요."

"이보게, 친구, 기차에 있는 그 작은 손잡이를 부적절하게 쓰면 100프랑 벌금을 물어야 한다는 내용을 제대로 본 적이 없는 게로군?"

"오! 그걸 당기려고요?"

"우리 친구 피에르 콩보가 당기는 편이 좋겠지. 콩보가 보초랑 다투며 난장판을 벌이느라 온 기차가 들썩이는 동안 나랑 자네는 조용히 사라지는 거야."

우리는 계획을 그대로 실행에 옮겼다. 푸아로의 옛 친구 피에르 콩보는 푸아로의 계획을 아주 잘 아는 양 그대로 따랐다. 콩보는 열차가 파리 근교를 벗어나자마자 비상 신호선을 당겼다. 콩보는 가장 흔한 프랑스식으로 난동을 부렸고, 푸아로와 나는 아무도 모르게 열차에서 내릴 수 있었다. 우리는 먼저 외모를 바꾸었다. 푸아로는 작은 가방에 변장 도구를 담아 갖고 왔다. 그리하여 더러운 파란색 작업복을 입은 건달 두 사람이 탄생했다. 우리는 궁벽한 숙소에서 저녁을 먹은 후 다시 파리로 돌아갔다.

우리가 다시 마담 올리비에의 저택 인근에 도착한 것은 11시가 다 되어서였다. 우리는 길을 앞뒤로 둘러본 뒤에 통로로 미끄러지듯 이동했다. 그곳 전체가 완벽히 버려진 것 같은 느낌이었다. 한 가지 확실한 사실은 아무도 우리를 미행하지 않는다는 점이었다.

푸아로가 내게 속삭였다.

"그자들이 벌써 왔으리라고는 생각지 않아. 아마도 내일 밤까지는 오지 않을 테지만, 라듐이 여기에 머무를 날은 오직 이틀밖에 남지 않았다는 사실은 분명히 알고 있을 거야."

우리는 아주 조심스럽게 정원 문의 열쇠를 돌렸다. 문은 조용하게 열렸고, 우리는 정원으로 들어갔다.

그때 전혀 예상치 못한 곳에서 기습을 받았다. 순식간에 포위되어 재갈과 밧줄에 속박된 신세가 되었다. 적어도 남자 열 명이 우리를 기다리고 있었음이 틀림없었다. 저항해 봐야 소용없었다. 우리는 마치 짐 꾸러미처럼 들려 꼼짝없이 어딘가로 이동되었다. 정말 놀라운 것은, 그들이 우리를 집에서 먼 쪽으로 데려가지 않고 집 쪽으로 데려가고 있다는 사실이었다. 그들은 열쇠로 문을 열고 실험실로 들어가 우리를 그곳에 내려놓았다. 한 남자가 큰 금고 앞에 섰다. 금고 문이 활짝 열렸다. 척추 아래로 불쾌한 느낌이 흐르는 걸 감지했다. 우리를 그 안에 집어넣어 천천히 질식시킬 생각인가?

하지만 놀랍게도 금고 안쪽에는 지하로 연결된 계단이 있었다. 우리는 좁은 통로를 강제로 통과하여 결국 넓은 지하 방으로 들어갔다. 키가 크고 위압적인 한 여성이 검은색 벨벳 마스크로 얼굴을 가린 채 서 있었다. 권위 있는 몸짓으로 보아, 여자가 상황을 주도하는 사람임이 분명했다. 남자들은 우리를 바닥에 내팽개치고 나갔다. 가면 쓴 수수께끼의 인물은 그대로 있었다. 여인이 누구인지는 의심할 여지가 없었다. 그 미지의 프랑스 여인, 빅 포의 3인자였다.

여자는 우리 곁에 무릎을 꿇더니 결박은 그대로 둔 채 재갈만 벗겼다. 그리고 일어서서 우리를 바라보다가 갑자기 재빠른 몸짓으로 마스크를 벗었다.

여인은 바로 마담 올리비에였다!

부인이 조롱하는 목소리로 낮게 말했다.

"무슈 푸아로, 그 대단하고, 훌륭하고, 하나뿐인 무슈 푸아로. 내가 어제 아침에 경고를 보냈지요. 당신은 그걸 무시했어요. 우리와 맞설 수 있다고 생각한 거겠죠. 하지만 이렇게 잡히고 말았군요!"

마담 올리비에 주위에는 뼛속까지 얼게 만드는 차가운 악의가 서려 있었다. 타오르는 눈과는 너무나도 대조적이었다. 마담은 천재의 광기로 미쳐 있었다.

푸아로는 아무 말도 하지 않았다. 입을 벌린 채 마담을 노려보고 있었다.

"자, 이제 끝이에요. 당신이 우리 계획을 방해하도록 내버려 둘 수는 없어요. 마지막으로 하고 싶은 말이라도 있나요?"

마담이 부드럽게 말했다.

그 전에도, 또 그 후로도 그토록 죽음에 가까이 다가갔다고 느낀 적은 없었다. 그런데 푸아로는 당당했다. 위축되지도, 질리지도 않은 채 그저 변함없이 관심 어린 눈으로 마담 올리비에를 응시했다.

푸아로가 조용히 말했다.

"당신의 심리가 어떤지 정말로 흥미롭군요, 마담. 연구할 시간이 너무 짧다는 게 유감이군. 좋아요, 한 가지 부탁하리다. 처형당할 사람은 언제나 마지막으로 담배를 피울 수 있는 걸로 아는데. 저한테 담배 케이스가 있어요. 괜찮다면……."

푸아로가 밧줄을 내려다보았다.

마담이 웃었다.

"오, 저런! 나더러 손을 풀어 달라는 거로군요, 그렇지요? 당신은 교활해요, 무슈 에르퀼 푸아로. 그건 나도 압니다. 나는 당신 손을 풀어 주지 않을 거예요. 하지만 담배는 찾아 드리죠."

마담 올리비에는 푸아로 곁에 무릎을 꿇고서 담배 케이스를 찾아낸 뒤에 담배를 한 개비 꺼내어 푸아로의 입술 사이에 꽂았다.

"이제 성냥을 붙일 차례군요."

마담이 일어서며 말했다.

"그럴 필요 없소이다, 마담."

푸아로 목소리에 담긴 무엇인가가 나를 놀라게 했다. 마담 올리비에 역시 얼어붙었다.

"부디 움직이지 말아요, 마담. 움직였다가는 후회할 겁니다. 당신 쿠라레의 특성에 대해 좀 아나요? 남미 인디언들은 이걸 독화살로 사용하지요. 조금만 긁혀도 죽게 되어 있어요. 어느 부족은 입으로 불어 쏘는 통을 사용한다더군요. 저도 담배와 똑같이 생긴 자그마한 통을 만들었지요. 불기만 하면…… 아아! 놀라시는군. 꼼짝하지 말아요, 마담. 이 담배에 설치된 기계는 매우 정밀하거든요. 한 번만 불면 물고기 뼈 같은 자그마한 화살이 목표물을 찾아 날아가지요. 죽고 싶지는 않을 테지요, 마담. 그러니 부탁하건대, 제 친구 헤이스팅스의 결박을 풀어 줘요. 손은 움직이지 못하지만 고개는 돌릴 수 있으니 여전히 당신은 제 사정권 안에 있어요, 마담. 부탁이니 실수하지 않기를.”

분노와 증오로 얼굴이 일그러져 가던 마담 올리비에는 천천히 떨리는 손으로 몸을 숙여 푸아로가 시키는 대로 했다. 나는 자유로워졌다. 푸아로가 내게 다음에 할 일을 말해 주었다.

“이제 그 밧줄로 마담을 묶어, 헤이스팅스. 그렇지. 단단히 묶었겠지? 그러면 나를 좀 풀어 주게. 마담이 부하들을 내보낸 것은 행운이었어. 조금만 운이 좋으면 방해받지 않고 여기서 나갈 수 있을 거야.”

잠시 후, 푸아로가 내 곁에 와서 서서 마담 올리비에에게 인사했다.

“에르퀼 푸아로는 그리 쉽게 죽지 않습니다, 마담. 안녕히 주무시기를.”

재갈 때문에 대답하지 못했지만, 눈에서 뿜어져 나오는 살기 어린 광채는 무시무시했다. 나는 다시는 마담 올리비에의 손아귀에 떨어지지 않기를 진심으로 바랐다.

3분 후, 우리는 저택 바깥으로 나와서 서둘러 정원을 가로질렀다. 바깥 길에는 아무도 없었고, 우리는 곧 동네에서 벗어났다.

그때 푸아로가 입을 열었다.

"마담이 말한 대로 돼도 싸. 나는 어쩔 수 없는 저능아요, 슬픈 짐승에 바보 천치야. 덫에 걸리지 않았다고 자랑하고 다녔는데. 게다가 그건 덫도 아니었어. 내가 거기에 빠진 방식이 꼭 덫에 걸린 형상이었을 뿐이지. 그자들은 내가 알아차릴 거라는 점도 알았어. 그걸 노렸던 거라고. 이제 다 설명이 되는군. 그자들이 그렇게 쉽게 항복한 이유 말이야. 핼리데이와 그 밖의 모두. 마담 올리비에가 주동 인물이었고 베라 로사코프는 그저 부하일 뿐이었어. 마담 올리비에는 핼리데이의 아이디어가 필요했던 거야. 자신에게는 핼리데이가 곤혹스러워하던 문제를 해결할 천재적 지능이 있었으니까. 그래, 헤이스팅스, 이제 우리는 3인자가 누구인지 알았어. 세상에서 가장 뛰어난 과학자가 3인자라니! 생각해 봐. 동양의 두뇌와 서양의 과학, 그리고 우리가 아직 정체를 모르는 두 사람. 우린 알아내야만 해. 내일 런던으로 돌아가서 일을 시작하자."

"마담 올리비에를 경찰에 고발하지 않을 건가요?"

"내 말을 믿지 않을 거야. 마담은 프랑스의 우상이라고. 게다가 증거도 없고. 오히려 마담이 우리를 고발하지 않으면 행운이겠지."

"네?"

"생각해 봐. 우린 한밤중에 열쇠를 가진 채로 마담 저택에서 발견될 거라고. 마담은 당연히 우리에게 열쇠를 준 적이 없다고 할 테고. 금고에서 마담과 마주친 우리가 마담에게 재갈을 물리고 묶어 둔 뒤에 도망친 게 될 거야. 환상에서 벗어나, 헤이스팅스. 이런 걸 보고 '신발을 잘못 신었다.'라고들 하던가?"

패시 저택에서 겪은 모험 이후, 우리는 황급히 런던으로 돌아왔
다. 편지 몇 통이 푸아로를 기다리고 있었다. 푸아로는 호기심에 찬
웃음을 지으며 그 가운데 하나를 읽고서 내게 건넸다.

"읽어 봐, 몬 아미."

나는 '에이브 릴런드'라는 서명을 보고서 퍼뜩 푸아로의 말이 떠
올랐다.

'세상에서 제일가는 부자.'

릴런드의 편지는 무뚝뚝하고 날카로웠다. 릴런드는 푸아로가 마
지막 순간에 남미로 떠나라는 제안을 거절한 것에 대해 무척이나
유감스럽다고 썼다.

"이거 정말 사람 어지럽게 하는군, 안 그래?"

푸아로가 말했다.

"릴런드 씨가 화를 내는 것도 당연하지 싶은데요."

"아냐, 아냐. 이해를 못 하는구먼. 여기로 피신해 왔다가 결국 적의 손에 죽은 메이얼링이 한 말을 기억하라고. '2인자는 S에 두 줄이 간 표시, 그러니까 달러 표시로 상징된다. 그리고 두 가닥 줄무늬와 별 하나로도 상징된다. 따라서 그자가 미국 시민이고, 부의 힘을 상징한다고 추측할 수 있다.' 게다가 릴런드는 내게 영국에서 떠나는 조건으로 엄청난 금액을 제시했어. 그러니까 어떻게 된 거겠어, 헤이스팅스?"

"그럼 푸아로는 에이브 릴런드라는 거부가 빅 포의 2인자라고 의심하는 거로군요."

내가 응시하면서 말했다.

"그 똑똑한 머리로 제대로 이해했군, 헤이스팅스. 바로 그거야. '거부'라는 말을 할 때 자네 목소리에는 많은 감정이 담겼지만, 한 가지 명심할 게 있어. 이 일을 움직이는 건 최고 위치에 있는 사람이야. 그리고 릴런드 씨는 사업에 관한 한 지독한 인간이라는 명성을 얻고 있지. 능력 있고 철두철미한 남자, 필요한 모든 재력이 있으면서 무한한 권력을 탐하는 남자라 이거야."

푸아로의 견해에는 이유가 있는 게 명백했다. 나는 푸아로에게 언제 그렇게 확신하게 되었냐고 물었다.

"그냥 생각이야. 확실하진 않아. 확실할 수가 없지. 몬 아미, 나는 알기 위해서라면 무엇이든 할 거야. 2인자가 에이브 릴런드라는 게 확실하다면 목표에 다가갈 수 있어."

“릴런드는 막 런던에 도착했어요. 이걸 보면 알죠. 릴런드를 불러서 개인적으로 사과할 건가요?”

내가 편지를 손가락으로 두드리며 말했다.

“그럴까 해.”

이틀 후, 푸아로는 몹시 흥분한 채 우리 방으로 돌아왔다. 그 어느 때보다 격정적으로 나를 양손으로 붙잡았다.

“친구, 굉장하고, 전례 없고, 앞으로도 일어나지 않을 사건이네! 하지만 엄청난 위험도 도사리고 있지. 자네한테는 해 보라는 말도 못 하겠어.”

나를 겁주려고 한 거라면 푸아로는 잘못 생각한 셈이었다. 나는 푸아로에게 그 사실을 알렸다. 아까보다는 정신을 차린 푸아로가 계획을 털어놓았다.

릴런드는 사교 매너가 뛰어나고 교양을 갖춘 영국인 비서를 찾고 있었다. 푸아로는 내게 그 자리에 지원하라고 권했다.

푸아로가 미안해하며 설명했다.

“내가 하고 싶을 정도야, 몬 아미. 하지만 알다시피, 내가 비서로 변장한다는 건 거의 불가능한 일이야. 물론 흥분했을 때만 빼면 영어를 잘하기는 하지만 영국인이라고 속일 정도는 아니야. 게다가 콧수염을 자른다고 해도 여전히 에르퀼 푸아로로 보일 게 분명해.”

나도 그 말이 맞는다고 생각했기에 그 역할을 맡아서 릴런드의 집으로 침투할 준비가 됐다고 말했다.

“어차피 십중팔구 나를 뽑지 않을 거예요.”

"아니, 뽑을 거야. 그자가 입술을 깨물며 헤이스팅스를 뽑게 만들 보증서를 준비할 거니까. 내무 장관이 친히 추천해 줄 거거든."

나는 일을 너무 거추장스럽게 하는 게 아닌가 물었지만, 푸아로는 손을 내저으며 내 간언을 물리쳤다.

"아냐, 분명히 해 줄 거야. 커다란 스캔들이 되었을지도 모르는 사소한 일을 내가 조사해 줬거든. 모든 일을 신중하고 치밀하게 해결해 줬지. 이제 시쳇말로 내무 장관은 작은 새처럼 내 손 위에 내려앉아 과자 부스러기를 쪼아 먹을 거라고."

첫 번째로 우리가 할 일은 '분장'해 줄 예술가를 고용하는 것이었다. 그 사람은 키가 작았고, 새처럼 생긴 기묘한 머리는 푸아로와 별로 다르지 않았다. 그는 조용히 나를 관찰하더니 곧 일에 착수했다. 30분 후에 거울을 본 나는 놀라고 말았다. 특별히 제작한 신발을 신어서 적어도 5센티미터는 더 커 보였고, 코트를 입은 탓에 키가 크고 마르고 호리호리해 보였다. 눈썹 모양이 교묘하게 바뀌어 얼굴은 완전히 다른 인상을 풍겼다. 뺨에는 패드를 대었고 짙게 그은 피부도 옛이야기가 되어 버렸다. 콧수염도 사라졌고, 금니가 한쪽에 두드러지게 보였다.

"자네 이름은 아서 네빌일세. 신이 지켜 주기를, 친구여. 자넨 지금 위험한 곳으로 가는 거라고."

푸아로가 말했다.

나는 두근거리는 가슴을 안고 릴런드 씨가 명시한 시간에 사보이로 가서 면접을 보러 왔다고 말했다.

한 일이 분 정도 기다린 후 나는 위층에 있는 릴런드의 방으로 안내받았다.

릴런드는 탁자에 앉아 있었다. 그의 앞에 펼쳐진 편지가 내무 장관이 자필로 쓴 것임을 나는 곁눈으로 알 수 있었다. 미국인 백만장자를 내 눈으로 직접 본 것은 그때가 처음이었는데, 나도 모르게 깊은 인상을 받았다. 릴런드는 키가 크고 말랐으며 턱은 불쑥 튀어나오고 코는 약간 매부리코였다. 눈은 처마 같은 눈썹 아래에서 차가운 잿빛으로 빛났다. 머리는 굵은 반백이었고, 긴 검은색 시가가(나중에 알았지만 시가를 입에 물고 있지 않을 때가 없었다.) 입 한쪽 구석에 삐딱하게 튀어나와 있었다.

"앉지."

그가 툴툴대듯 말했다.

나는 자리에 앉았다. 릴런드는 앞에 놓인 편지를 손으로 두드렸다.

"여기 놓인 편지를 보면 자네는 좋은 상품이니 더 살펴볼 필요도 없네. 말해 보게. 사교 기술에 능한가?"

나는 그 방면에서 릴런드를 만족시킬 수 있다고 말했다.

"내 말은, 공작이니 백작이니 자작이니 하는 사람들을 시골에 있는 내 집으로 여럿 부르면 자네가 그 사람들을 잘 정돈해서 식탁에 어떻게 앉혀야 하는지 알 수 있느냐는 거야."

"오! 그야 쉽습니다."

내가 웃으며 대답했다.

몇 가지 이야기를 더 나눈 뒤에, 나는 그곳에서 일하기로 했다. 릴런드 씨가 바란 것은 영국 사회에 정통한 비서였는데, 미국 비서와 속기사는 이미 고용되어 있었다.

이틀 후 나는 롬서 공작의 저택이 있는 해턴 체이스로 건너갔다. 그곳은 백만장자 릴런드가 여섯 달 동안 빌린 장소였다.

일은 전혀 힘들지 않았다. 나는 바쁜 국회 의원의 개인 비서로 일한 적이 있기 때문에 일이 익숙했다. 릴런드 씨는 대개 주말에 거대한 파티를 개최했지만 주중에는 비교적 조용했다. 미국인 비서 애플비 씨는 거의 얼굴을 보지 못했지만 유쾌하고 평범한 젊은이로, 아주 유능한 사람 같았다. 속기사인 마틴 양은 조금 더 자주 마주쳤다. 마틴 양은 스물서너 살 정도 되는 예쁘장한 여성이었다. 머리는 적갈색이었고, 갈색 눈동자는 때때로 장난기가 넘쳐 보였지만 대개는 점잔 빼듯 아래를 향해 있었다. 마틴 양은 고용인 릴런드를 싫어하고 불신하는 듯했다. 물론 마틴 양은 조심스러워서 결코 그런 기색을 비치지 않았지만, 어느 날 뜻밖에 그녀의 비밀을 듣게 되었다.

나는 집 안의 모든 구성원을 면밀히 살폈다. 하인 한두 명이 새로이 고용되었는데, 아마도 문지기 한 명과 가정부 몇 명이 들어온 것 같았다. 집사, 가옥 관리인, 그리고 요리사는 백작의 고용인으로, 그 집에 머물겠다고 동의한 사람이었다. 가정부들은 중요한 인물 같지 않았다. 나는 두 번째 문지기인 제임스를 아주 조심스럽게 살폈다. 하지만 그는 단지 하급 문지기에 지나지 않음이 분명했다. 제임스는 사실 집사가 고용한 사람이었다. 내가 좀 더 심각하게 의심한 사람은 디브스라는 자로, 릴런드가 뉴욕에서 데려온 시종이었다. 영국

태생이었고 나무랄 데 없이 행동했지만, 나는 여전히 그가 막연히 의심스러웠다.

내가 해턴 체이스에 간 지도 어느덧 3주가 지났지만 우리 가설을 뒷받침해 줄 만한 사건은 단 한 건도 일어나지 않았다. 빅 포가 활동한 흔적은 없었다. 릴런드 씨는 압도적인 힘과 성격을 갖춘 사람이었지만, 나는 푸아로가 그를 그 무시무시한 조직과 연관 지은 것은 실수라고 믿게 되었다. 심지어 어느 날은 릴런드가 저녁을 들면서 아주 무심하게 푸아로를 언급하는 것도 들었다.

"작지만 대단한 사람이라고들 하더군. 하지만 겁쟁이야. 내가 어떻게 아냐고? 거래를 제안했는데 마지막 순간에 거절하더군. 나는 무슈 에르퀼 푸아로니 하는 자를 더 이상 인정할 수 없어."

바로 이런 순간이 뺨에 댄 패드가 가장 근질거리는 때였다!

그런데 마틴 양이 조금 호기심을 불러일으키는 이야기를 들려주었다. 마침 릴런드는 애플비를 데리고 영국으로 가고 없었다. 마틴 양과 나는 차를 마신 뒤에 정원에서 이야기를 주고받고 있었다. 나는 마틴 양이 몹시 마음에 들었다. 마틴 양은 진실로 순수하고 자연스러웠다. 나는 그동안 마틴 양이 마음에 뭔가 숨기고 있다는 것을 알고 있었는데, 마침내 그 이야기가 나왔다.

"그거 아세요, 네빌 소령님? 사실 저는 여길 그만둘까 해요."

나는 조금 놀란 표정을 지었지만, 마틴 양은 서둘러 말을 이었다.

"아! 이곳이 정말 멋진 일자리라는 건 저도 알아요. 아마 사람들은 대부분 이 자리를 박차고 나가는 저를 바보라고 하겠죠. 하지만 저는 학대를 참을 수가 없어요, 네빌 소령님. 저에게 욕하는 걸 참을 수가 없다고요. 신사라면 그런 짓은 안 할 거예요.”

“릴런드 씨가 마틴 양에게 욕을 했나요?”

마틴이 고개를 끄덕였다.

“물론 릴런드 씨는 항상 다소 짜증스러워하고 성격이 급해요. 그건 누구나 알아요. 아예 하루 일과에 포함되어 있는걸요. 하지만 아무것도 아닌 일에 그렇게 노발대발하다니. 마치 저를 죽이기라도 할 것처럼 노려봤어요! 그것도 아무것도 아닌 일에 말이에요!”

“내게 이야기해 줄래요?”

내가 강한 흥미를 느끼며 물었다.

“아시다시피 저는 릴런드 씨의 편지를 모두 열어 봐요. 어떤 건 애플비에게 가고 어떤 건 제가 스스로 처리하지만, 우선 정리는 다 제가 하거든요. 그런데 간혹 파란색 봉투에 담긴 편지가 오는데, 구석에 아주 작게 4 자가 쓰여 있어요. 죄송해요, 뭐라고 하셨나요?”

나는 숨죽인 탄성을 내뱉고 말았지만 황급히 머리를 가로저은 뒤 마틴 양에게 부디 이야기를 계속하라고 했다.

“그런데 파란색 봉투에 담긴 편지들은 결코 개봉하지 않은 채 릴런드 씨에게 전해 줘야 한다는 엄격한 규칙이 있어요. 물론 저는 늘 그대로 따랐지요. 하지만 어제 아침에는 보통 때보다 편지 양이 너무 많아서 엄청나게 빨리 편지들을 열어 보다가 실수로 그 편지까지 열어 본 거예요. 제가 무슨 짓을 저질렀는지 알자마자 저는 릴런드 씨에게 가서 설명해 드렸어요. 그런데 놀랍게도 길길이 날뛰는 거예요. 말씀드렸듯이 정말 무서웠어요."

"편지에 뭐가 있었기에 그렇게 화를 냈을까요?"

"아무것도 없었어요. 바로 그게 이상하다니까요. 실수라는 걸 알기 전에 내용을 봐 버렸거든요. 아주 짧았어요. 지금도 한 자 한 자 기억할 수 있는데, 화를 낼 만한 내용은 전혀 아니었어요."

"다 기억한다고 했나요?"

내가 부추기며 말했다.

"네."

마틴 양이 잠시 말을 멈췄다가 천천히 외우는 동안, 나는 조심스럽게 그 말을 기록했다.

업무 담당자에게 지금 중요한 일은 물건 확인차 모임을 갖는 것입니다. 굳이 채석장을 포함시켜야 한다고 고집하신다면, 17000이 적절한 것 같습니다. 11퍼센트는 너무 많고 커미션으로 4퍼센트면 됩니다.

친애하는 아서 레버샴

마틴 양이 말을 이었다.

"필시 릴런드 씨가 매입하려는 부동산과 관련된 내용일 거예요. 하지만 이렇게 사소한 일로 그토록 분개하는 사람은, 정말이지 위험한 사람이라고 생각해요. 이럴 때 제가 어떻게 해야 한다고 생각하세요, 네빌 소령님? 저보다는 세상 경험이 많으시잖아요."

나는 마틴 양을 달래면서 아마도 릴런드 씨는 그와 같은 부류 사

람들이 흔히 앓는 소화 불량으로 고생하고 있나 보다고 말해 주었
다. 결국 나는 마틴 양의 마음을 진정시킬 수 있었다. 하지만 나는
그리 쉽게 만족할 수 없었다. 마틴 양이 가고 혼자 남자 공책을 꺼
내서 아까 기록한 편지 내용을 살펴보았다. 겉보기에는 무고하게
보이는 이 편지는 무슨 뜻일까? 릴런드가 추진하던 사업 건과 연관
되어서 완료되기 전까지 정보가 조금이라도 새어 나가면 안 되기
때문에 그렇게 초조해했을까? 그것도 가능한 이야기였다. 하지만
나는 봉투에 표시되어 있다던 자그마한 4 자를 떠올리고는 마침내
우리가 찾던 것을 제대로 추적하고 있음을 느꼈다.

나는 그날 저녁 내내, 그리고 다음 날에도 거의 하루 종일 그 편지
를 놓고 곰곰이 생각했다. 그러다가 갑자기 해답이 떠올랐다. 4 자
가 단서였다. 편지에서 네 번째 단어만 읽으니 완전히 다른 메시지
가 나타났다.

"중요한 모임 채석장 17 11 4."

답은 간단했다. 17은 10월 17일, 그러니까 내일을 의미했고, 11은
시간을, 4는 서명, 즉 수수께끼의 4인자 자신을 의미하거나 아니면
빅 포를 가리키는 일종의 트레이드마크일 터였다.

채석장은 정말 기가 막혔다. 저택에서 1킬로미터 못 되게 가면 커
다란 폐채석장이 있었다. 조용한 장소여서 비밀 회합을 하기에는
안성맞춤이었다.

일이 분가량, 나는 혼자서 해 볼까 하는 유혹을 느꼈다. 한 번이라
도 푸아로를 이기고 탄성을 지르는 기쁨을 느낀다면 대단한 자랑거

리가 될 터였다.

하지만 나는 유혹을 이겨 냈다. 이것은 큰 사건이었다. 혼자서 해결할 권리도 없었고, 성공할 기회를 놓칠지도 몰랐다. 우리는 처음으로 적을 추월했던 것이다. 이 기회를 잘 활용해야 했다. 그리고 사실 이야기는 하지 않았지만, 푸아로가 나보다 머리가 더 좋았으니까.

나는 서둘러 푸아로에게 편지를 써서 사실을 알리고, 그 모임에서 어떤 일이 일어나는지 꼭 엿들어야 한다고 설명했다. 내게 맡기는 것도 좋겠지만, 직접 등장하는 편이 현명하다고 판단할 경우를 대비해서 역에서 채석장으로 오는 길을 상세히 일러두었다.

나는 마을로 나가서 편지를 직접 부쳤다. 이곳에 머무는 동안 줄곧 푸아로와 연락을 주고받았지만, 누군가 내 편지에 손을 댄 흔적이 있으면 푸아로가 내게 연락하지 않기로 합의했기 때문이다.

다음 날 저녁에 나는 흥분으로 달아올라 있었다. 저택에 머무는 방문자도 없었고, 저녁 내내 릴런드 씨 서재에서 그와 바쁘게 일했다. 나는 이렇게 되리라고 예상했기 때문에 푸아로를 역에서 만나지 못하리라 여기고 있었다. 그러나 나는 11시가 되기 전에 릴런드가 나를 내보내리라고 확신했다.

아니나 다를까, 10시 30분이 막 지나자 릴런드 씨는 시계를 흘긋 보더니 이제 볼일을 다 봤다고 말했다. 나는 릴런드의 말을 알아듣고 가만히 나왔다. 잠자리에 들 것처럼 위층으로 올라갔지만 조용히 측면 계단으로 미끄러지듯 내려와 정원으로 나왔다. 흰색 셔츠를 감추기 위해 짙은 오버코트를 입는 예방책도 잊지 않았다.

정원을 조금 지나가다가 우연히 어깨 너머를 돌아보았더니, 릴런드 씨가 서재에서 막 빠져나와 정원으로 들어오고 있었다. 약속을 지키기 위해 가는 길이었다. 나는 먼저 가 있으려고 걸음을 두 배로 빨리했다. 채석장에 도착하자 숨이 좀 찼다. 주위에는 아무도 없는 듯했다. 나는 두꺼운 덤불숲에 기어들어 상황을 지켜보았다.

10분 뒤 막 11시가 되자 릴런드가 살금살금 나타났다. 모자를 깊이 눌러써 눈을 가릴 정도였고 몸의 일부나 다름없는 시가도 입에 물려 있었다. 릴런드는 주변을 빠르게 둘러보고는 채석장 아래 움푹 파인 곳으로 뛰어들었다. 낮게 웅얼거리는 소리가 들렸다. 다른 남자, 혹은 남자들이 모임 장소에 미리 도착해 있었던 게 분명했다. 나는 조심스럽게 소리가 나지 않도록 최대한 주의하며 덤불에서 야금야금 기어 나와 가파른 길 아래에 몸을 웅크렸다. 이제 그 사람들과 나 사이에는 커다란 바위 하나만이 어둠에 가려진 채 놓여 있었다. 나는 바위 가장자리에서 그쪽을 훔쳐보다가 무시무시하게 생긴 검은 자동 권총의 머리 부분을 마주하고 있음을 깨달았다!

"손 들어! 기다리고 있었다."

릴런드가 짧게 말했다.

릴런드는 바위 그림자가 지는 곳에 있어서 얼굴이 보이지 않았지만, 목소리에 어린 위협은 불쾌했다. 그때 목 뒤에 차가운 금속이 닿는 것이 느껴졌고, 릴런드는 총을 내려놓았다.

"잘했어, 조지. 그자를 이리 끌고 와."

릴런드가 느리게 말했다.

나는 속으로 분개하면서 그림자가 진 곳으로 끌려갔다. 거기서 보이지 않는 조지(빈틈없는 디브스라고 추정한다.)가 내게 재갈을 물리고 단단히 결박했다.

릴런드는 다시 내가 알아듣기 어려운 어조로 말했는데, 너무나도 차갑고 위협적이었다.

"너희 둘은 여기서 끝날 거다. 너희는 빅 포의 길을 너무나 자주 방해했어. 산사태 이야기 들어 본 적 있나? 이 근방에서 2년 전에 산사태가 났지. 오늘 밤에도 산사태가 일어날 거야. 제대로 준비해 뒀거든. 네 친구는 날짜를 정확히 지키지 않는군."

공포의 물결이 나를 휘감았다. 푸아로! 잠시 후면 푸아로가 곧바로 덫에 말려들 텐데도 나는 그에게 경고해 줄 수가 없었다. 오직 푸아로가 내게 일을 맡기기로 하고서 런던에 머물러 있기를 기도할 뿐이었다. 푸아로가 오려고 했다면 당연히 지금쯤은 왔어야 했다.

1분 1분이 지날수록 내 희망은 커져 갔다.

갑자기 희망이 산산이 부서졌다. 발소리가 들린 것이다. 조심스럽게 들려왔지만 그것은 분명 발소리였다. 나는 어쩔 수 없는 무기력에 고뇌하며 몸부림쳤다. 발소리는 길을 따라오다가 잠시 멈췄다. 그리고 푸아로가 등장했다. 푸아로는 머리를 약간 한쪽으로 기울인 채 어둠을 훔쳐보았다.

나는 릴런드가 커다란 권총을 들어서 "손 들어!"라고 소리치면서 내뱉은 만족스러운 으르렁거림을 들었다. 그때 디브스가 앞으로 튀어 나가 뒤에서 푸아로를 덮쳤다. 매복은 완벽했다.

“만나서 기쁘오, 에르퀼 푸아로 선생.”

에이브 릴런드가 사납게 말했다.

푸아로는 놀랍도록 침착했으며 겁내지도 않았다. 푸아로의 눈이 어둠 속에서 뭔가 찾는 것을 보았다.

“내 친구는? 여기 있나요?”

“그렇소, 당신들 모두 덫에 걸렸지. 빅 포의 덫에.”

릴런드가 웃었다.

“덫이라고요?”

“이봐, 지금 이 상황이 뭐라고 생각하시나?”

“덫이 있다는 건 이해하겠어요, 네. 하지만 당신 말은 틀렸어요. 덫에 걸린 건 나와 내 친구가 아니라 당신입니다.”

푸아로가 부드럽게 말했다.

“무엇이?”

릴런드가 커다란 권총을 들었지만 초점이 흔들리고 있었다.

“총을 쏜다면, 열 명의 눈이 지켜보는 가운데 살인을 저지르게 되어 교수형에 처해질걸요. 이곳은 한 시간 전에 포위됐습니다. 런던 경시청 경찰들이지요. 체크메이트입니다, 에이브 릴런드.”

푸아로가 이상한 휘파람 소리를 내자 마치 마법처럼 그곳에 사람들이 북적거렸다. 그들은 릴런드와 그 시종을 붙잡고 무장을 해제했다. 푸아로는 담당 경관에게 몇 마디 한 뒤 내 팔을 잡고 그곳을 벗어났다.

채석장에서 벗어나자 푸아로가 힘차게 나를 끌어안았다.

"살아 있었군그래. 다치지도 않았고. 훌륭해. 자넬 보내 놓고 자책한 적이 많았다네."

나는 푸아로의 품에서 벗어나면서 말했다.

"전 아주 멀쩡해요. 그런데 좀 어리둥절하네요. 그자들의 덫에 걸린 거 아니었나요?"

"하지만 난 그 덫을 기다리고 있었거든! 그게 아니라면 내가 자네를 거기로 보냈겠나? 자네 가짜 이름과 변장은 한순간도 그들을 속이기 위한 게 아니었다고!"

"뭐라고요? 그런 말은 안 했잖아요."

"늘 말하지만, 헤이스팅스, 자네는 성격이 너무 착하고 정직해서 스스로도 속지 않으면 남을 속이는 건 불가능해. 그래서 생각한 게 애초부터 발각되게 해서 내가 계산한 대로 그자들을 움직이게 하는 거였지. 회색 뇌세포를 제대로 활용할 줄 아는 사람이라면 누구라도 수학처럼 확실하게 그자들이 자네를 미끼로 쓸 것임을 알 수 있거든. 그자들은 그 여자를 움직였어. 그건 그렇고, 몬 아미, 심리학적으로 흥미로운 사실이라서 그러는데, 혹시 여자 머리가 빨간색이었나?"

"마틴 양을 말하는 거라면, 섬세한 적갈색 색조를 띠고 있기는 하지만."

내가 차갑게 말했다.

"에파탕(기막힌) 자들이로군! 그자들이 헤이스팅스의 심리까지 연구한 거야. 오! 그래, 친구, 마틴 양도 음모에 개입한 거라고. 그것도 깊이. 마틴 양은 자네에게 편지 내용을 일러 주면서 릴런드 씨가 분개한 이야기를 들려주고. 자네는 그것을 받아 적고서 머리를 쥐어짜는 거야. 암호는 잘 배치되어서 풀기에 그다지 어렵지 않아. 자네는 그걸 풀고 나에게 보내는 거야.

하지만 그자들은 이런 일이 일어나기를 내가 기다리고 있었다는 사실을 몰랐지. 나는 재프 경감한테 서둘러 가서 일을 안배했어. 그리고 보라고, 모두 잘되었잖아!"

나는 그다지 기분이 좋지 않았고, 그런 내 마음을 푸아로에게 말했다. 우리는 이른 아침에 새벽 열차를 타고 런던으로 돌아왔다. 지독하게 불편한 여행이었다.

목욕을 막 마치고 즐겁게 아침 식사 생각에 골몰해 있는데, 거실에서 재프 경감의 목소리가 들려왔다. 나는 목욕 가운을 걸치고 서둘러 거실로 갔다.

"이번에는 그럴듯한 속임수에 우리를 빠뜨렸군. 정말 안됐네, 무셔 푸아로. 자네가 낙마한 건 내가 알기로는 처음이군."

푸아로의 얼굴이 가관이었다. 재프 경감이 말을 이었다.

"그 폭력단 이야기를 진지하게 믿고 가 봤는데, 알고 보니 그자는 문지기였어."

"문지기라고요?"

내가 놀라서 말했다.

"그래요, 제임스인지 뭔지 하는 자였습니다. 그자가 하인들 방에서 내기를 했나 보더군요. 높으신 나리, 그러니까 헤이스팅스 대위 당신을 속여서 자기를 릴런드로 착각하게 하고는, 빅 포라는 갱에 관한 스파이 자료를 엄청나게 넘겨주겠노라고 장담했다고 합니다.”

“말도 안 돼!”

“믿지 않는군요. 내가 그 남자를 앞세워 해턴 체이스로 곧장 가봤는데. 진짜 릴런드는 침대에 누워 잠들어 있었고, 집사와 요리사, 그리고 몇 명인지도 모를 수많은 사람이 내기를 걸었다고 맹세했단 말입니다. 그냥 짓궂은 장난일 뿐이었어요. 시종도 그 옆에 있었습니다.”

“그래서 어둠 속에 숨어 있었던 거로군.”

푸아로가 중얼거렸다.

재프 경감이 간 뒤에 우리는 서로를 바라보았다.

푸아로가 마침내 입을 열었다.

“헤이스팅스, 우리는 알고 있어. 빅 포의 2인자는 바로 에이브 릴런드라는 사실을. 문지기가 벌인 가면무도회는 응급 상황에 대비하기 위한 방법이었어. 그리고 그 문지기는…….”

“네.”

나는 한숨을 내쉬었다.

“4인자야.”

푸아로가 무겁게 내뱉었다.

노랑 재스민 미스터리

푸아로는 우리가 줄곧 적에 관한 정보를 수집하고 적의 방식을 알아내고 있다고 말했다. 푸아로의 말에 동의하면서도, 사실 나는 그보다는 좀 더 눈에 보이는 성공이 필요하다고 느꼈다.

우리가 처음 빅 포와 접촉한 뒤로, 그자들은 살인을 두 건 저질렀고, 핼리데이를 납치했으며, 푸아로와 나를 거의 죽음으로 몰아넣을 뻔했다. 반면 우리는 게임에서 거의 점수를 올리지 못했다.

푸아로는 이런 내 불평을 가볍게 받아넘겼다.

"지금까지는 헤이스팅스, 그들이 웃었어. 그건 맞지만, '마지막에 웃는 자가 진정으로 웃는 것이다.'라는 속담도 있잖아. 그리고 마지막에는, 몬 아미, 자네도 보게 될 거야."

푸아로가 덧붙여 말했다.

"그리고 반드시 기억하라고, 지금 우리가 상대하는 자들은 평범한 범죄자가 아니라 세상에서 두 번째로 똑똑한 인간이란 걸."

　나는 뻔한 질문을 던져 푸아로의 자만을 부추기는 행동은 하지 않았다. 나는 답을, 아니 적어도 푸아로의 답이 무엇일지는 알았다. 그래서 적을 추적하기 위한 다음 단계가 무엇인지 정보를 알아내려고 했지만 실패로 끝나고 말았다. 푸아로는 늘 그렇듯 어떻게 움직일지에 관해 내게 일언반구도 하지 않았다. 하지만 나는 푸아로가 인도, 중국, 러시아에 있는 비밀 첩보원들과 연락하고 있으며, 때때로 자기를 찬양하는 말을 터뜨리는 것으로 미루어 적의 심리를 판단하는 놀이에서 적어도 뭔가 진전이 되고 있다는 사실은 알 수 있었다.

　푸아로는 사립 탐정 일에서 거의 손을 뗐다. 나는 푸아로가 이번에 놀라울 정도로 짭짤한 보수를 거절했다는 사실도 알았다. 물론, 때로는 흥미 있는 사건을 조사하기도 했지만 빅 포와 아무런 연관이 없다고 확신하면 대부분 그 일에서 손을 떼었다.

　이런 푸아로의 태도는 우리 친구 재프 경감에게 대단히 유익했다. 재프 경감은 분명 몇몇 문제를 해결하여 상당한 포상을 받았다. 사실은 푸아로가 반쯤 업신여기는 투로 던진 힌트가 성공의 열쇠가 되어 준 덕분이었다.

　그 대가로 재프 경감은 작은 벨기에인 푸아로가 흥미를 보일 만한 사건을 알게 되면 상세히 정보를 제공했다. 신문에서 '노랑 재스민 미스터리'라고 명명한 사건을 담당하게 되었을 때는 아예 푸아로에게 전보를 쳐서 사건을 봐 주지 않겠느냐고 물었다.

우리는 에이브 릴런드 저택에서 모험을 겪은 지 약 한 달이 지난 후에야 이 전보에 응하기 위해 기차간에 올랐다. 기차는 런던의 먼지와 연기를 뒤로하면서 수수께끼의 발생지인 우스터셔 마켓 핸드퍼드라는 작은 마을로 향했다.

푸아로는 구석에 기대었다.

"자네는 이 사건이 정확히 어떻게 된 거라고 생각하나?"

나는 질문에 곧바로 대답하지 않았다. 신중할 필요가 있다고 느꼈기 때문이다.

"아주 복잡해 보여요."

"그렇지?"

내가 조심스레 답하자 푸아로가 즐거워하며 말했다.

"우리가 이렇게 서두른다는 사실 자체가 페인터 씨 죽음을 자살이나 사고사가 아니라 살인으로 생각한다는 뜻이 아닌가요?"

"아니, 그건 오해야, 헤이스팅스. 페인터 씨가 특별히 끔찍한 사고로 죽었다는 걸 당연하게 생각하더라도 여전히 설명이 필요한, 수수께끼 같은 상황이 많아."

"아주 복잡하다는 게 바로 그 말이에요."

"주요 사실을 조용히 방법론적으로 살펴보자고. 내게 명쾌하고 질서정연하게 이야기해 봐, 헤이스팅스."

나는 되도록 명쾌하고 질서정연하게 말하기 위해 노력했다.

"먼저 페인터 씨부터 시작할게요. 55세에 부유하고 세련된 사람으로 세계를 두루 다녔어요. 지난 12년간 영국에는 거의 없었지만,

갑자기 끝없는 여행에 지쳐서 우스터셔의 마켓 핸드퍼드 근처에 작은 집을 구입하고는 정착할 준비를 했어요. 페인터 씨는 먼저 유일한 친척인 조카 제럴드 페인터, 그러니까 막내 남동생의 아들에게 편지를 써서는 크로프트랜즈(그곳 명칭이에요.)로 와서 자신과 함께 살자고 제안했어요. 제럴드 페인터는 빈털터리 젊은 예술가라 삼촌의 제안을 기쁘게 받아들였어요. 그런데 삼촌과 함께 지낸 지 일곱 달이 되었을 때 비극이 벌어진 거예요.”

“정말 훌륭한 서술이야. 지금 말하고 있는 게 내 친구 헤이스팅스가 아니라 이야기하는 책이라는 생각이 드는데.”

푸아로가 웅얼거렸다.

나는 푸아로에게 관심을 기울이지 않은 채 이야기에 열중했다.

“페인터 씨는 크로프트랜즈에서 꽤 많은 사람을 고용했어요. 하인 여섯 명과 전속 중국인 몸종 아링까지 두고 있었거든요.”

“중국인 몸종 아링이라…….”

푸아로가 중얼댔다.

“화요일 밤에 페인터 씨는 저녁을 먹은 후 몸이 좋지 않다고 투덜댔고, 하인 중 하나가 의사를 부르러 갔어요. 페인터 씨는 서재에서 의사를 만났는데, 침실로 가지 않으려고 했어요. 둘 사이에 어떤 말이 오갔는지는 알려지지 않았지만, 퀜틴이라는 그 의사는 그곳에서 떠나기 전에 가옥 관리인을 불렀어요. 그러고는 페인터 씨 심장이 무척 약한 상태라서 피하주사를 놓았으니 방해하지 말라고 한 다음 하인들에 관해 다소 기이한 질문을 던졌어요. 내용은 그곳에 머문지 얼마나 되었는지, 어디에 있다가 왔는지 하는 것이었어요.

가옥 관리인은 최대한 성심껏 질문에 대답했지만, 그 취지가 뭔지 몰라 다소 어리둥절했어요. 다음 날 아침 끔찍한 일이 벌어졌죠. 가정부 하나가 아래층으로 내려가자마자 자기 주인의 서재에서 나오는 것 같은 살이 타는 역한 냄새를 맡은 거예요. 가정부는 문을 열려고 했지만 문은 안에서 잠겨 있었어요. 제럴드 페인터와 중국인의 도움으로 곧 문을 열었지만, 잔혹한 모습이 나타났죠. 페인터 씨가 가스 불 쪽으로 쓰러져 있었고, 얼굴과 머리는 알아볼 수 없을 정도로 시커멓게 타 있었어요.

물론 당시에는 무시무시한 사고라는 것 외에 다른 의심이 제기되지 않았어요. 비난을 받은 사람이 있다면 환자에게 잠 오는 약을 주고서 그렇게 위험한 곳에 혼자 남겨 두고 간 의사였죠. 그런데 그 후 다소 기이한 일이 발견되었어요.

바닥에 신문이 하나 있었는데, 페인터 씨 무릎에서 미끄러져 떨어진 거였어요. 신문을 넘겨 보니, 글씨가 휘갈겨져 있었는데 잉크 자국이 희미하게 남아 있었어요. 페인터 씨가 앉아 있던 의자 가까이에 사무용 책상이 놓여 있었고, 페인터 씨 오른손 집게손가락 두 번째 마디까지 잉크가 묻어 있었어요. 펜을 쥐기에는 너무 힘이 없어서 손가락을 잉크통에 넣어 자기가 쥐고 있던 신문 표면에 이 두 낱말을 겨우 갈겨쓴 것이 분명해요. 하지만 도무지 종잡을 수 없는 단어가 적혀 있었어요. 노랑 재스민, 그게 전부였거든요.

크로프트랜즈에는 그 벽을 따라 자라는 노랑 재스민이 꽤 많아서 이 다잉 메시지가 그와 연관된 거라고 추정되었어요. 딱한 페인터 씨가 방황하고 있었다는 뜻이라는 거죠. 물론 신문들은 특이한 거면 뭐든지 찾아내려고 법석을 떨면서 이 이야기를 뜨겁게 다루었고, 결국 노랑 재스민 미스터리라고 불렀어요. 하지만 십중팔구 그 단어 자체는 전혀 중요하지 않겠죠.”

“중요하지 않다고 했나? 뭐, 헤이스팅스가 그렇다고 하니 틀림없겠지만.”

나는 푸아로의 말이 미심쩍었지만 아무런 조소의 눈빛도 읽지 못했다. 내가 말을 이었다.

“그런 뒤에 흥분되는 심리 과정이 시작되죠.”

“자네가 고대하는 부분이지, 아마.”

“퀜틴 선생에게 불리하게 작용하는 사실이 몇 가지 있어요. 우선 그는 주치의가 아니라 대리 의사로서 볼리소 선생이 휴가로 자리를 비운 동안 일하고 있었어요. 그리고 퀜틴 선생의 부주의가 사고의 직접적 원인이었다는 생각도 들어요. 페인터 씨는 크로프트랜즈에 도착한 뒤 줄곧 건강이 좋지 않았어요. 볼리소 선생이 잠시 동안 페인터 씨를 돌봤지만, 퀜틴 선생이 처음으로 환자를 보았을 때는 몇 가지 혼란스러운 증상이 나타났죠. 퀜틴 선생이 페인터 씨와 단둘이 남자마자 페인터 씨는 놀라운 이야기를 들려주었어요. 먼저 자신이 전혀 아프지 않다고 설명한 뒤에, 저녁 식사 때 자기가 먹어왔던 카레의 맛이 괴상한 것 같다고 말했어요. 아링을 잠시 떼어 놓을 변명거리를 만든 페인터 씨는 자기 접시에 담긴 내용물을 그릇에 뒤집어엎고는, 그걸 의사에게 넘겨주면서 정말로 거기에 아무 문제도 없는지 밝혀내라고 지시했어요.

페인터 씨는 건강이 나쁘지 않다고 진술했지만, 의사는 페인터 씨가 의심 때문에 충격을 받았고 심장이 그 충격에 반응하고 있음을 알았어요. 그래서 주사를 놓았고요. 주사는 잠자는 약이 아니라 스트리크닌이었어요.

그로써 사건은 분명해진다고 생각해요. 가장 중요한 것 한 가지만 빼면요. 먹지 않은 카레를 정식으로 분석했더니 두 사람을 죽이고 남을 정도의 아편 가루가 함유된 것으로 밝혀졌다는 거죠!"

나는 잠시 말을 멈추었다.

"결론은 뭐지, 헤이스팅스?"

푸아로가 조용히 물었다.

"쉬운 문제가 아니에요. 사고일 수도 있어요. 누군가 바로 그날 페인터 씨에게 독을 먹이려고 했다는 사실은 단지 우연일지도 모른다고요."

"하지만 헤이스팅스는 그렇게 생각하지 않잖아? 살인이라고 믿고 싶어 하잖아!"

"푸아로는요?"

"몬 아미, 자네와 나는 추론하는 방식이 달라. 나는 두 가지 상반된 결론, 그러니까 살인이냐 사고냐를 놓고 결정하려고 하지 않는다고. 그건 다른 문제, 즉 '노랑 재스민'의 수수께끼를 풀면 저절로 드러날 거야. 그건 그렇고, 한 가지 빼먹은 게 있네."

"페인터 씨가 쓴 글자 아래로 희미하게 보인, 직각으로 된 두 선 말인가요? 그게 뭔가 중요한 것이라고는 생각하지 않아요."

"항상 자기 생각이 중요하지, 헤이스팅스. 여하튼 노랑 재스민 문제는 넘어가고 카레 문제부터 살펴보지."

"좋아요. 누가 독을 넣었는가? 무엇 때문에? 의문을 제기할 거리가 무수히 많죠. 물론 카레는 아링이 만들었어요. 하지만 왜 주인을 죽이고 싶어 했을까요? 중국 비밀결사 일원, 뭐 그런 걸까요? 그런 기사도 있더군요. 노랑 재스민 비밀결사, 그런 거겠죠. 그런데 제럴드 페인터도 있어요."

나는 갑자기 말을 중단했다.

"맞아, 자네 말처럼 제럴드 페인터도 있지. 제럴드는 상속자야. 하지만 그날 저녁은 밖에서 먹었지."

푸아로가 고개를 끄덕이며 말했다.

"카레에 뭔가가 들어갔다는 걸 발견했는지도 모르죠. 그래서 먹지 않으려고 일부러 바깥으로 나간 걸지도."

내 추론에 푸아로가 다소 놀란 것 같았다. 푸아로는 이 순간만은 나를 조금 존중하는 눈길로 바라보았다.

나는 곰곰 생각하며 가상 시나리오를 써 보았다.

"제럴드는 늦게 집으로 돌아와요. 그러고는 삼촌 서재에 불이 켜진 걸 보고서 들어가요. 하지만 계획이 실패했음을 깨닫고 강제로 삼촌을 불에 밀어 넣는 거예요."

"페인터 씨는 쉰다섯이었지만 꽤 건강한 사람이어서 저항도 하지 않은 채 타 죽지는 않았을 거야, 헤이스팅스. 그런 추측은 가능성이 없어."

"푸아로, 거의 다 온 것 같으니 이제 당신 생각도 좀 들어 볼까요?"

푸아로는 웃으며 가슴을 부풀리더니 뽐내듯 말하기 시작했다.

"살인을 가정한다면 한 가지 의문이 곧바로 떠오르지. 왜 꼭 그 방법이어야 했을까? 내 생각에 이유는 한 가지뿐이야. 정체를 숨기기 위해서, 즉 얼굴을 알아보지 못하게 태워 버린 거지."

"뭐라고요? 그럼……."

"잠깐 기다려 봐, 헤이스팅스. 내가 그 가설을 검토했다고 말하려고 했다고. 시신이 페인터 씨 것이 아니라고 믿을 만한 근거가 있나? 그렇다면 그 시신의 주인이 될 만한 사람은 있나? 나는 이 두 가지 의문을 검토하고 마침내 둘 다 그렇지 않다고 결론을 내렸어."

"아! 그런데요?"

나는 다소 실망하며 말했다.

푸아로의 눈이 조금 반짝거렸다.

"그러고는 이렇게 생각했지. '내가 이해하지 못하는 게 있으니 이 문제를 조사해 보는 편이 좋겠어. 빅 포에 지나치게 몰두해서는 안 되니까.' 아! 이제 결론에 가까워지는군. 이 작은 옷솔이 어디로 숨었지? 여기 있군. 친구, 부탁이니 내 옷을 좀 털어 주게나. 나도 자네 옷을 털어 줄 테니."

푸아로는 옷솔을 내놓으며 생각에 잠겨 말을 이었다.

"그래, 한 가지 생각에 사로잡혀서는 안 되지. 나는 지금까지 그렇게 될 뻔했어. 상상해 보라고, 친구. 여기 이 사건에서도 내가 그렇게 될지 모른다고. 헤이스팅스가 말한 두 선, 아래로 그은 선과 그에 직각으로 그려진 선이 4의 시작이 아니면 뭐지?”

“맙소사, 푸아로.”

내가 웃으며 외쳤다.

“우습지 않나? 빅 포의 손길이 어디서나 보이다니. 완전히 다른 환경에서 생각해 봐야겠어. 아! 재프 경감이 우리를 마중 나오는군.”

크로프트랜즈에서 조사하다

런던 경시청 재프 경감은 플랫폼에서 기다리고 있다가 우리를 따뜻하게 맞아 주었다.

"와, 무셔 푸아로, 정말 잘됐네. 이 사건에 관심을 보일 거라고 생각했지. 최고의 미스터리 아닌가?"

이 말을 들으니 재프 경감이 실마리를 전혀 잡지 못해 푸아로에게 힌트를 받고 싶어 하고 있다는 것을 알 수 있었다.

재프 경감이 차를 대기시켜 뒀던지라 우리는 그 차를 타고 크로프트랜즈로 달렸다. 그곳은 네모난 흰색 저택으로 퍽 소박한 모양이었고, 총총히 박힌 노랑 재스민을 비롯한 덩굴 식물로 뒤덮여 있었다. 재프 경감은 우리와 마찬가지로 집을 올려다보며 말했다.

"그런 걸 썼다니 제정신이 아니었던 게 분명해. 딱한 늙은이 같으니. 환각을 봤을 거야, 아마. 자기가 바깥에 있다고 생각했겠지."

푸아로는 재프 경감을 보고 웃었다.

"어느 쪽일까, 재프 경감. 사고일까, 살인일까?"

경감은 푸아로의 질문에 조금 당황한 눈치였다.

"그 카레 건이 아니었다면 나는 열이면 열 사고 쪽으로 기울었을 거네. 살아 있는 사람의 머리를 불에 집어넣는다니 말이 안 되잖아. 필시 집 안이 떠나가라 소리를 질렀을 테니까 말이야."

"아! 난 바보였어. 바보 천치 같으니라고! 자네가 나보다 더 똑똑하군, 재프 경감."

푸아로가 낮은 목소리로 말했다.

재프 경감은 칭찬에 다소 당황한 기색이었다. 푸아로는 대개 자화자찬에 여념이 없는 사람이니까. 경감은 얼굴이 붉어져서는, 믿을 수 없다는 말을 중얼거렸다.

재프 경감은 우리를 안내해 비극이 일어난 방, 페인터 씨의 서재로 데려갔다. 넓지만 천장이 낮은 방이었다. 벽에는 책으로 가득했고 커다란 가죽 팔걸이의자가 있었다.

푸아로는 곧 자갈이 깔린 테라스로 통하는 창문을 내다보더니 물었다.

"창문 말인데, 빗장이 풀려 있었나? 당연한 말이지만 바로 그게 핵심이네. 의사 선생은 이 방에서 나갈 때 그냥 문만 닫고 나갔네. 그런데 다음 날 아침에 들어와 보니 문이 잠겨 있었지. 누가 잠갔을까? 페인터 씨가? 아렁은 창문이 닫힌 채 잠겨 있었다고 증언했네. 퀜틴 선생은 이와 반대로 창문이 닫혀 있기는 했지만 잠겨 있지는 않은 것 같았다고 말하면서도 어느 쪽이라고 장담은 하지 않았지. 확실히 알았다면 달라졌을 텐데 말이야. 페인터 씨가 정말 살해된 거라면, 누군가 문이나 창문으로 방에 들어왔을 테고, 문으로 들어왔다면 내부 소행이라는 뜻이지. 창문으로 들어왔다면 누구라도 범인이 될 수 있다는 뜻이 된다네. 사람들이 문을 부수자마자 가정부가 창문을 활짝 열었다고 하더군. 그 가정부는 그때 문이 잠겨 있지 않았던 것 같다고 말하기는 했지만, 그 여자는 불량 목격자네. 뭘 물어보건 다 기억난다고 대답하거든!"

"열쇠는 어떤가?"

"역시 무셔 푸아로. 열쇠는 부서진 문 파편 틈에 있었어. 열쇠구멍에서 떨어졌을 공산도 있고, 들어온 사람 가운데 누군가 거기에 떨어뜨렸을 공산도 있고, 바깥에서 바닥을 통해 안쪽으로 밀어 넣었을 공산도 있지."

"하나같이 '공산도 있다'로군?"

"바로 그거야, 무셔 푸아로. 바로 그거야."

푸아로는 주변을 둘러보면서 뭔가 불만족스러운 듯 얼굴을 찌푸리곤 웅얼거렸다.

"빛이 안 보이는군. 방금 전에…… 그래, 희미한 빛이 보였는데 다시 완전히 캄캄해졌어. 단서가 없어, 동기 말이야."

"젊은 제럴드 페인터에게는 훌륭한 동기가 있네. 제럴드 페인터는 여기 있는 동안 꽤나 제멋대로였다고 할 수 있지. 게다가 사치스러웠어. 예술가들이 어떤지 알지 않나…… 도덕이라는 게 없지."

재프 경감이 단호하게 말했다.

푸아로는 예술가들의 기질에 대한 재프 경감의 가차 없는 비평에 주의를 기울이지 않았다. 대신 알겠다는 듯 웃음 지었다.

"우리 재프 경감, 자네가 내 눈을 속여 넘길 수 있을까? 나는 자네가 그 중국인을 의심한다는 사실을 잘 알고 있어. 하지만 정말 교활하군. 내가 도와주기를 바라면서도 엉뚱한 곳에 냄새를 풍겨서 날 어지럽히려고 하다니."

재프 경감이 웃음을 터뜨렸다.

"역시 무서 푸아로군. 그래, 이제야 인정하지만 나는 중국인이 범인일 거라고 보네. 그자가 카레에 독을 탔다고 가정하면 말이 되지. 만일 주인을 없애 버리려 그 방법을 택했다면 다시 한번 시도할 거야."

"글쎄, 과연 또 그럴지."

푸아로가 부드럽게 말했다.

"하지만 모르겠는 건 그 동기야. 아마 야만적인 복수나 뭐 그런 것이겠지."

"글쎄. 도난당한 것은 없었나? 아무것도 없어지지 않았나? 보석이나 돈, 혹은 서류?"

"응, 그런데 꼭 훔쳐 갔다고 할 순 없어서."

나는 귀를 쫑긋 세웠다. 푸아로도 마찬가지였다.

재프 경감이 설명했다.

"그러니까 도난 사건은 없지만…… 늙은 페인터 씨는 책을 쓰고 있었어. 우리도 오늘 아침에 출판사에서 보낸 편지에 원고에 관해 묻는 내용이 있는 걸 보고서야 알았지. 막 탈고한 것 같았어. 제럴드 페인터와 내가 샅샅이 뒤져 보았지만 흔적을 찾지 못했네. 페인터 씨가 어딘가에 숨겨 둔 게 틀림없어.”

푸아로의 눈이 내가 익히 아는 초록빛으로 빛났다.

“그 책 제목이 뭐지?”

“『중국의 감춰진 손』이라고 하는 것 같던데.”

푸아로는 거의 숨도 제대로 못 쉬는 거 같더니 재빨리 말했다.

“아하! 아링이라는 중국인을 만나게 해 줘.”

아링은 부름을 받고 나타나서는 눈을 아래로 내리깔고 변발을 흔들면서 발을 질질 끌며 걸었다. 그의 무표정한 얼굴에는 아무런 감정도 드러나 있지 않았다.

“아링, 당신은 주인이 죽은 것이 유감스러운가요?”

푸아로가 물었다.

“증말 유감스럽습니다. 그분은 좋은 주인.”

“누가 죽였는지 아나요?”

“나 모릅니다. 안다면 경츨에게 말합니다.”

질문과 대답이 오갔다. 아링은 조금 전과 똑같은 무표정한 얼굴로 푸아로에게 어떻게 카레를 만들었는지 설명했다. 요리사는 아무런 상관이 없다고, 오직 자기 혼자서 만들었다고 말했다. 아링은 그 고백이 자신을 어떤 처지에 몰아넣고 있는지 알고 있을까, 나로서는 이해가 되지 않았다. 아링도 정원으로 통하는 창문이 그날 저녁 잠겨 있었다고 말했다. 아침에 열려 있었다면, 주인이 스스로 연 게 틀림없다고도 했다. 마침내 푸아로는 아링을 보냈다.

"그 정도면 됐습니다, 아링."

아링이 문을 열려고 할 때, 푸아로가 그를 다시 불렀다.

"노랑 재스민에 관해서는 전혀 모른다고 했던가요?"

"모릅니다, 뭘 알아야 합니까?"

"그 아래 적힌 표시에 관해서도 모르고요?"

푸아로는 말하면서 몸을 앞으로 기울여 재빠르게 작은 탁자에 쌓인 먼지에 뭔가를 그려 넣었다. 나는 가까이에 있었기에 푸아로가 그것을 지우기 전에 볼 수 있었다. 위에서 아래로 난 선, 그와 직각을 이루는 선, 그런 뒤에 커다란 4자를 완성하는 마지막 선. 그것이 아링에게 미친 영향은 충격적이었다. 아링은 일순간 얼굴이 공포로 뒤덮였다. 그러더니 갑자기 무감정한 얼굴로 변하면서 모른다는 말을 엄숙하게 반복한 후 사라졌다.

재프 경감은 제럴드 페인터를 찾아서 떠났고, 푸아로와 나만 다시 남게 되었다.

푸아로가 외쳤다.

"빅 포야, 헤이스팅스. 이번에도 빅 포라고. 페인터는 여행광이었어. 그가 쓴 책에는 분명 일인자, 리창옌, 그러니까 빅 포 우두머리의 행적과 관련된 중대한 정보가 들어 있을 거야."

"하지만 누가…… 어떻게……."

"쉿, 사람들이 오고 있네."

제럴드 페인터는 붙임성 있고 다소 연약해 보이는 젊은이였다.

부드러운 갈색 턱수염이 나 있었고, 우스꽝스러운 긴 타이를 매고 있었다. 그는 푸아로가 던진 질문에 아주 기꺼이 대답해 주었다.

"저는 이웃인 위철리 가족과 함께 저녁을 먹었습니다. 집에 몇 시에 왔냐고요? 아, 한 11시요. 제게는 현관 열쇠가 있거든요. 하인은 모두 잠자리에 든 뒤였고, 저는 당연히 삼촌도 잠들었으리라 생각했습니다. 사실 조용조용히 걷는 그 중국인 아링의 모습을 본 것 같기는 합니다. 홀 구석 주변을 휙 지나간 것 같았지만, 잘못 봤나 보다 했지요."

"마지막으로 삼촌을 본 게 언제였지요? 그러니까 삼촌이랑 같이 살기 전에 말이에요."

"아! 제가 열 살이었을 때가 마지막이었습니다. 삼촌과 제 아버지가 다퉜거든요."

"하지만 거의 힘들이지 않고 당신을 찾아내지 않았던가요? 그렇게 오랜 세월이 지났는데도?"

"네, 제가 변호사의 광고를 본 것은 꽤나 운이 좋았습니다."

푸아로는 더 이상 질문하지 않았다.

다음으로 우리는 퀜틴 선생을 만나러 갔다. 그의 이야기는 기본적으로 심리 때 증언했던 내용과 같아서 새로운 것은 거의 없었다. 선생은 진료실에서 우리를 맞이했는데, 막 환자 상담을 끝낸 참이었다. 선생은 총명해 보였다. 코안경 때문에 새침해 보이긴 했지만, 진료는 철저히 현대적으로 할 거라는 생각이 들었다.

선생이 솔직하게 말했다.

"저도 그 창문이 어땠는지 기억할 수 있다면 좋겠군요. 하지만 과거를 돌아본다는 건 위험한 일이죠. 결코 일어나지도 않은 일을 매우 확신하기도 하거든요. 그게 사람 심리 아닙니까, 무슈 푸아로? 저는 선생님 방법에 관해 모조리 읽었고, 선생님을 대단히 숭배합니다. 아니요, 저는 그 중국인이 가루 아편을 섞은 게 틀림없다고 생각하지만, 그자는 결코 인정하지 않을 테고 우리는 결코 알아내지 못할 겁니다. 하지만 사람을 불에 처넣는 일은 제가 보기에 그 중국인 친구 성격과는 어울리지 않는 것 같군요."

푸아로와 함께 마켓 핸드퍼드 중앙로를 걸어 내려가면서 나는 퀜틴 선생의 진술 마지막 부분을 지적했다.

"아링에게 공모자가 있다고 생각하세요? 그건 그렇고, 재프 경감이 아링을 잘 감시할 거라고 믿어도 되는 거겠죠? 빅 포가 파견한 간첩들은 꽤나 재빠르다고요."

(경감은 다른 일로 경찰서에 들어가고 없었다.)

"재프 경감은 양쪽 모두 감시하고 있어. 그자들은 시체가 발견된 이후로 줄곧 면밀히 감시당하고 있으니까."

푸아로가 단호하게 말했다.

"뭐, 여하튼 제럴드 페인터는 아무 연관도 없다는 건 알고 있잖아요."

"항상 나보다 훨씬 많이 아는 것 같아, 헤이스팅스. 덕분에 꽤나 피곤하다고."

"이 늙은 여우. 항상 자기 생각은 드러내지 않는군요."

내가 웃었다.

"헤이스팅스, 솔직히 말해서 이 사건은 상당히 분명해졌어. 노랑 재스민이라는 단어만 빼면 말이야. 그리고 그 단어가 범죄와 아무런 연관이 없다는 자네 생각에 나도 동의해. 이런 사건에서는 누가 거짓말하는지 판단해야 하지. 난 이미 판단했어. 하지만 아직……."

푸아로는 갑자기 뛰어가더니 가까운 서점으로 들어갔다. 잠시 후 책을 한 꾸러미 들고 나왔다. 그때 재프 경감이 우리와 합류했고, 우리는 모두 여관에 방을 잡았다.

나는 다음 날 아침 늦게까지 잤다. 내가 거실로 내려갔을 때, 푸아로는 이미 거기에서 초조한 듯 왔다 갔다 하면서 고뇌에 차 얼굴을 찡그리고 있었다.

푸아로가 초조하게 손을 흔들며 외쳤다.

"내게 말 걸지 말라고. 모든 게 잘되었음을, 범인을 체포했음을 알기 전까지는. 아! 하지만 내 추론은 약했어. 헤이스팅스, 누군가 다잉 메시지를 쓴다면, 그건 그것이 중요하기 때문이야. 모두가 말했지. '노랑 재스민? 집 담벼락에 노랑 재스민이 있잖아. 거기엔 아무 의미도 없다고.' 그렇다면, 그건 무엇을 의미할까? 있는 그대로야. 들어 보라고."

푸아로는 손에 쥐고 있던 작은 책을 들어 올렸다.

"친구, 나는 이 주제를 알아볼 필요가 있다는 생각이 들었어. 노랑 재스민이 정확히 뭘까? 이 작은 책이 내게 말해 줬어. 들어 보라고."

푸아로가 읽기 시작했다.

"겔세미니 라딕스. 노랑 재스민. 구성: 알칼로이드 겔세미닌

$C_{22}H_{26}N_2O_3$, 코닌처럼 작용하는 강력한 독. 겔세민 $C_{12}H_{14}NO_2$, 스트리크닌처럼 작용함. 겔세민 산 등. 겔세뮴은 강력한 중추신경계 억제제야. 마지막 단계에서는 말초 운동 신경을 마비시키고, 다량으로 복용하면 어지러움과 근력 상실을 일으킨다고. 호흡기계 마비로 죽게 만드는 거지. 알겠어, 헤이스팅스? 처음에 나는 재프 경감이 살아 있는 사람을 불에 강제로 밀어 넣는 이야기를 했을 때 진실을 어렴풋이 알았어. 살인자가 먼저 죽인 다음에 태웠다는 사실을 깨달았지."

"하지만 왜요? 뭘 하려고요?"

"친구, 죽은 사람을 총으로 쏘거나 칼로 찌르거나, 혹은 머리를 때리거나 한다면 분명 사후에 상처가 발견되지. 하지만 머리가 타서 재가 되었으니 누구도 그 애매한 사인이 뭔지 알아내려고 쫓지 않을 테고, 막 저녁 식사에서 독물을 먹을 뻔한 위기를 넘긴 사람이 그 직후에 독살될 확률은 적어. 누가 거짓말하고 있나, 그게 늘 문제라는 말이야. 나는 아링을 믿기로 했어."

"뭐라고요!"

내가 소리쳤다.

"놀랐나, 헤이스팅스? 아링은 빅 포가 존재한다는 사실을 알았어. 그건 분명해. 너무나 분명해서 그때까지는 그자들이 사건과 연루되어 있다는 사실을 알지 못한 게 틀림없어. 아링이 살인자였다면, 무감정한 자기 얼굴을 완벽하게 유지할 수 있었을 거니까. 그래서 나는 아링을 믿기로 했고, 제럴드 페인터를 의심하기로 결심했지. 4인자라면 오랫동안 만나지 않은 조카를 아주 쉽게 흉내 낼 수 있으리라는 생각이 들었어."

"뭐라고요! 4인자가요?"

"아니야, 헤이스팅스. 4인자가 아니야. 노랑 재스민에 관해 읽자마자 나는 진실을 알아차렸어. 사실 곧바로 눈에 들어왔지."

"늘 그렇듯 내 눈에는 들어오지 않는군요."

내가 차갑게 말했다.

"그건 자네가 작은 회색 뇌세포를 활용하지 않기 때문이야. 카레에 손을 댈 수 있었던 사람이 누구였지?"

"아링요. 그 외엔 없죠."

"그 외엔 없어? 의사는 어떻고?"

"하지만 그건 사건 발생 후잖아요."

"물론 발생 후지. 페인터 씨 앞에 차려진 카레에는 아편 가루 흔적이 없었어. 하지만 퀜틴 선생이 제기한 의심에 순종하기 위해서 페인터 씨는 카레를 먹지 않고서 보관했다가 퀜틴을 다시 불러서 그에게 주기로 했어. 퀜틴 선생은 집에 도착해서 카레를 받았고, 그런 뒤에 페인터 씨에게 주사를 놨어. 자기 말로는 스트리크닌이라고 하지만 실제로는 맹독인 노랑 재스민이지. 약효가 나타나기 시작하자 퀜틴은 그곳을 떠났는데, 그 전에 창문 빗장을 열어 뒀어. 그러고는 밤에 창문으로 들어와서 원고를 발견하고는 페인터 씨를 불에 밀어 넣었고. 퀜틴은 바닥에 떨어진 신문에는 주의를 기울이지 않았어. 페인터 씨 몸에 가려서 보이지 않았기 때문이지. 페인터 씨는 자기가 맞은 약이 무엇인지 알았고, 그래서 자기 죽음이 빅 포 때문임을 알리려고 애를 썼어. 퀜틴이 가루 아편을 카레와 섞은 뒤에 분석용으로 제출하는 건 쉬운 일이었어. 퀜틴은 페인터 씨와 나눈 대화를 자기가 꾸며 낸 대로 증언하고, 아무렇지 않게 스트리크닌 주사에 대해 언급하면서, 혹시라도 피하지방 주사 자국이 발견될 경우를 대비했어. 의혹은 곧바로 사고냐 아니면 아링이냐로 갈라지지. 카레에서 발견된 독 때문에.”

“하지만 퀜틴 선생이 4인자일 리는 없잖아요?”

“가능하다고 봐. 필시 진짜 퀜틴 선생은 외국 어딘가에 나가 있을 거야. 4인자는 단지 잠시 동안 그로 가장한 거라고. 볼리소 선생과는 전부 서신으로 연락을 주고받았고, 원래 대리로 와야 했던 의사는 출발 직전에 병에 걸렸어.”

바로 그때 재프 경감이 얼굴이 벌게진 채로 뛰어들었다.

“잡았나?”

푸아로가 다급하게 외쳤다.

재프 경감은 숨을 헐떡이며 고개를 흔들었다.

“볼리소가 오늘 아침에 휴가에서 돌아왔는데, 누군가 전보를 보내 소환한 거였어. 아무도 누가 보낸 건지 몰라. 퀜틴 선생은 어젯밤 떠났지만 잡고 말 거야.”

푸아로는 조용히 고개를 흔들었다.

“잡지 못할 거야.”

푸아로는 그렇게 말하며 포크로 탁자에 커다란 4 자를 그렸다.

체스 문제

푸아로와 나는 가끔 소호에 있는 작은 음식점에 들러 저녁을 먹었다. 그날 저녁에도 거기서 저녁 식사를 하다가 옆 테이블에서 한 친구를 발견했는데, 바로 재프 경감이었다. 마침 우리 테이블에 빈자리가 있어서 그도 합류했다. 우리 둘 다 재프 경감을 본 지 꽤 오래되었다.

"요즘에는 한 번도 들르지 않는군그래. 노랑 재스민 사건 때 만난 후로는 못 봤는데, 그게 거의 한 달 전이지."

푸아로가 꾸짖듯 말했다.

"북쪽에 가 있었거든. 잘 지내겠지? 빅 포는 여전히 득세하고 있고?"

푸아로가 혼내듯 손가락을 흔들었다.

"아아! 나를 놀리는구먼. 하지만 빅 포, 그자들은 살아 있지."

"오! 그거야 물론이겠지. 그렇지만 푸아로 자네가 생각하는 것처럼 그자들이 세상의 중심은 아니야."

"친구, 자네는 아주 잘못 알고 있구먼. 오늘날 세상에서 가장 사악한 권력 집단은 '빅 포'라고. 그자들이 어떤 목적으로 그러는지는 아무도 모르지만, 지금껏 그런 범죄 집단이 있었던 적은 없었어. 중국 최고의 두뇌를 정점으로, 미국인 백만장자, 프랑스 여성 과학자를 구성원으로 하고, 그리고 네 번째로……."

그때 재프 경감이 끼어들었다.

"알아, 알아. 머리가 그 생각으로 가득 차 있군. 약간은 병적으로 매달리는 거 같은데, 무셔 푸아로. 전환도 할 겸 다른 이야기를 하지. 체스에 흥미 있나?"

"그래, 해 보기는 했지."

"어제 그 이상한 사건 봤나? 세계적으로 유명한 두 선수가 시합을 했는데, 한 명이 시합 중에 죽었다는?"

"기사는 봤지. 사바로노프 박사라는 러시아 챔피언이 두 선수 가운데 하나고, 심장병으로 죽은 선수는 젊고 총명한 미국인 길모어 윌슨이라고."

"맞아. 사바로노프는 루빈스타인을 꺾고 몇 년 전 러시아 챔피언이 됐어. 윌슨은 제2의 카파블랑카라고 불렸지."

푸아로가 생각에 잠겼다.

"아주 흥미로운 사건이야. 내가 볼 때 자네는 이 문제에 각별히 관심을 보이고 있군그래. 맞지?"

재프 경감은 다소 당황하며 웃었다.

"바로 봤어, 무셔 푸아로. 어리둥절해. 윌슨은 아주 건강해서 심장에 이상이 있었던 흔적이 없거든. 윌슨이 죽은 건 불가사의야."

"사바로노프 박사가 제거했다고 의심하는 건가요?"

내가 큰 소리로 묻자 재프 경감은 건조하게 대답했다.

"그건 아니고. 러시아인이라고 해도 체스에서 지지 않으려고 상대방을 살해할 것 같지는 않습니다. 여하튼 내가 이해한 바로는 그건 아닐 가능성이 농후해요. 사바로노프는 천재인 것 같습니다. 사람들은 라스커 다음간다고들 하지요."

푸아로는 생각에 잠겨 고개를 끄덕이다가 물었다.

"그럼 경감 자네의 작은 생각은 정확히 뭔가? 어째서 윌슨이 독살되어야 하지? 내가 볼 때 경감은 독살을 의심하고 있어."

"지당해. 심장 마비는 심장이 멈춘다는 뜻이지. 그게 전부야. 의사가 당시 공식 발표한 이야기는 그랬지만, 사적으로 만나 보니 자기도 만족스럽지 않다고 우리에게 언질을 줬어."

"검시는 언제지?"

"오늘 밤. 윌슨은 특이할 정도로 갑자기 죽었어. 평소와 다름없어 보였는데 체스 말을 움직이다가 갑자기 앞으로 쓰러졌고, 그 길로 죽었거든!"

"그런 식으로 작용할 만한 독은 몇 개 안 되는데."

푸아로가 반론을 폈다.

"알지. 검시해 보면 뭔가 알게 되겠지. 하지만 누가 무슨 이유로 길모어 윌슨을 제거하려고 했을까, 그게 내가 알고 싶은 거야. 미국에서 막 건너온 천진하고 겸손한 젊은이였는데. 세상에 적이라고는 없었던 게 분명한데 말이야."

"믿어지지 않는데요."

내가 골똘히 생각하며 말했다.

"아니, 재프 경감에게는 그렇게 말할 만한 이유가 있거든. 나는 알지."

푸아로가 웃으며 말했다.

"맞아, 무셔 푸아로. 나는 그 독이 윌슨을 죽이기 위한 게 아니었다고 봐. 상대를 없애기 위한 거였지."

"사바로노프?"

"그래, 사바로노프는 볼셰비키 혁명이 일어났을 당시 당과 충돌했어. 살해되었다는 기사가 나기도 했지. 사실은 도망쳐서 3년간 시베리아에서 믿기 힘든 고난을 견뎌 냈어. 너무나 큰 고통을 겪어서 아주 다른 사람이 되었지. 친구들과 지인들은 그를 거의 알아볼 수 없다고 했어. 머리는 백발이고, 전체적으로 끔찍하게 나이 든 사람의 모습이었지. 환자나 다름없어서 거의 외출도 하지 않는 데다, 소니아 다빌로프라는 질녀와 러시아 남자 하인 하나와 함께 웨스트민스터가(街)의 어떤 아파트에서 지내. 사바로노프가 아직도 누군가 자기를 추적하고 있다고 여길 가능성도 있어. 이번 체스 시합에 나오기를 매우 꺼려 했던 게 분명해. 몇 차례 단도직입적으로 거절했는데 신문이 '스포츠맨답지 않은 행위'라고 난리를 치기 시작하자 승낙했지. 길모어 윌슨은 진짜배기 양키의 끈기로 계속해서 사바로노프에게 도전했고, 결국에는 뜻을 이룬 거야. 이제 내가 묻겠네. 무셔 푸아로, 사바로노프는 왜 시합을 꺼렸을까? 자기에게 이목이 집중되는 게 싫었기 때문이지. 누군가 자기 행방을 아는 게 싫었던 거야. 그게 내 답이야. 길모어 윌슨은 실수로 선택된 거고.”

“사바로노프가 죽으면 개인적으로 이득을 볼 사람은 없나?”

“뭐, 질녀가 되겠지. 사바로노프는 최근에 막대한 부를 손에 넣었어. 옛 정권 체제에서 설탕으로 폭리를 취하던 남편을 둔 마담 고스포자가 유산을 남겼거든. 두 사람은 한 번 불륜을 저지른 것으로 아는데, 마담 고스포자는 사바로노프가 죽었다는 기사를 믿지 못하겠다고 꿋꿋이 버텼지.”

“시합이 열린 곳은 어딘가?”

“사바로노프의 아파트였어. 알다시피 사바로노프는 환자였거든.”

“관람하러 간 사람이 많았나?”

“적어도 열 명 정도, 아마 더 많았을지도 모르지.”

푸아로는 의미심장하게 얼굴을 찌푸렸다.

“딱한 재프, 이번 일은 간단하지 않군.”

“일단 윌슨이 독살된 게 분명해지고 나면 진척이 있을 거야.”

“이런 생각은 해 봤나. 사바로노프가 원래 희생되었어야 할 사람이라는 가정이 맞는다고 할 경우, 살인자가 조만간 다시 시도한다면?”

“물론 해 봤지. 그래서 두 사람이 사바로노프의 아파트를 감시하고 있어.”

“누군가 폭탄을 안고 찾아가기라도 한다면 그 방법도 퍽 도움이 되겠군.”

푸아로의 무미건조한 대꾸에도 재프 경감은 눈을 반짝였다.

"관심이 생기나 보군, 무셔 푸아로. 영안실에 가서 의사들이 검시하기 전에 한번 보겠나? 누가 아나. 윌슨의 타이 핀이 비틀어져 있는데, 그게 수수께끼를 해결하는 귀중한 단서가 될지."

"친애하는 재프, 난 저녁 식사 내내 자네 타이 핀을 바로잡아 주고 싶어서 손가락이 근질거렸다네. 허락해 주겠나? 아아! 훨씬 보기 좋구먼. 좋아, 아무렴, 좋지. 영안실로 가 보자고."

나는 푸아로의 관심이 새로운 문제에 완전히 쏠렸음을 느낄 수 있었다. 푸아로가 외부 사건에 관심을 보인 것은 꽤 오랜만이기에, 예전 모습으로 돌아온 것 같아 기분이 썩 좋았다.

나는 그토록 기이하게 죽은 불운한 젊은 미국인의 뒤틀린 얼굴과 거동 없는 모습을 내려다보고 깊은 동정심을 느꼈다. 푸아로는 시신을 주의 깊게 조사했다. 외상이라고는 왼손의 자그마한 상처뿐이었다.

"의사 말이 그건 베인 상처가 아니라 화상이라고 하더군."

재프 경감이 설명했다.

푸아로는 시체의 주머니에 들어 있던 내용물로 관심을 옮겼다. 치안 경찰이 우리가 살펴볼 수 있게 꺼내어 펼쳐 주었다. 별다른 게 없었다. 손수건 한 장, 열쇠들, 지폐가 담긴 지갑, 그리고 몇 가지 중요하지 않은 편지들이 전부였다. 하지만 홀로 서 있는 물체 하나에 푸아로는 관심을 보였다.

푸아로가 소리쳤다.

"체스 말이로군! 흰 비숍이야. 주머니에서 나왔나?"

"아니, 손에 꽉 쥐고 있었어. 빼내느라 진땀 좀 흘렸지. 언젠가 사바로노프 박사에게 돌려줘야 하거든. 아주 아름답게 조각된 상아 체스 말의 일부야."

"내가 전해 주도록 해 주게나. 그 집에 들를 핑계가 될 테니까."

"아하! 이 사건에 개입하고 싶으신 거로군?"

재프 경감이 외쳤다.

"인정하지. 내 관심을 아주 능숙하게 끌어냈구먼."

"잘됐어. 빅 포 생각에서 벗어날 수 있으니 말이야. 헤이스팅스 대위도 기뻐하는 게 눈에 보입니다."

"맞습니다."

내가 웃으며 말했다.

푸아로가 시신을 향해 돌아서며 물었다.

"내게 말해 줄 만한 다른 사소한 것은 없나?"

"없는 것 같은데."

"왼손잡이였다는 사실도?"

"정말 마법사군, 무셔 푸아로. 그걸 어떻게 알았지? 윌슨은 사실 왼손잡이였어. 하지만 그게 사건과 연관이 있는 건 아니지 않나?"

"전혀 없지."

재프 경감이 조금 언짢아하는 것을 보고 푸아로가 서둘러 덧붙였다.

"장난일 뿐이야. 자네를 속이는 게 재미있거든."

우리는 우호적인 분위기에서 밖으로 나왔다.

다음 날 아침 우리는 웨스트민스터에 있는 사바로노프 아파트로 향했다.

"소니아 다빌로프, 예쁘장한 이름이군요."

내가 생각에 잠겨 말했다.

푸아로가 멈추더니 절망적인 표정을 지어 보였다.

"틈만 나면 로맨스를 찾는구먼! 구제불능이라니까. 소니아 다빌로프가 우리 친구이자 적인 베라 로사코프 백작 부인임이 밝혀지면 가관이겠어."

백작 부인이라는 말에 내 얼굴에 구름이 드리워졌다.

"설마하니 푸아로, 정말 그렇게 의심하는 건……."

"아, 아냐, 아냐. 농담이라고! 그 정도까지 빅 포가 내 머리를 가득 채우고 있지는 않아. 재프야 뭐라고 하든지."

별나게 무표정한 얼굴의 남자 하인이 아파트 문을 열어 주었다. 그 무표정한 얼굴에 감정이 드러날 때가 있으리라고는 믿어지지 않았다.

푸아로가 재프 경감이 소개말을 몇 자 적어 준 카드를 보여 주자 하인은 우리를 값진 작품과 골동품이 있는 낮고 긴 방으로 안내했다. 훌륭한 초상화 한두 점이 벽에 걸려 있었고, 매우 아름다운 페르시아 융단이 바닥에 깔려 있었다. 탁자에는 러시아식 주전자 사모바르가 놓여 있었다.

나는 우선 대단히 귀중해 보이는 초상화 한 점을 살펴보았다. 그러다 돌아보니 푸아로가 바닥에 엎드려 있었다. 융단이 아름답기는 했지만 그렇게 자세히 들여다볼 필요는 전혀 없어 보였다.

"그게 그렇게 훌륭한 건가요?"

"어? 오! 융단 말이야? 아니야, 내가 보고 있던 건 융단이 아니라고. 하지만 정말 아름다운 융단이긴 하네. 커다란 못으로 중앙을 무자비하게 관통시키기에는 너무나 아름다워. 아니다, 헤이스팅스."

내가 다가가서 보려는데 푸아로가 말했다.

"못은 없어졌지만 구멍은 남았어."

갑자기 뒤에서 소리가 나서 내가 뒤로 돌자 푸아로도 민첩하게 일어섰다. 한 아가씨가 앞에 서 있었다. 우리의 모습이 가득 담긴 아가씨의 눈동자는 의심의 빛이 역력한 어두운 빛깔을 띠었다. 여인은 중간 키였고, 얼굴은 아름답고 다소 골난 표정이었으며, 눈은 짙은 파란색에 머리는 짧게 자른 검은색이었다. 말할 때 목소리는 낭랑하게 울려 퍼졌고, 전혀 영국인답지 않았다.

"삼촌께서는 매우 아프셔서 두 분을 만날 수 없습니다."

"안타까운 일이지만, 아가씨가 대신 좀 도와주었으면 하는데. 마드무아젤 다빌로프가 맞지요?"

"네, 제가 소니아 다빌로프입니다. 무엇을 알고 싶으신지요?"

"지난밤에 일어난 유감스러운 일에 관해 몇 가지 묻고 싶어요. 길모어 윌슨 씨의 죽음 말인데, 제게 말해 주겠어요?"

여인의 눈이 커졌다.

"그 사람은 심장 마비로 죽었습니다. 체스 게임 도중에요."

"경찰에서는 심장 마비가 확실한지 잘 모르겠다고 하던걸요, 마드무아젤 다빌로프."

여인은 겁먹은 듯 움찔하더니 외쳤다.

"그럼, 맞군요. 이반이 옳았어요."

"이반이 누구지요? 그리고 왜 그가 옳았다고 하는 거지요?"

"두 분에게 문을 열어 드린 사람이 이반입니다. 그리고 이반은 길 모어 윌슨이 자연사한 것이 아니라 실수로 독살되었을 거라고 제게 말했습니다."

"실수라."

"네, 독은 원래 삼촌을 죽이기 위한 거였다고요."

다빌로프는 처음에 느낀 불신을 꽤 잊어버린 듯 어느새 열심히 이야기하고 있었다.

"왜 그렇게 생각하죠, 마드무아젤 다빌로프? 누가 사바로노프 박 사를 독살하고 싶어 할까요?"

소니아 다빌로프가 고개를 흔들었다.

"저도 모르겠습니다. 아는 바가 없습니다. 게다가 삼촌은 저를 믿 지 않으실 거예요. 어쩌면 당연한지도 몰라요. 삼촌은 저를 거의 모 르시거든요. 어린아이였을 때 만난 뒤 이곳 런던에서 다시 같이 살 기 전에는 만나지 못했습니다. 하지만 이것만은 압니다. 삼촌은 뭔 가 두려워하고 계세요. 러시아에는 비밀결사가 많이 있는데, 어느 날 어떤 말을 엿듣고 삼촌이 두려워하는 게 바로 그런 결사 가운데 하나가 아닐까 생각하게 되었습니다. 말씀해 주시겠어요, 무슈."

소니아 다빌로프가 한 걸음 다가와서는 목소리를 낮추고 말했다.

“‘빅 포’라는 단체에 관해 들어 본 적 있으신가요?”

푸아로는 거의 펄쩍 뛰고 눈이 튀어나오게 놀랐다.

“어째서…… 빅 포에 대해 뭘 알고 있지요, 마드무아젤?”

“그럼 그런 조직이 있긴 있는 거로군요! 저는 그런 이야기를 엿듣고는 나중에 삼촌에게 물어보았습니다. 그토록 두려워하는 사람은 본 적이 없었어요. 삼촌은 완전히 창백해져서 떨고 있었습니다. 삼촌은 그들을 두려워하고 있습니다, 무슈. 그것도 엄청나게 두려워하는 게 분명해요. 그리고 그들이 실수로 그 미국인 윌슨을 죽인 거예요.”

푸아로가 중얼거렸다.

“빅 포라…… 어딜 가나 빅 포로군! 놀라울 정도의 우연이로군요, 마드무아젤. 삼촌은 아직 위험해요. 제가 구해 드려야겠어요. 자, 그날 저녁에 무슨 일이 있었는지 정확히 설명해 줘요. 체스보드와 탁자, 그리고 두 사람이 어떻게 앉아 있었는지 등, 모두 알려 줘요.”

소니아 다빌로프는 방 한편으로 가서 작은 탁자를 가져왔다. 탁자의 표면은 은색과 검정색 사각형으로 체스보드 모양이 되도록 멋지게 세공되어 있었다.

“이 체스보드는 다음 시합에서 사용해 달라는 요청과 함께 몇 주 전에 선물로 받은 거예요. 체스보드는 방 가운데에 있었어요.”

푸아로는 꽤나 불필요하다 싶을 정도로 주의 깊게 탁자를 조사했다. 푸아로는 내 예상과는 전혀 다른 질문을 하고 있었다. 무의미해 보이는 질문도 꽤 많았고, 정말 핵심적인 문제에 관해서는 질문할 게 없는 듯 보였다. 나는 뜻밖에 언급된 빅 포 때문에 푸아로가 완전히 균형 감각을 잃었다고 결론지었다.

잠시 탁자와 그 정확한 위치를 조사한 푸아로는 체스 말을 보여 달라고 요청했다. 소니아 다빌로프는 상자에 담긴 체스 말을 가져왔다. 푸아로는 형식적으로 한두 개를 조사했다.

"아주 정교한 체스로군."

푸아로가 멍하게 중얼거렸다.

어떤 음식물을 내왔는지, 혹은 어떤 사람이 있었는지 등의 질문은 여전히 전무했다.

나는 눈치를 주려고 헛기침을 했다.

"푸아로, 혹시 이런 거 생각해……."

푸아로는 단호하게 가로막았다.

"생각하지 말라고, 친구. 다 내게 맡겨. 마드무아젤, 삼촌을 만나보는 건 정말 불가능할까요?"

희미한 웃음이 소니아 다빌로프의 얼굴에 어렸다.

"만나 주실 거예요. 이해해 주세요, 낯선 사람을 먼저 만나는 게제 일이거든요."

소니아 다빌로프는 사라졌다. 옆방에서 웅얼거리는 소리가 들렸고, 잠시 후 소니아가 우리에게 돌아와서는 옆방으로 들어오라고 손짓했다.

그곳 소파에 누워 있는 남자는 인상적이었다. 키가 크고 몹시 여위었으며, 짙고 넓은 눈썹과 흰 턱수염이 자라 있었다. 굶주림과 고난으로 초췌해진 사바로노프 박사는 눈에 띄는 인물이었다. 나는 기이한 머리 모양과 남다르게 긴 이마에 주목했다. 위대한 체스 선수라면 두뇌도 틀림없이 명석하리라. 사바로노프 박사가 세계에서 두 번째로 뛰어난 선수라는 건 쉽게 이해할 수 있었다.

푸아로가 인사했다.

"무슈 르 독퇴르(박사님), 단둘이 이야기를 좀 나눌 수 있을까요?"

사바로노프는 질녀에게 고개를 돌렸다.

"잠깐, 소니아."

소니아는 순종적으로 방에서 나갔다.

"자, 선생님, 하실 말씀이?"

"사바로노프 박사, 박사는 최근에 막대한 부를 얻었지요. 박사가 만일 불시에 죽는다면 누가 상속받게 되나요?"

"모든 걸 질녀 소니아 다빌로프에게 남긴다는 유서를 작성했습니다. 무슨 이야기를……."

"아무것도 아닙니다. 하지만 어린아이였을 때 본 뒤로는 만나지 못했다던데요. 누구라도 조카로 쉽게 가장할 수 있을 겁니다."

사바로노프는 이 말에 벼락을 맞은 듯 놀랐다. 푸아로가 편안하게 말을 이었다.

"그건 그걸로 족합니다. 박사에게 경고의 말을 전해 준 걸로 됐습니다. 내가 원하는 것은 그날 저녁 체스 게임에 대해 설명해 달라는 것입니다."

"설명하라니, 어떻게 하라는 말입니까?"

"음, 저 자신은 체스를 하지 않지만, 일반적으로 게임을 시작하는 다양한 방식이 있다고 아는데요. 처음 수라고 하던가요?”

사바로노프 박사가 엷게 웃었다.

“아아! 무슨 말인지 알겠습니다. 윌슨이 먼저 루이 로페즈로 시작했습니다. 가장 확실하고, 대회나 시합에서 가장 널리 쓰는 수법이지요.”

“그러면 게임을 한 지 얼마나 지났을 때 일이 발생했지요?”

“분명 서너 번째 수에서 윌슨이 갑자기 탁자 위로 쓰러졌는데, 돌처럼 뻣뻣하게 죽은 상태였습니다.”

푸아로는 떠나려고 일어섰다. 그러고는 대수롭지 않다는 투로 마지막 질문을 던졌지만, 필시 그건 아니었다.

“윌슨이 뭘 먹거나 마셨나요?”

“위스키와 소다수인 것 같습니다.”

“고맙습니다, 사바로노프 박사. 더 이상 방해하지 않겠습니다.”

이반은 홀에서 우리를 바깥으로 안내했다. 푸아로가 문지방에서 꾸물거렸다.

“이 아래층 아파트에 누가 사는지 알고 있나요?”

“찰스 킹웰 경이라고 국회 의원이 살고 있습니다. 하지만 가구를 들여온 건 최근입니다.”

“고맙구려.”

우리는 밝은 겨울 햇살로 나왔다.

내가 불만을 터뜨렸다.

“정말이지, 푸아로. 이번에는 썩 잘하신 것 같지 않아요. 거기서 한 질문들은 아주 부적절했다고요.”

푸아로가 묻는 듯한 눈으로 나를 바라보았다.

“그렇게 생각해, 헤이스팅스? 그래, 내가 산만하기는 했지. 헤이스팅스 자네라면 무엇을 물어봤을까?”

나는 그 질문을 조심스럽게 생각하고서, 내 계획을 푸아로에게 개략적으로 이야기했다. 푸아로는 아주 관심이 있는 듯 귀를 기울였다. 내 독백은 우리가 거의 집에 도착할 때까지 이어졌다.

푸아로는 문에 열쇠를 꽂고 나를 위층으로 안내했다.

“아주 훌륭해. 아주 면밀해, 헤이스팅스. 하지만 꼭 필요한 건 아니야.”

“불필요하다고요! 윌슨이 독살되었다면…….”

내가 놀라서 외쳤다.

푸아로가 탁자에 놓인 메모를 불쑥 집어 들었다.

“아하! 재프가 보냈군. 내 예상대로야.”

푸아로는 종이를 펼쳐서 내게 보였다. 메모는 간결하고 단도직입적이었다. 독극물 흔적은 발견되지 않았고, 윌슨이 어떻게 죽음에 이르렀는지 밝혀 줄 만한 단서는 없었다.

“알겠지? 그런 질문은 불필요했을 거라고.”

“이걸 미리 예측했다는 말인가요?”

“‘있을 법한 결과를 예측하라.’”

푸아로는 내가 최근에 오랜 시간을 투자한 브리지 문제의 답을 인용해 말했다.

“몬 아미, 그걸 제대로 해내면 더 이상 추측이라고 말하지 않는 법이지.”

“자잘한 이야기는 관둬요. 예측했나요?”

내가 조바심 내며 말했다.

“그래.”

“어떻게요?”

푸아로는 대답 대신 주머니에서 흰 비숍을 꺼냈다.

“어, 사바로노프 박사에게 돌려주는 걸 잊어버렸군요.”

“그게 아니지, 친구. 그 비숍은 아직 내 왼쪽 주머니에서 쉬고 있거든. 이건 마드무아젤 다빌로프가 친절하게도 내게 보여 준 체스 말 상자에서 가져온 거야. 비숍의 복수형은 뒤에 S가 붙지.”

푸아로는 마지막 ‘S’를 무척 거세게 발음했다. 나는 도무지 어리둥절하기만 했다.

“그건 왜 가져온 건데요?”

“파르블뢰(물론), 정확히 일치하는지 보고 싶어서지.”

푸아로는 한 손에 하나씩 쥐고 둘을 살펴보았다.

“똑같은 것 같군. 인정하지. 하지만 증명될 때까지는 당연하게 생각해선 안 되지. 작은 저울 좀 가져다주겠나?”

푸아로는 아주 조심스럽게 두 체스 말을 달아 본 다음에 의기양양한 얼굴로 나를 바라보았다.

“내가 옳았어. 보라고, 내가 옳았다고. 에르퀼 푸아로를 속이는 건 불가능하지!”

푸아로는 전화기로 달려가 수화기를 들고는 조급해하며 기다렸다.

"재프인가? 아! 재프 경감, 자네로군. 에르퀼 푸아로야. 남자 하인을 감시하라고. 이반 말이야. 어떤 경우에도 그자가 도망치게 해서는 안 돼. 그래, 그래, 내 말대로야."

푸아로는 수화기를 던지듯 내려놓고 나를 보았다.

"아직 모르는군, 헤이스팅스? 설명해 주지. 윌슨은 독살된 게 아니라 감전사한 거야. 체스 말들 중 한 말 가운데에 얇은 금속판이 깔려 있었어. 탁자는 미리 준비하여 바닥의 특정 지점에서 작동하도록 되어 있었고, 비숍이 은색 사각형 중 하나에 놓이자 전류가 윌슨의 몸에 흘러서 즉각 죽게 꾸민 거지. 유일한 표식은 손에 있는 전기 화상뿐이었어. 왼손에 나 있던 건 윌슨이 왼손잡이였기 때문이지. '특별 탁자'는 아주 교묘한 기계 장치였어. 내가 그곳에서 조사한 탁자는 복사본으로, 아무 장치도 없었지. 살인을 저지른 뒤에 곧바로 바꿔치기한 거야. 장치를 작동한 건 아래층 아파트였어. 기억하는지 모르지만, 아래층 아파트는 최근에 사람이 살도록 갖춰 놓았지. 하지만 적어도 공범 한 사람은 사바로노프의 아파트에 있었어. 그 아가씨는 빅 포의 하수인으로, 사바로노프의 돈을 상속하려고 작업하고 있었던 거지."

"그럼 이반은요?"

"이반은 다름 아니라 그 유명한 4인자가 아닐까 하는 의심이 강하게 들어."

"뭐라고요?"

"그래. 그자는 대단한 인물 연기자야. 원하는 역할은 뭐든 맡을 수 있지."

나는 지난 일을 회상하면서 정신병동 관리자, 정육점 젊은이, 우아한 의사가 모두 동일인이면서 완전히 서로 다른 사람이었음을 떠올렸다.

이윽고 내가 입을 열었다.

"놀랍군요. 모든 게 맞아떨어져요. 사바로노프는 계획을 어렴풋이 알았고, 그래서 시합을 그렇게 꺼렸던 거예요."

푸아로는 말없이 나를 쳐다보았다. 그러더니 갑자기 뒤로 돌아서 왔다 갔다 하기 시작했다.

"혹시 체스 관련 서적 없나, 몬 아미?"

푸아로가 갑자기 물었다.

"어딘가에 있을 거예요."

시간이 좀 걸렸지만 나는 마침내 책을 찾아내 푸아로에게 가져다 주었다. 푸아로는 의자에 깊숙이 몸을 기댄 채 몰입하여 책을 읽어 나갔다.

한 15분이 지나자 전화벨이 울려 내가 받았다. 재프 경감이었다. 이반이 커다란 꾸러미를 들고 아파트를 나갔다고 했다. 이반은 기다리던 택시에 곧장 올라탔고, 추적이 시작되었다. 이반은 추적하는 사람이 있음을 알고 따돌리려 했고, 미행을 떼어 놓은 뒤에야 햄스테드에 있는 커다란 빈집으로 차를 몰았다. 하지만 집은 이미 포위되어 있었다.

나는 이 내용을 모조리 푸아로에게 전했다. 푸아로는 마치 내가 무슨 말을 하는지 거의 알아듣지 못한 것처럼 나를 응시했다. 푸아로는 체스 책을 내밀었다.

"잘 들어, 친구. 이게 루이 로페즈 수법이야. 1 P-K4, P-K4; 2 Kt-KB3, K-QB3; 3 B-Kt5. 그런 다음에 흑이 세 번째로 둘 가장 좋은 수가 뭘까 하는 게 문제야. 검은 말은 다양한 방법으로 방어할 수 있지. 길모어 윌슨이 죽은 것은 흰 말의 세 번째 수, 그러니까 3 B-Kt5였어. 고작 세 번 만에. 이걸 보고 무슨 생각 안 들어?"

나는 푸아로가 무슨 말을 하는지 도무지 알 수 없어서, 모르겠다고 말했다.

"헤이스팅스, 이 의자에 앉아 있는 동안 현관이 열리고 닫히는 소리를 들었다고 가정해 봐. 그럼 무슨 생각을 하겠어?"

"저라면 누군가 나갔다고 생각할 것 같은데요."

"그래, 하지만 언제나 사물에는 두 가지 측면이 존재하지. 누군가 나갔거나, 누군가 들어왔거나. 두 가지 완전히 다른 게 있어, 헤이스팅스. 하지만 틀린 쪽으로 가정했다면, 곧 작은 틈이 벌어질 거고, 자신이 엉뚱한 길에 있음을 알게 되겠지."

"무슨 말을 하려는 건데요, 푸아로?"

푸아로는 갑자기 활기찬 동작으로 일어섰다.

"바로 내가 바보 천치였다는 말을 하는 거야. 빨리, 빨리, 웨스트민스터 아파트로 가지. 아직 늦지 않았을지 몰라."

우리는 택시를 타고 서둘러 달렸다. 내가 흥분해서 이것저것 물었지만 푸아로는 아무 답도 하지 않았다. 우리는 계단을 달려 올라갔다. 반복해서 벨을 누르고 노크를 했는데도 아무 대답이 없었다. 하지만 주의 깊게 들으니 안에서 힘없는 신음 소리가 들려왔다.

경비가 곁쇠를 갖고 있음이 밝혀져서 잠시 실랑이를 벌인 후 열 수 있었다.

푸아로는 곧장 안쪽 방으로 들어갔다. 클로로포름 냄새가 확 풍겼다. 바닥에는 소니아 다빌로프가 코와 입 전체를 가리는 탈지면 뭉치로 재갈이 물린 채 결박되어 있었다. 푸아로는 다빌로프를 풀어 주고 정신을 차리도록 조치를 취했다. 이내 의사가 도착했다. 푸아로는 다빌로프를 의사에게 맡기고 나와 함께 옆으로 빠졌다. 사바로노프 박사의 흔적은 없었다.

"이게 대체 어찌 된 거죠?"

내가 당황하여 물었다.

"두 가지 똑같은 추론 가운데 내가 잘못된 쪽을 택했다는 뜻이지. 삼촌과 만나지 않은 지 그토록 오래되었으니 누구라도 쉽게 소니아 다빌로프로 가장하는 것이 쉬울 거라고 말했던 걸 기억하지?"

"그런데요?"

"그게, 정반대도 마찬가지라는 거야. 누구라도 쉽게 삼촌으로 가장할 수 있었다는 말이야."

"네?"

"사바로노프는 혁명 때 정말로 죽은 거였어. 그 끔찍한 고난에서 벗어난 척한 남자, 너무나 변해서 '친구들조차 거의 알아보지 못한 남자', 막대한 부를 성공적으로 거머쥔 남자……."

"네. 그가 누구죠?"

"4인자야. 소니아가 '빅 포'에 관한 비밀 대화를 엿들었다고 이야기했을 때 겁먹은 것도 당연해. 이번에도 내 손아귀에서 벗어났군. 그자는 내가 결국은 제대로 짚어 낼 걸 알고서 정직한 이반을 고되고 헛된 추적을 당하도록 내보내고, 소니아는 클로로포름으로 기절시킨 후 나갔어. 지금쯤 필시 고스포자 부인이 남긴 유가증권을 대부분 손에 넣었을 거야."

"그럼 그자를 죽이려고 한 건 누구죠?"

"아무도 죽이려 하지 않았어. 윌슨 살인은 처음부터 의도된 거였다고."

"하지만 왜요?"

"친구, 사바로노프는 세상에서 두 번째로 뛰어난 체스 선수야. 십 중팔구 4인자는 게임의 기초도 몰랐을 거라고. 분명 그자는 시합을 해야 한다는 사실을 견디지 못했을 거야. 온갖 방법으로 피하려고 했겠지. 그것이 실패하자 윌슨의 운명을 결정해 버린 거야. 어떤 희생을 치르더라도 위대한 사바로노프가 체스를 할 줄 모른다는 사실이 발각되지 못하게 해야 했으니까. 윌슨은 루이 로페즈를 좋아해서 그 수를 쓸 게 분명했어. 4인자는 세 번째 수에서 죽여서 복잡한 방어 수단을 써야 하는 상황을 피하려고 모든 걸 준비한 거야."

나는 도무지 이해가 되지 않았다.

"하지만 푸아로, 우리가 지금 미친놈과 싸우는 건가요? 당신의 추론은 이해하지만, 그게 분명히 맞는다는 건 인정하지만, 단지 자기 역할을 유지하려고 사람을 죽이다니! 그보다 간단하게 곤경에서 벗어날 방법이 있지 않았을까요? 의사가 시합하지 말라고 금지시켰다고 말할 수도 있잖아요.”

푸아로는 이마를 찌푸렸다.

“세르텐망(물론이지), 헤이스팅스. 다른 방법도 있었어. 하지만 별로 확실하지 않았던 거야. 게다가 헤이스팅스는 살인은 피해야 할 일이라고 가정하고 있어, 그렇지? 하지만 4인자의 심리는 그렇게 움직이지 않아. 나는 그자의 편에 서서 생각해 본다고, 헤이스팅스에게는 무리겠지만. 그자의 생각을 그려 보는 거야. 그자는 그 시합에서 체스 사범으로서의 역할을 즐겨. 그자가 자기 역할을 연구하려고 체스 토너먼트를 돌아봤을 거라는 점은 의심할 바가 없어. 그자는 앉아서 생각에 잠긴 채 얼굴을 찌푸려. 대단한 계획을 짜내고 있는 인상을 주지만, 그러면서 내내 혼자 웃고 있지. 그자는 자기가 두 수 이상은 모른다는 사실을 알고 있어. 그리고 그 이상은 알 필요도 없지. 게다가 4라는 숫자에 어울리는 결말을 예측하는 것도 즐겁게 느껴졌을 거야……. 오, 그래, 헤이스팅스. 그 친구의 심리가 이해되기 시작하는군.”

나는 어깨를 으쓱했다.

“흠, 푸아로가 옳다고 보지만, 그렇게 쉽게 피할 수 있는 위험을 굳이 마다하지 않는 이유를 나는 이해할 수가 없군요.”

푸아로가 콧방귀를 뀌었다.

"위험이라! 위험이 어디에 있다고? 재프 경감이 문제를 해결할까? 아니. 4인자가 작은 실수 하나만 저지르지 않았다면 아무런 위험도 없었을 거야."

"그 실수란 게 뭐죠?"

답을 예상하면서도 내가 물었다.

"몬 아미, 그자는 에르퀼 푸아로의 작은 회색 뇌세포를 간과했어."

푸아로에게는 여러 가지 장점이 있었지만, 겸손만은 해당 사항이 없었다.

미끼 놓은 덫

때는 1월 중순, 런던은 전형적인 영국 겨울 날씨처럼 습하고 우중
충했다. 푸아로와 나는 불가에 바짝 붙여 놓은 의자에 앉아 있었다.
나는 친구 푸아로가 의아한 웃음으로 나를 바라보고 있음을 알았으
나, 무슨 의미인지는 추측할 수 없었다.

"무슨 생각을 그리 해요?"

내가 가볍게 말했다.

"친구, 한여름에 자네가 처음 도착했을 때 한두 달만 이 나라에
머물러도 좋겠냐고 말했잖아."

"내가 그랬던가요? 기억이 안 나는데."

내가 멋쩍게 물었다.

푸아로가 더 활짝 웃었다.

"그랬어, 몬 아미. 그때 이후로 계획을 바꾼 거지, 아닌가?"

"어, 네. 맞아요."

"그 이유는?"

"젠장, 푸아로. 설마 푸아로가 '빅 포' 같은 놈들하고 싸우고 있는데 내가 혼자 남겨 두고 떠나리라 생각하는 건 아니겠죠?"

푸아로가 부드럽게 고개를 끄덕였다.

"내 생각대로야. 자네는 지조가 있는 친구라고, 헤이스팅스. 나를 위해서 여기 남아 있는 거잖아. 자네가 작은 신데렐라라고 부르는 집사람은 뭐라고 해?"

"당연한 얘기지만 자세한 말은 하지 않았어요. 그래도 이해해 주죠. 친구를 버리고 돌아오기를 바라는 그런 여자가 아니에요."

"그래, 그래. 그녀도 충직한 친구지. 하지만 시간이 꽤나 걸릴지도 모른다고."

나는 다소 실망하며 고개를 끄덕였다.

"벌써 여섯 달이에요."

내가 잠시 생각해 보고 입을 열었다.

"그런데 지금 우리는 뭘 하고 있죠? 푸아로, 나는 우리가 뭐든 해 봐야 한다는 생각을 떨칠 수가 없어요."

"항상 힘이 넘치는군, 헤이스팅스! 그래 정확히 내가 뭘 하면 좋을까?"

다소 어려운 문제였지만, 나는 물러설 생각이 없었다.

나는 힘주어 말했다.

"공격해야죠. 이때까지 우리가 한 게 뭐가 있죠?"

“헤이스팅스가 생각하는 것 이상을 했지, 친구. 결국 우리는 2인 자와 3인자의 정체를 알아냈고, 4인자의 수단과 방법에 대해서도 꽤나 알게 됐잖아.”

나는 조금 힘이 났다. 푸아로가 말하듯, 그렇게 나쁘기만 한 것은 아니었다.

“아! 그래, 헤이스팅스. 우리는 대단한 일을 했어. 아직 릴런드나 마담 올리비에를 기소할 처지가 아니라는 건 사실이야. 누가 믿겠어? 한번은 내가 릴런드를 성공적으로 몰아붙였다고 생각했던 걸 기억하겠지? 그럼에도 나는 내 느낌을 몇몇 사람들, 최고의 사람들에게 알렸어. 도난당한 잠수함 계획 사건에서 나를 도왔던 앨딩턴 경은 빅 포와 관련된 내 정보를 모두 알고 있어. 다른 사람은 믿지 않을지 몰라도 앨딩턴 경은 믿지. 릴런드와 마담 올리비에, 그리고 리창옌은 자기들이 원하는 길로 갈 수는 있을지 몰라도, 어디를 가든지 탐조등이 따라다닐 거야.”

“그러면 4인자는요?”

“방금 전에 말했듯이, 나는 그자의 방법을 이해하기 시작했어. 좀 웃으라고, 헤이스팅스. 하지만 사람의 심리를 꿰뚫는 것, 특정 상황에서 정확히 그가 뭘 할지 아는 것이 승리의 시작이야. 이건 우리 둘 사이의 싸움이고, 그자는 계속해서 자기 심리를 내게 알려 주는 반면, 나는 그자가 내 심리를 거의 혹은 전혀 모르게 하려고 하고 있지. 그자는 드러나 있고, 나는 감춰져 있다고. 헤이스팅스, 그자들은 날이 갈수록 내가 가만히 있는 것을 두려워하고 있어.”

"어찌 됐든 그자들은 우리를 가만히 내버려 두잖아요. 푸아로 목숨을 노리려고 하지도 않고, 더 이상 매복 따위도 하지 않고요."

푸아로가 생각에 잠기며 대답했다.

"맞아. 전체적으로 그 점이 조금 놀라워. 특히 우리를 공격할 확실한 방법이 한두 가지 있고, 그자들도 틀림없이 알 텐데도 가만히 있다니. 무슨 말인지 알겠지?"

"시한폭탄 같은 거요?"

내가 어림짐작으로 말하자, 푸아로는 조바심을 나타내며 날카롭게 혀를 찼다.

"틀렸어! 상상 좀 해 봐. 벽난로에 설치된 폭탄 같은 그런 우악스러운 것밖에 제시하지 못하다니. 이런, 이런. 성냥이 좀 있어야겠군. 날씨는 이렇지만 산책 좀 해야겠어. 실례 좀 할게, 친구. 그런데 헤이스팅스는 『아르헨티나의 미래』, 『사회의 거울』, 『목축』, 『크림슨의 단서』, 『로키산맥에서의 스포츠』를 동시에 읽을 수 있나 보지?"

나는 웃으며 『크림슨의 단서』에 온 정신이 팔려 다른 건 읽을 틈이 없다고 시인했다. 푸아로는 고개를 가로저었다.

"그러면 나머지는 책장에 좀 꽂으라고! 어떻게 한 번도 순서와 방법을 받아들이지 않는구먼. 몽 디외(맙소사), 책장은 뒀다 뭘 하려고?"

나는 공손히 사과했다. 푸아로는 눈에 거슬리는 책을 정해진 장소에 꽂은 뒤 내가 골라 놓은 책을 즐기는 데 방해가 되지 않게 밖으로 나갔다.

하지만 고백하건대 피어슨 부인이 문을 두드릴 때 나는 반쯤 잠들어 있었다.

"전보가 왔어요, 대위."

나는 별 관심 없이 노란색 봉투를 찢었다.

그러고는 돌로 변한 것처럼 주저앉고 말았다.

남미 농장에 있는 브론슨이란 관리인이 보낸 전보였는데, 내용은
다음과 같았다.

헤이스팅스 부인이 어제 실종되었음. 자칭 빅 포라는 갱이 납치한
듯하여 전보로 경찰에 알렸지만 단서는 아직 없음. 브론슨.

나는 손을 흔들어 피어슨 부인을 방에서 나가게 했다. 아연해진
채로 앉아 전보를 읽고 또 읽었다.

'신데렐라가 납치되다니! 그것도 악명 높은 빅 포의 손에! 주여,
어찌하면 좋으리까? 푸아로! 푸아로를 불러야겠다. 푸아로라면 조
언해 줄 거야. 어떻게든 그자들을 궁지에 몰아넣을 거야. 잠시 후면
푸아로가 돌아올 거야. 그때까지 인내심 있게 기다려야 해. 하지만
신데렐라가 빅 포의 수중에 있다니!'

다시 노크 소리가 들리더니 피어슨 부인이 고개를 들이밀었다.

"메모예요, 대위. 교양 없는 중국인이 가져왔어요. 아래층에서 기
다리고 있어요."

나는 메모를 부인에게서 잡아챘다. 짧고 단도직입적인 내용이었다.

다시 아내를 만나고 싶다면, 즉시 이 메모를 가져간 사람을 따라가시오. 당신 친구에게는 아무 메시지도 남기지 마시오. 아니면 아내가 다칠 거요.

메모에는 커다란 4 자가 쓰여 있었다.
'어떻게 해야 할까? 당신이 내 처지에서 이 메모를 읽었다면 어떻게 했을까?'

생각할 시간이 없었다. 나는 오직 한 가지만 생각했다. 그 악마의 손아귀에 놓인 신데렐라. 나는 복종해야만 한다. 아내의 머리칼 하나라도 위험에 처하게 할 수 없다. 중국인이 이끄는 곳으로 가야 해. 그렇다. 그것은 덫이었고, 따라서 사로잡힐 것은 분명하고 어쩌면 죽을지도 모른다. 하지만 세상에서 내게 가장 귀중한 사람이 인질로 잡힌 상황이었기에 나는 주저할 수가 없었다.

나를 괴롭힌 건 푸아로에게 메모를 남겨야 하는가 말아야 하는가였다. 일단 푸아로가 나를 찾아내게 한다면 모든 게 잘될지 모른다! 도박을 해야 할까? 분명 나를 감시하는 사람은 없었지만, 그럼에도 나는 주저했다. 중국인이 올라와 내가 편지에 적힌 명령대로 하는지 확인하는 건 너무도 간단한 일일 터였다. 그런데 왜 그러지 않을까? 그가 이 자리에 없다는 사실이 더 의심스러웠다. 나는 빅 포의 전능함을 수없이 목격한 터라 그들에게 거의 초인적인 힘이 있다고 믿었다. 내가 아는 한, 이 집의 작고 지저분한 여자 하인조차 그들의 하수인일지 모른다.

안 돼. 너무 위험해. 하지만 방금 받은 전보를 남기는 건 가능해. 그러면 푸아로도 신데렐라가 실종되었음을 알고, 누구 소행인지 알 테지.

이 모든 생각이 순간에 지나쳐 갔다. 나는 잠깐 사이에 모자를 서둘러 쓰고 나를 안내할 사람이 기다리는 곳으로 내려갔다.

메시지를 가져온 자는 키가 크고 무표정한 중국인으로, 깔끔했지만 다소 추레한 복장을 하고 있었다. 그자는 내게 인사하고서 말을 걸었다. 완벽한 영어를 구사했지만 약간 단조로웠다.

"헤이스팅스 대위입니까?"

"그렇다."

"메모를 주십시오."

그럴 줄 예상했던 터라 나는 아무 말 없이 그에게 종잇조각을 건네주었다. 하지만 그게 다가 아니었다.

"오늘 전보를 받지 않았습니까? 지금 막 왔지요? 남미에서, 맞습니까?"

나는 새삼 그자들의 첩보 시스템이 탁월하다는 것을 느꼈다. 그저 기민한 추측이었을지도 모르지만. 브론슨은 분명 내게 전보를 칠 테니, 그자들은 브론슨이 전보를 칠 때까지 기다렸다가 나를 단칼에 제압할 계산이었다.

명백한 사실을 부정해 봐야 좋을 게 없었다.

"그렇다. 전보를 받았다."

"가져오시겠습니까? 지금 가져오십시오."

나는 이를 갈았지만, 무얼 할 수 있었겠는가? 나는 다시 위로 뛰어 올라갔다. 그때 피어슨 부인에게 신데렐라가 실종되었다는 것만이라도 털어놓을까 하는 생각도 들었다. 부인은 층계참에 있었지만, 부인 뒤에 작은 하녀가 있어서 주저하고 말았다. 만약 저 하녀가 스파이라면…… 메모에 쓰인 글자가 눈앞에서 춤을 췄다. '……다칠 거요…….' 나는 말없이 거실로 들어갔다.

전보를 집어 들고 막 지나가려는데 좋은 수가 떠올랐다. 내 적에게는 아무 의미도 없지만 푸아로라면 중요하다고 여길 만한 표시를 남길 수 있지 않을까? 나는 책장으로 서둘러 가서 바닥에 책 네 권을 떨어뜨렸다. 푸아로가 그걸 보지 못할 리는 없었다. 푸아로의 눈에 즉시 밟힐 테니까. 그리고 푸아로의 잔소리에 가장 처음에 등장하는 내용이니 반드시 평소와 다르다는 걸 발견할 터였다. 그다음에는 벽난로에 석탄 한 삽을 퍼서 넣은 뒤에 거기서 네 덩어리를 석탄 받침에 쏟아 놓았다. 할 수 있는 일은 다 했다. 부디 푸아로가 신호를 올바로 읽기를.

나는 서둘러 아래로 내려갔다. 중국인은 내게서 전보를 받아서 읽더니 주머니에 넣고는 고개를 끄덕이며 따라오라고 신호했다.

그자는 나를 데리고 멀고 힘든 길을 갔다. 한 번은 버스를 타고 한 번은 시내 전차로 상당 거리를 갔는데, 가는 방향은 늘 동쪽이었다. 우리는 이상한 지역을 통과했다. 나는 그런 곳이 있다고는 꿈에도 생각하지 못했다. 그러고는 부두에 내려와 있다는 걸 알았다. 우리는 차이나타운의 중심부로 가고 있었다.

나도 모르게 떨렸다. 그자는 아직도 터벅터벅 걸으면서 빈민가와 우회로로 이리저리 돌아다니다가 마침내 웬 황폐한 집 앞에서 걸음을 멈추고 문을 네 차례 두드렸다.

즉시 또 다른 중국인이 문을 열고는 우리가 지나가도록 비켜섰다. 내 뒤에서 문이 철커덩하고 닫히는 소리가 들려와서 내 마지막 희망을 앗아 갔다. 나는 정말로 적의 손아귀에 놓여 있었다.

이제 나는 두 번째 중국인 손에 넘어갔다. 그자는 무너질 듯한 계단을 지나 화물과 통이 가득하고 동양 향신료 같은 자극적인 냄새가 나는 저장고로 나를 데려갔다. 나는 동양의 분위기에, 비틀리고 교활하며 사악한 분위기에 온통 휩싸인 듯했다.

갑자기 나를 안내하던 자가 통 두 개를 옆으로 굴리자 벽 쪽에서 터널 같은 낮은 길이 나타났다. 그자는 내게 앞서가라고 손짓했다. 터널은 좀 긴 편이었고, 천장이 너무 낮아서 똑바로 설 수가 없었다. 하지만 드디어 넓은 통로가 나타났고, 몇 분 후에는 다른 저장고에 도착했다.

중국인은 앞으로 나가서 벽을 네 차례 두드렸다. 벽 전면이 휙 돌면서 좁은 출입구로 연결되었다. 나는 그곳에 들어서고 그만 깜짝 놀라고 말았다. 아라비안 궁궐 같은 곳이 나타났던 것이다. 낮고 긴 지하 방에는 풍성한 동양 비단이 걸려 있었고, 조명은 눈부셨으며, 향료와 향신료 향이 풍겼다. 비단으로 덮인 긴 소파가 대여섯 개 있었고, 중국인의 솜씨로 정교하게 짜인 융단이 바닥을 덮고 있었다. 방 끝에는 커튼으로 가려진 곳이 있었다. 커튼 뒤에서 목소리가 들려왔다.

"우리 귀한 손님을 데려왔겠지?"

"대인, 여기 있습니다."

나를 안내한 자가 대답했다.

"들여보내."

커튼 뒤에서 대답했다.

그와 동시에 보이지 않는 누군가가 커튼을 양쪽으로 열자 쿠션이 잔뜩 깔린 소파에 키가 크고 마른 동양인이 앉아 있는 모습이 보였다. 그는 화려하게 수놓은 로브를 입고 있었는데, 손톱 길이로 보아 대단한 사람임이 분명했다.

"앉으시지요, 헤이스팅스 대위. 즉시 와 달라는 내 요청에 응하셨군요. 만나서 반갑습니다."

그가 손을 흔들며 말했다.

"당신은 누구입니까? 리창옌?"

"물론 아닙니다. 저는 주인님의 미천한 종에 불과하지요. 그분의 명령을 수행하지만, 그게 전부입니다. 다른 나라, 이를테면 남미에 있는 다른 종들과 마찬가집니다."

내가 한 걸음 다가섰다.

"아내는 어디 있지? 남미에서 내 아내에게 무슨 짓을 한 겁니까?"

"안전한 곳에 있습니다. 아무도 찾지 못할 곳에요. 아직까지는 건강합니다. 내가 '아직까지'라고 말한 의미를 아시겠지요?"

웃고 있는 악마를 대면하자 내 척추가 차갑게 떨렸다.

"원하는 게 뭐요? 돈?"

"친애하는 헤이스팅스 대위, 우리는 당신의 하찮은 예금에는 아무런 관심도 없으니 안심하시지요. 실례지만 그건 그리 똑똑한 제안은 아닌 것 같습니다. 당신 동료라면 그런 제안은 하지 않았으리라 생각합니다만."

"그렇겠지. 당신들은 내가 올가미에 걸리기를 원했고, 이제 성공했소. 나는 맘대로 해도 좋으니 아내는 보내 주시오. 아내는 아무것도 모르고, 당신에게 아무런 쓸모도 없소. 나를 잡기 위해 이용했고 나를 잡았으니, 그걸로 됐잖소."

내가 무겁게 말했다.

웃고 있던 남자는 부드러운 자기 뺨을 매만지면서 가는 눈으로 나를 비스듬히 쳐다보았다.

남자는 만족스러운 듯 입을 열었다.

"너무 급하시군요. 그걸로 된 게 아니지요. 사실 당신 말대로 '당신을 잡는 것'은 우리의 진짜 목적이 아닙니다. 하지만 당신을 통해서, 우리는 당신 친구 무슈 에르퀼 푸아로를 잡을 생각입니다."

"그렇게는 못 할 것 같은데."

내가 짧게 웃으며 답했다.

남자가 내 말을 못 들은 것처럼 말을 이었다.

"내 제안은 이것입니다. 헤이스팅스 대위 당신이 에르퀼 푸아로 씨에게 편지를 써서 서둘러 당신을 만나러 오도록 유도하는 겁니다."

"그런 짓은 할 수 없소."

내가 화를 내며 말했다.

"거절의 결과는 상당할 겁니다."

"알 바 아니오."

"죽음이 될지도 모릅니다!"

불쾌한 떨림이 척추를 따라 흘렀지만 나는 간신히 당당한 표정을 유지했다.

"나를 위협하고 괴롭히는 건 아무 소용도 없소. 그런 건 겁쟁이 중국인들에게나 써먹으시오."

"장난하는 게 아닙니다. 헤이스팅스 대위, 다시 묻겠습니다. 편지를 쓰겠습니까?"

"쓰지 않겠소. 게다가 당신은 날 감히 죽이지 못할 거요. 얼마 있으면 경찰이 당신들을 추적해 올 테니."

남자가 재빠르게 손뼉을 치자 중국인 수행원 두 명이 불시에 나타나 내 양팔을 속박했다. 주인이 중국어로 빠르게 뭔가 말하자 그들은 나를 끌고 큰 방의 한구석으로 데려갔다. 둘 중 하나가 허리를 굽히자 갑자기 아무런 경고도 없이 발밑의 바닥이 꺼졌다. 또 한 남자가 내 손을 잡고 있지 않았더라면 내 밑에서 입을 벌리고 있는 틈으로 떨어졌을 것이다. 그곳은 잉크처럼 캄캄했고, 물이 세차게 흐르는 소리가 들렸다.

소파에 앉은 남자가 말했다.

"강이지요. 잘 생각하십시오, 헤이스팅스 대위. 다시 거절하면 발아래 시커먼 물속으로 빠져 영원한 죽음을 맞이할 겁니다. 마지막으로 묻습니다. 편지를 쓰겠습니까?”

　나는 특별히 용감한 사람이 아니다. 솔직히 죽을 정도로 겁이 나서 벌벌 떨었다. 저 중국 악마는 진심이었고, 그건 분명했다. 세상과의 이별이 될 터였다. 대답하는데 나도 모르게 목소리가 조금 흔들렸다.

　“마지막으로 말하는데, 안 쓴다. 편지 따위!”

　그러고는 본능적으로 눈을 감고 짧게 기도를 올렸다.

덫에 걸려들다

살면서 저승의 문턱에 다가서는 경우는 드물다. 하지만 내가 이스트엔드의 저장고에서 그 말을 내뱉었을 때는 그것이 이승에서 마지막 말이 될 거라고 분명히 확신했다. 나는 검게 소용돌이치는 물에 떨어질 준비를 했고, 미리 그 숨 막히는 공포를 맛보았다.

하지만 놀랍게도 낮은 웃음소리가 내 귀에 들려왔다. 나는 눈을 떴다. 소파에 앉은 남자의 신호에 복종한 두 간수가 나를 다시 조금 전 그와 마주 보던 자리로 옮겼다.

"당신은 용감한 사람이군요, 헤이스팅스 대위. 우리 동양인은 용기를 존중합니다. 나는 당신이 지금 보여 준 것처럼 용감하리라고 기대했습니다. 이렇게 해서 예정된 작은 연극의 2막으로 넘어가게 되었습니다. 당신은 자신의 죽음은 견뎌 냈습니다. 타인의 죽음도 견뎌 낼까요?"

"무슨 말이지?"

내가 쉰 소리로 물었다. 끔찍한 두려움이 엄습했다.

"물론 우리가 데리고 있는 여성을 잊은 건 아니겠지요? 정원의 장미를."

멍한 고통을 느끼며 나는 그를 응시했다.

"내 생각에 당신은 편지를 쓰게 될 것입니다. 헤이스팅스 대위, 여기 전보 양식이 있습니다. 거기에 쓸 내용은 당신에게 달려 있고, 그건 곧 당신 아내의 생사를 가를 것입니다."

눈썹에서 땀이 솟아 나왔다. 그자는 붙임성 있게 웃으며 완벽한 평정을 유지한 채로 말을 이었다.

"자, 대위, 펜이 당신을 기다리고 있습니다. 당신은 쓰기만 하면 됩니다. 아니라면……."

"아니라면?"

"아니라면, 당신이 사랑하는 여인은 죽습니다. 그것도 천천히. 내 주인 리창옌 님은 여가 시간에 새롭고 독창적인 고문 방법을 고안하는 것을 즐깁니다."

"오, 주여! 이 악마! 그건 안 돼. 그러지 마시오."

"그중 몇 가지만 설명해 드릴까요?"

저항하는 내 외침은 무시한 채 그는 침착하고 냉정하게 말을 이어 나갔다. 마침내 나는 공포에 질려 소리를 지르며 손으로 귀를 틀어막았다.

"충분하다는 거 알겠습니다. 펜을 들어 쓰십시오."

"감히 그런 짓을 하면……."

"당신 말이 어리석은 소리라는 건 당신도 알고 있습니다. 펜을 들어 쓰십시오."

"쓴다면?"

"즉각 전보를 보내 당신 아내를 풀어 줄 것입니다."

"당신이 약속을 지킬지 내가 어떻게 알지?"

"내 조상의 성스러운 묘에 걸고 맹세합니다. 게다가 스스로 판단해 보십시오. 내가 무엇 때문에 당신 아내를 해치겠습니까? 잡아 둔 목적을 성취했는데 말입니다."

"그러면 푸아로는?"

"우리가 일을 끝낼 때까지 안전하게 모셔 둘 것입니다. 그런 뒤에 풀어 줄 것입니다."

"그것도 당신들 조상 무덤에 대고 맹세하겠나?"

"이미 한 번 맹세한 몸입니다. 그걸로 충분합니다."

내 가슴은 무너졌다. 나는 친구를 팔아먹고 있었다, 다른 누구도 아닌 빅 포에게. 잠시 나는 주저했다. 그러자 끔찍한 결과가 내 눈앞에 악몽처럼 떠올랐다. 신데렐라, 이 중국 악마들 손아귀에 떨어진 신데렐라가 천천히 고문당하다가 죽는…….

신음 소리가 입술 사이로 스며 나왔다. 나는 펜을 쥐었다. 어쩌면 주의해서 잘 쓰면 경고를 전달할 수 있었다. 그러면 푸아로가 덫에서 벗어날 수도 있다. 그게 유일한 희망이었다.

하지만 그 희망조차 사라지고 말았다. 중국인의 점잖고 예의 바른 목소리가 들려왔다.

"내가 부르는 대로 쓰십시오."

남자는 잠시 말을 멈추고 자기 옆에 놓인 메모 묶음을 훑어본 뒤에 다음과 같이 불렀다.

친애하는 푸아로, 4인자를 찾아낸 것 같아요. 한 중국인이 오늘 오후에 찾아와서 가짜 메시지로 나를 이곳으로 꾀어냈어요. 운 좋게도 나는 때맞춰 그자의 장난을 간파했고, 그자를 따돌렸죠. 그런 뒤에 상황을 역전시켜서 혼자서 조금 미행했어요. 그것도 꽤나 잘했어요. 대단하죠. 똑똑한 어린아이를 시켜서 푸아로에게 이걸 전해 주려고 해요. 아이에게 반 크라운 동전을 주실래요? 그렇게 하겠다고 아이와 약속했거든요. 나는 소굴을 감시하고 있고, 이 자리를 떠나지 않을 거예요. 6시까지 푸아로를 기다렸다가 그때까지 오지 않으면, 혼자서 집으로 들어가 보려고요. 놓치기에는 너무 아까운 기회인 데다 아이가 푸아로를 찾지 못할지도 모르니까요. 하지만 찾는다면, 아이에게 곧바로 이리로 데려다 달라고 하세요. 그리고 그 멋진 콧수염은 가리세요. 집에서 누군가 바깥을 감시하다가 푸아로를 알아볼지도 모르니까.

마음이 조급한

A.H.

단어를 하나씩 쓸 때마다 나는 더 깊은 절망에 빠졌다. 내용은 악마처럼 교활했다. 그들은 우리 일상을 아주 세세한 부분까지 알고 있었다. 서신은 마치 내가 직접 작성한 것처럼 보였다. 그날 오후에 들른 중국인이 '나를 꾀어내려고' 애썼다고 한 부분은 내가 책 네 권을 남겨서 만든 '신호'를 쓸모없게 만들었다. 그것은 덫이었고, 내가 그것을 꿰뚫어 봤다고 푸아로는 생각할 터였다. 시간 역시 교묘하게 짜여 있었다. 푸아로는 메모를 받는 순간 순진해 보이는 안내자와 함께 서둘러 출발할 터였고, 나는 푸아로가 그리하리라는 걸 알았다. 혼자서 집으로 들어가겠다는 내 결심이 푸아로를 더 서두르게 할 것이었다. 푸아로는 언제나 내 능력을 우스꽝스러울 정도로 불신했다. 내가 감당할 능력도 없이 위험에 뛰어든다고 확신하고서, 상황을 주도하기 위해 서두를 터였다.

하지만 할 수 있는 게 아무것도 없었다. 나는 시키는 대로 썼다. 나를 붙잡은 자는 내가 쓴 글을 빼앗아서 읽고는 괜찮다고 고개를 끄덕인 뒤에 조용한 수행원들 가운데 한 명에게 넘겼다. 수행원은 이를 받아 출입구를 가리고 있던 비단 커튼 뒤로 사라졌다.

나를 마주한 남자는 웃으면서 전보 용지를 집어 빈칸을 채워 넣었다. 그러고는 내게 건네주었다. 거기에는 이렇게 적혀 있었다.

흰 새를 지급으로 놓아줘라.

나는 안도의 한숨을 쉬었다.
"당장 보낼 테지?"
내가 다그쳤다.

남자는 웃으며 고개를 가로저었다.

"에르퀼 푸아로 씨가 내 손에 들어온 다음에 보낼 것입니다. 그전에는 안 됩니다."

"하지만 약속했잖아!"

"이 수법이 실패하면, 여전히 흰 새가 필요할지 모릅니다. 당신을 설득하기 위해서."

나는 분노로 창백해졌다.

"주여! 네놈이 만약……."

그자는 길고 마른 노란 손을 흔들었다.

"안심하십시오. 실패하리라고 생각지 않습니다. 푸아로 씨가 우리 손에 들어오는 순간 맹세를 지킬 것입니다."

"네가 나를 속이면……."

"나는 귀중한 조상님들을 걸고 맹세했습니다. 걱정 마십시오. 잠시 쉬고 계시지요. 하인들이 내가 없는 동안 보살펴 줄 것입니다."

나는 기이하게 생긴 지하의 호화로운 은신처에 혼자 남겨졌다. 중국인 수행인 두 명이 다시 나타났다. 그중 하나는 음식과 마실 것을 가지고 와서 내게 권했지만 나는 손을 흔들어 거절했다. 나는 아팠다. 가슴이 아팠다…….

그때 갑자기 주인이 다시 나타났다. 로브를 입은 모습이 크고 당당했다. 그는 명령을 내렸다. 그에 따라 나는 서둘러 저장고와 터널을 지나 처음에 들어온 집으로 되돌아왔다. 거기서 그들은 나를 지상에 있는 방으로 데려갔다. 창문은 닫혀 있었지만 틈새로 길가를 볼 수 있었는데, 한 늙고 초라한 노인이 길 반대편에서 어슬렁거리고 있었다. 그자가 창문으로 신호를 하는 모습을 보니 그 역시 감시 중인 일원임을 알 수 있었다.

중국인이 말했다.

"잘됐습니다. 에르퀼 푸아로가 덫에 걸렸군요. 이제 그는 길잡이 하나만 앞세우고 이리로 올 겁니다. 자, 헤이스팅스 대위, 당신에게 한 가지 임무가 남았습니다. 당신이 모습을 보이지 않으면 푸아로는 집으로 들어오지 않을 것입니다. 그가 반대편에 도착하거든 밖으로 나가서 들어오라고 손짓해야 합니다."

"뭐라고?"

내가 큰 소리로 반발했다.

"거기까지만 하면 됩니다. 실패의 대가를 잊지 마십시오. 에르퀼 푸아로가 뭔가 이상하다고 의심하여 집으로 들어오지 않으면 당신 아내는 끔찍하게 앓다가 죽을 것입니다! 아! 오는군요."

심장이 뛰어 죽을 것처럼 욕지기를 느끼면서 나는 창문 틈새로 바깥을 내다보았다. 길 반대편에서 한 사내가 걸어오는 모습이 보였다. 나는 그가 내 친구임을 즉시 알아보았다. 코트 칼라를 세우고 커다란 노란색 머플러를 둘러 얼굴 아래쪽이 가려져 있었지만 그 걸음걸이와 달걀 모양 머리를 놓칠 수는 없었다.

푸아로가 나를 도우려고 아무것도 의심하지 않은 채 오고 있었다. 그 옆에는 전형적인 런던 개구쟁이가 지저분한 얼굴과 초라한 복장을 한 채 달리고 있었다.

푸아로는 잠시 멈춰서 이곳을 바라보았고, 소년은 열심히 집중해서 이야기하고 있었다. 이제 내가 움직일 차례였다. 나는 현관으로 나갔다. 키가 큰 중국인이 신호를 보내자 하인 한 명이 문을 열었다.

"실패의 대가를 잊지 마십시오."

적이 낮은 목소리로 말했다.

나는 바깥에 나가 계단에 서서 푸아로에게 손짓했다. 푸아로가 서둘러 건너왔다.

"아하! 보아하니 잘 있었군, 친구. 걱정이 되던 참이야. 집에 들어가 봤나, 비어 있던가?"

나는 낮은 목소리로 자연스럽게 말하려고 애썼다.

"네, 어딘가에 비밀 통로가 있는 게 틀림없어요. 가서 찾아봐요."

나는 문지방을 넘어 뒷걸음질 쳤다. 푸아로는 아무것도 모른 채 나를 따라올 준비를 했다.

그런데 그때 뭔가가 내 머릿속에서 짤가닥하는 소리를 냈다. 내가 맡은 역할이 뭔지 너무도 분명하게 깨달아 버렸다. 그것은 유다의 역할이었다.

내가 외쳤다.

"물러서요, 푸아로! 살고 싶으면 물러서요. 이건 덫이에요. 나는 상관 말아요. 당장 달아나요."

말을 하는데, 아니 경고의 말을 외치는데 웬 손길이 바이스처럼 나를 죄었다. 중국인 하인 하나가 나를 지나쳐 푸아로를 잡으려 했다.

푸아로가 뒤로 튀어 나가 팔을 올리는 모습이 보이더니, 갑자기

짙은 연기가 내 주변에서 피어오르며 나를 죽일 듯 질식시키고 있
었다.

질식하며 넘어지는 느낌이 들었다. 그건 죽음이었다.

나는 고통 속에서 천천히 정신을 차렸다. 모든 감각이 멍했다. 처
음으로 내가 본 것은 푸아로의 얼굴이었다. 푸아로는 걱정스러운
표정으로 건너편에 앉아서 나를 보고 있었다. 내가 자기를 보고 있
음을 알아차리고 푸아로는 기쁨의 탄성을 질렀다.

"아, 깨어났군. 정신이 드나 보네. 다 잘됐어! 친구, 불쌍한 친구!"

"여기가 어디예요?"

내가 고통스러워하며 물었다.

"여기? 셰 부(어디긴 집이지)!"

나는 주위를 둘러봤다. 정말로 나는 오래되고 익숙한 환경에 둘
러싸여 있었다. 석탄 받침에는 내가 조심스럽게 나눠 둔 석탄 네 덩
어리가 그대로 있었다.

푸아로는 내 시선이 향하는 곳을 보았다.

"그래, 그건 멋진 아이디어였어. 책도 그렇고. 이봐, 그자들이 내
게 언제라도 '당신 친구, 그 헤이스팅스 말인데, 그리 머리가 좋지는
않아, 그렇지 않소?'라고 말한다면, 나는 이렇게 답해 줄 거야. '당신
은 틀렸어.' 대단히 훌륭한 착상이었어."

"그럼 무슨 뜻인지 알아차렸단 말인가요?"

"내가 바보인가? 당연히 알아차렸지. 내게 꼭 필요한 경고였고,

덕분에 계획을 무르익게 할 시간도 벌었는걸. 어찌 됐든 빅 포는 헤이스팅스를 데려갔어. 뭘 위해서? 그 보지유(아름다운 눈)를 얻기 위해서는 분명 아니고……. 마찬가지로 헤이스팅스가 겁나서 제거하기 위해서도 분명 아니야. 그렇다면 분명해. 위대한 에르퀼 푸아로를 잡기 위한 미끼로 사용하기 위해 데려간 거야. 나는 오랫동안 이런 일에 대비해 왔지. 조금 준비를 했고, 이윽고 당연하게도 사자가 도착했어. 그 순진무구한 작은 길거리의 소년 같은 아이가 말이야. 나는 모든 걸 곧이곧대로 받아들이고 아이와 함께 서둘러 왔고, 다행스럽게도 그자들은 자네를 현관에 나오게 해 주더군. 한 가지가 걱정스러웠거든. 자네를 숨겨 둔 곳에 도달하기 전에 그자들을 처리해야 해서 나 혼자 찾다가 결국 찾지 못할까 봐."

"그자들을 처리한다고 그랬나요? 혼자서?"

내가 힘없이 말했다.

"아, 그건 그리 현명한 방법이 아니지. '미리 준비를 해 두면 일은 간단해진다.' 보이스카우트 모토 아닌가? 아주 훌륭한 모토야. 나는 모든 준비를 해 두었어. 얼마 전에 아주 유명한 화학자를 도와주었는데, 전쟁 중에 독가스와 관련된 일을 많이 한 사람이거든. 그 화학자가 내게 작은 폭탄을 만들어 줬어. 간단하고 갖고 다니기도 쉬운 걸로. 그냥 던지기만 하면 펑 하면서 연기가 나고, 의식을 잃게 되는 거야. 나는 즉시 휘슬을 불었고, 소년이 도착하기 오래전부터 이 집을 감시하고 있다가 우리를 따라서 라임하우스(런던 동부의 빈민가 — 옮긴이)까지 간 재프 경감의 똑똑한 부하들이 휘슬 소리에 곧바로 뛰어나가 상황을 주도하게 된 거야."

"그런데 푸아로는 어떻게 의식을 잃지 않았던 거죠?"

"그것도 운이었어. 우리 친구 4인자가 (아마 그 교묘한 편지를 지은 바로 그자겠지.) 내 콧수염을 갖고 장난친 덕분에 노란색 머플러 아래에 방독면을 숨기기가 아주 수월했지."

"기억나요."

내가 열성적으로 외쳤다. 그리고 '기억나다'라는 단어와 함께 잠시 잊었던 끔찍한 공포가 되살아났다. 신데렐라……

나는 신음하며 쓰러졌다. 분명 잠시 동안 의식을 다시 잃었던 것 같다. 깨어나 보니 푸아로가 내 입술에 브랜디를 넣어 주고 있었다.

"왜 그러는 거야, 몬 아미? 도대체 왜 그래, 응? 말해 보게."

나는 한마디 한마디 부들부들 떨면서 털어놓았다. 푸아로의 목소리가 커졌다.

"친구! 우리 친구! 얼마나 고통스러웠을까! 아무것도 모르고서 말이야! 하지만 걱정하지 말라고! 모두 잘됐어!"

"아내를 찾을 수 있다는 말인가요? 아내는 남미에 있는걸요. 그리고 우리가 갈 때쯤이면, 아니 그 한참 전에 죽을 거예요. 어떻게, 얼마나 무시무시하게 죽어 갈지는 아무도 모르겠죠."

"그게 아니라고, 이해를 못 하는군. 자네 집사람은 안전하게 잘 있어. 그놈들한테 잡힌 적도 없다고."

"하지만 브론슨이 보낸 전보를 받았는데요?"

"아니, 그렇지 않아. 그건 단순히 브론슨이라는 서명이 되어서 남미에서 온 전보일 뿐이야. 그건 아주 다른 거라고. 말해 봐. 이렇게 전 세계에 조직을 깔고 있는 집단이, 헤이스팅스가 그토록 사랑하는 작은 신데렐라를 통해 우리를 쉽사리 공격할 거라는 생각을 한 번도 안 했던 거야?"

"아뇨, 한 번도요."

내가 대답했다.

"나는 했지. 자네가 불필요하게 혼란스러워할까 봐 말은 하지 않았지만, 필요한 조치를 취해 뒀어. 편지는 농장에서 쓰인 것같이 보였지만, 사실 자네 안사람은 석 달이 넘게 내가 마련한 안전한 곳에서 지내고 있다고."

나는 푸아로를 오랫동안 쳐다보았다.

"정말이에요?"

"당연하지. 분명해. 그자들은 거짓말로 자네를 고문한 거라고!"

나는 머리를 옆으로 돌렸다. 푸아로가 내 어깨에 손을 얹었다. 푸아로의 목소리에는 내가 이제껏 듣지 못한 뭔가가 담겨 있었다.

"헤이스팅스는 내가 끌어안거나 감정 표현하는 걸 좋아하지 않지. 나도 알아. 이제 나도 영국식으로 하겠어. 아무 말도 일절 하지 않을 거라고. 단 한 가지, 이번 모험에서 모든 공은 바로 헤이스팅스에게 있다는 것과 헤이스팅스 같은 친구를 둔 사람은 행복한 자라는 것 빼고!"

탈색한 금발 여자

푸아로가 나를 구하기 위해 차이나타운 건물에 폭탄을 던져 얻은 결과는 무척이나 실망스러웠다. 우선, 우두머리가 탈출했다. 푸아로의 휘슬을 듣고 돌진한 재프 경감의 부하들은 홀에 의식을 잃고 쓰러져 있는 중국인 네 명을 발견했다. 하지만 나를 죽이겠다고 위협한 사내는 거기에 없었다. 나중에 나는 푸아로를 속여 집으로 끌어들이기 위해 현관으로 내몰렸을 때, 그자가 뒤쪽에 따로 있었다는 걸 기억해 냈다. 아마도 가스 폭탄의 영향력 밖에 있다가 우리가 나중에 발견한 여러 출입구 가운데 하나로 도망쳤으리라.

우리 수중에 떨어진 네 명에게서는 아무런 정보도 얻지 못했다. 경찰이 면밀히 조사했으나 빅 포와의 연관성은 발견하지 못했다. 그들은 그 지역의 평범한 하층민 거주자였고, 리창옌이라는 이름도 전혀 모른다고 잡아뗐다. 한 중국인 신사가 물가에 있는 그 집에서 일하라고 그들을 고용했고, 그들은 신사의 사생활에 관해서 일절 알지 못했다.

다음 날이 되자 나는 두통이 약간 있는 것 외에는 푸아로가 던진 가스 폭탄의 영향에서 완전히 회복되었다. 우리는 같이 차이나타운으로 가서 내가 구출된 집을 탐색했다. 그곳은 쓰러질 듯한 집 두 채가 지하 통로로 연결되어 있는 구조였다. 지상층과 위층은 양쪽 모두 가구도 없고 버려진 채였고, 깨진 창문은 썩어 가는 덧문으로 가려져 있었다. 재프 경감이 미리 저장고 주변을 살펴 내가 불쾌한 시간을 보낸 지하 방 비밀 출입문을 찾아내었다. 면밀히 조사해 보니 어젯밤에 받은 인상이 다시 떠올랐다. 벽에 걸린 비단, 소파, 그리고 바닥에 깔린 융단은 정교한 작품이었다. 중국 예술에 거의 문외한인 나였지만 방에 있는 모든 작품이 최고임을 느낄 수 있었다.

재프 경감과 그 부하들의 도움으로 우리는 아주 철저하게 아파트를 조사했다. 나는 중요한 문서를 찾아낼 수 있으리라는 원대한 희망을 품고 있었다. 어쩌면 빅 포에서 더 중요한 인물들의 목록이나 계획을 기록한 암호 같은 것. 하지만 우리는 아무것도 찾지 못했다. 우리가 찾은 것이라고는 중국인이 푸아로에게 보내는 편지를 구술할 때 보았던 메모뿐이었다. 거기에는 우리 경력이 아주 완벽히 정리되어 있었고, 우리 성격에 대한 평가와 더불어 우리를 가장 효과적으로 공격하려면 어떤 약점을 공략해야 하는지도 적혀 있었다.

푸아로는 이것을 발견하고 아이처럼 기뻐했다. 나는 그게 무슨 값어치가 있는지 알 수 없었다. 더욱이 누가 내용을 정리했는지 몇 가지는 어이없을 정도로 잘못된 판단을 근거로 하고 있었다. 나는 집으로 돌아왔을 때 이 점을 지적했다.

"친애하는 푸아로, 이제 적이 우리를 어찌 생각하는지 알 거예요. 그자는 푸아로의 지능을 엄청나게 과장하고, 말도 안 되게 나를 깎아내린 것 같지만, 그걸 안다고 해서 무슨 도움이 되는지 모르겠어요."

푸아로가 다소 기분 나쁘게 낄낄거렸다.

"모르겠다 이거지, 헤이스팅스? 하지만 이제 우리 단점을 알게 되었으니 그들의 공격 방법 몇 가지에 대비할 수 있잖아. 예를 들어, 우리는 행동하기 전에 생각해야 한다는 걸 알았어. 그리고 곤경에 빠진 빨강 머리 아가씨를 만나면, 그 뭐라고 하더라, 미심쩍은 눈으로 봐야 한다는 거야. 아닌가?"

그 메모에는 내가 충동적으로 행동한다는 근거 없는 내용과 함께 머리가 특정 색조를 띠는 젊은 여자의 매력에 약하다고 쓰어 있었다. 나는 푸아로가 그걸 지적했다는 게 상당히 언짢았지만, 다행히 내게도 반격할 거리가 있었다.

내가 따져 물었다.

"그러는 푸아로는요? 그 '허풍선이 같은 허영심'은 고쳐 볼 생각인가요? '유난스럽게 깔끔한 성격'은요?"

나는 메모를 인용했다. 내 반격에 푸아로가 별로 유쾌한 기색이 아님을 느낄 수 있었다.

"오, 물론이지, 헤이스팅스. 그자들은 몇 가지를 잘못 생각하고 있어. 텅 미우(아주 잘됐지)! 그들도 곧 알게 될 거야. 그 전까지 우리는 뭔가 알아낸 셈이고, 안다는 건 준비한다는 뜻이지."

마지막 말은 최근에 푸아로가 즐겨 쓰던 경구였다. 너무 자주 써서 이제 듣기 싫어질 정도였다.

푸아로가 말을 이었다.

"우리에게는 정보가 있어, 헤이스팅스. 그래, 정보가 있지. 그건 좋은 거야. 하지만 충분하지는 않아. 더 많이 알아야 해."

"어떻게요?"

푸아로는 다시 자기 의자로 돌아가 앉았다. 그리고 내가 아무렇게나 탁자에 던져 놓은 성냥 상자를 가지런히 한 뒤 너무도 익숙한 자세를 취했다. 나는 그가 장황하게 열변을 토할 준비를 하고 있다는 걸 알았다.

"헤이스팅스, 우리는 네 명의 적, 그러니까 네 가지 각기 다른 인격과 대항해 싸워야 해. 1인자와는 개인적으로 접촉해 보지 못했어. 우리는 그자의 사고방식이 남긴 흔적을 통해 그자를 알 뿐이야. 헤이스팅스, 나는 그자의 심리를 아주 잘 이해하기 시작했어. 그 누구보다 교묘하고 동양적인 심리를. 우리가 접한 모든 계략과 음모는 리창옌의 두뇌에서 나온 거야. 2인자와 3인자는 너무나도 강력하고 높은 곳에 있어서 지금은 우리 공격에서 안전한 상태지. 그렇지만 그자들의 안전장치는 뜻밖에도 우리의 안전장치도 돼. 그자들은 너무나 주목을 받고 있기 때문에 아주 면밀하게 계획을 세워 움직여야 하거든. 그리고 이제 갱의 마지막 멤버가 등장하지. 4인자로 불리는 자 말이야."

푸아로의 목소리는 4인자를 이야기할 때면 그랬듯 다소 바뀌었다.

"2인자와 3인자는 평판과 확실한 지위 덕분에 성공하고, 다치지 않은 채 자기 뜻대로 할 수 있어. 4인자는 그와 반대 이유로 성공하지. 즉, 베일에 가려져 있기 때문에 성공하는 거야. 그자가 누구지? 아무도 몰라. 어떻게 생겼지? 역시 아무도 몰라. 헤이스팅스와 내가 그자를 본 건 다섯 번이야, 아닌가? 그럼에도 우리 둘 중 누구든 그자를 다시 보면 알아보리라고 정말로 확신할 수 있을까?"

나는 그 다섯 사람을 마음속으로 되짚어 보면서 믿어지지는 않지만 그자가 동일인임이었음을 인정하고, 고개를 흔들 수밖에 없었다. 퉁명한 정신 병원 관리자, 파리에서 본 긴 오버코트에 단추를 채우고 있던 남자, 문지기 제임스, 노랑 재스민 사건에서 만난 조용한 젊은 의사, 그리고 러시아 박사. 이 사람들 중 어느 한 사람도 결코 서로 닮지 않았다.

"아니요. 알아볼 구석이 하나도 없어요."

내가 절망적으로 말하자 푸아로가 빙긋 웃었다.

"부탁이니 그렇게 심하게 절망하지 말라고. 우리도 한두 가지는 알고 있으니까."

"뭘 아는데요?"

내가 회의적으로 물었다.

"우리는 그자가 중간 키에 약간 흰 피부라는 걸 알아. 만일 키가 크거나 거무스름한 피부였다면 희고 땅딸막한 의사 연기는 할 수 없었을 거야. 물론 제임스나 박사 역할을 맡기 위해 사오 센티미터 정도 늘이는 거야 애들 장난이겠지만. 마찬가지로 그자는 코가 짧고 곧바르지. 노련한 분장으로 코에 뭔가 보텔 수야 있겠지만 큰 코를 단기간에 제대로 줄어들게 할 수는 없어. 또 그자는 꽤 젊은 사람이야. 분명 서른다섯이 넘지 않았을 거야. 보라고, 우리도 뭔가 발전하고 있다고. 서른에서 서른다섯 사이의 남자로, 중간 키에 약간 흰 피부, 분장의 대가이며 자기 치아는 거의 없거나 아주 없는 자."

"치아요?"

"당연한 거야, 헤이스팅스. 정신 병원 관리자였을 때 그자의 치아는 깨지고 변색되어 있었어. 파리에서는 고르고 희었고, 의사였을 때는 다소 돌출해 있었고. 사바로노프의 경우에는 남달리 송곳니가 길었잖아. 치아가 다른 것처럼 사람 인상을 완벽하게 바꿔 주는 것도 없어. 이 모든 정보가 어디로 귀결되는지 알아?"

"잘 모르겠는데요."

내가 조심스레 말했다.

"'사람 얼굴을 보면 직업을 안다.'라고들 하지?"

"그놈은 범죄자예요."

"분장술의 대가지."

"그게 그거죠."

"너무 싸잡는 듯한 말인데, 헤이스팅스. 연극계에서라면 그런 말은 거의 받아들여지지 않을 거야. 그자가 현재 혹은 과거 한때 연기자였다는 걸 모르겠어?"

"연기자요?"

"확실해. 그자는 연기라면 완전히 꿰고 있다고. 배우에는 두 가지 부류가 있는데, 하나는 자기 역할에 빠져드는 부류고, 하나는 자기 개성을 그 역할에 주입하는 능력이 있는 부류야. 제작자 겸 배우가 탄생하는 건 주로 후자지. 이들은 한 역할을 골라서 자기 개성에 맞게 각색해. 전자의 부류는 여러 뮤직 홀에서 로이드 조지 씨(제1차 세계 대전 당시 영국 수상이다 — 옮긴이) 역할을 하거나 레퍼토리 극장에서 턱수염을 붙이고 노인 흉내를 내며 세월을 보내기 십상이야. 우리는 바로 그런 부류 가운데서 4인자를 찾아야 해. 그자는 자기가 연기하는 배역에 몰입하는 방식에서는 대단한 예술가야."

나는 점차 흥미를 느꼈다.

"그러면 무대와 연관이 있다는 걸 이용해서 그자를 추적할 수 있다고 보는 건가요?"

"자네 추론은 항상 명석하단 말이야, 헤이스팅스."

"그런 생각을 더 빨리했더라면 좋았을 텐데요. 엄청난 시간을 낭비했다고요."

내가 냉정하게 말했다.

"그건 그렇지 않아, 몬 아미. 필요 이상의 시간을 낭비한 적은 없어. 지금까지 몇 달 동안 내 정보원들이 그 일을 진행해 왔다고. 조지프 애런스가 그중 하나지. 기억하지? 그들이 자격 조건을 충족하는 사람들 목록을 내게 만들어 줬다고. 서른 살가량의 젊은 남자들 가운데 다소 특징이 없는 외모에 개성 있는 남자 연기에 재능이 있는 사람. 특히 지난 3년 안에 무대에서 내려온 게 분명한 사람."

"그런데요?"

내가 깊이 관심을 보이며 말했다.

"당연한 일이겠지만 그 명단은 꽤나 길어. 지금까지 꽤 긴 시간 동안 우리는 소거 과정을 거쳐 왔지. 그리고 마침내 네 명으로 압축해 냈어. 자, 이게 그 명단이야, 친구."

푸아로는 종이를 한 장 내게 건넸다. 나는 거기 적힌 내용을 소리 내어 읽었다.

"어니스트 러트럴, 북부 잉글랜드 성직자의 아들. 도덕적 기질 면에서 언제나 다소 꼬여 있음. 공립학교에서 퇴학당함. 스물셋에 무대에 오름. (그런 뒤에 그가 연기한 역할과 함께 날짜와 장소가 기록되어 있었다.) 마약 중독. 4년 전에 호주로 간 것으로 추정. 영국을 떠난 후 흔적을 찾을 수 없음. 나이 서른둘, 키 179센티미터, 깔끔하게 면도한 얼굴, 갈색 머리, 곧은 코, 흰 얼굴, 회색 눈.

존 세인트 모어, 가명. 실명은 알려지지 않음. 런던 토박이로 보임. 아주 어릴 적부터 무대에 섬. 뮤직 홀에서 인물 흉내를 냈음. 3년간 소식 없음. 나이 약 서른셋, 키 177.5센티미터, 마른 체형, 파란 눈, 흰 피부.

오스틴 리, 가명. 실명은 오스틴 폴리. 집안이 좋음. 늘 연기를 좋아하고 옥스퍼드에서 두각을 나타냈음. 훌륭한 전투 경력. 연기 경력…… (앞서의 목록이 이어짐. 여러 레퍼토리 극도 포함.) 범죄학 애호가. 3년 반 전에 일어난 자동차 사고로 신경쇠약을 앓았고, 그 후 무대에 서지 않음. 현재 위치는 알 수 없음. 나이 서른다섯, 키 176센티미터, 흰 얼굴, 파란 눈, 갈색 머리.

클로드 대럴, 실명인 것으로 보임. 출신이 불분명함. 뮤직 홀에서 연기했고, 레퍼토리 극장에서도 연기함. 친한 친구가 없는 것으로 보임. 1919년 중국에 머물렀음. 미국을 경유하여 돌아옴. 뉴욕에서 연기를 조금 했음. 어느 날 밤 무대에 나타나지 않더니 그 후로 소식 두절. 뉴욕 경찰은 희귀한 실종 사고라고 말함. 나이 약 서른셋, 갈색 머리, 흰 얼굴, 회색 눈. 키 179센티미터. 정말 흥미롭군요."

내가 종이를 내려놓으면서 말했다.

"그러니까 이게 몇 달간 조사한 결과라는 말이죠? 이 네 사람이요. 푸아로는 누굴 의심하나요?"

푸아로는 몸짓으로 생각을 드러냈다.

"몬 아미, 지금으로서는 미해결 과제야. 단지 클로드 대럴이 중국과 미국에 머물렀다는 사실만 지적할게. 의미가 없지 않은 부분이지. 하지만 그 점에 지나치게 편중되어서는 안 돼. 단지 우연일지도 모르니까."

"다음 단계는요?"

나는 정말로 궁금했다.

"이미 순조롭게 진행되고 있어. 날마다 조심스럽게 작성한 광고가 나갈 거야. 후보들의 친구나 친척들에게 내 변호사 사무실로 연락하라고 할 셈이지. 오늘도 어쩌면…… 아하, 전화로구먼! 아마도 보통 때처럼 잘못 걸린 전화라 귀찮게 해서 죄송하다는 내용이겠지만, 어쩌면…… 그래 어쩌면 뭔가 일어난 걸지도 몰라."

나는 방을 가로질러 가서 수화기를 들었다.

"네, 네. 무슈 푸아로 사무실입니다. 네, 저는 헤이스팅스 대위입니다. 오, 당신이군요, 맥닐 씨! (맥닐과 호지슨은 푸아로의 변호사다.) 말해 줄게요. 네, 당장 가겠습니다."

나는 수화기를 내려놓고 푸아로에게 고개를 돌렸다. 내 눈이 흥분으로 일렁였다.

"말해 줄게요, 푸아로. 여자가 있대요. 클로드 대럴의 친구 플로시 먼로 양이래요. 맥닐이 와 달라고 했어요."

"당장 가야지!"

푸아로가 외치고는 침실로 사라졌다가 모자를 쓰고 나타났다.

우리는 택시를 타고 곧 목적지로 가서 맥닐 씨 개인 사무소로 안내를 받아 들어갔다. 팔걸이의자에 앉아 변호사 맥닐을 마주 보고 있던 사람은 한창때가 지난 여성으로 다소 선정적으로 보였다. 머리는 믿기 어려울 정도로 노랗고 숱 많은 곱슬머리가 두 귀를 뒤덮었으며, 눈꺼풀은 검은색으로 덧칠되어 있었다. 루즈와 입술 연고도 빼먹지 않았다.

맥닐 씨가 말했다.

"아, 무슈 푸아로 오셨군요! 무슈 푸아로, 이쪽은 그러니까 먼로 양인데, 친절하게도 전화를 걸어 정보를 주었습니다."

"아아, 진실로 친절하시군요."

푸아로가 외쳤다. 그러고는 대단히 열정적으로 앞으로 다가가 여인의 손을 잡고 흔들었다.

"마드무아젤, 이 푸석푸석한 낡은 사무실을 꽃처럼 환하게 해 주시는군요."

푸아로가 맥닐 씨의 감정은 개의치 않고 덧붙였다.

이 대단한 아첨은 효과가 없지 않았다. 먼로 양은 얼굴을 붉히며 히쭉 웃고는 소리쳤다.

"아이, 그만하세요, 푸아로 씨! 프랑스 사람들이 어떤지는 저도 안다고요."

"마드무아젤, 우리는 영국 남자처럼 미인 앞에서 벙어리가 되지 않는답니다. 제가 프랑스인은 아니지만. 저는 벨기에 사람입니다."

"저도 오스텐더에 가 봤어요."

모든 상황이, 푸아로식 표현을 빌리자면, 눈부시게 진행되었다.

"그래, 클로드 대럴 씨에 관해 이야기해 줄 수 있다면서요?"

푸아로의 질문에 먼로 양이 설명을 시작했다.

"저는 한때 대럴 씨를 무척 잘 알았어요. 잠깐 쇼핑하러 나갔다가 광고를 보았는데, 시간도 한가하기에 이렇게 생각했지요. 이 사람들은 우리 딱한 클로디에 관해 알고 싶어 해. 게다가 변호사들이야. 어쩌면 재산을 물려줄 올바른 상속자를 찾는 건지도 몰라. 당장 가 보는 편이 좋겠어."

맥닐 씨가 일어섰다.

"무슈 푸아로, 먼로 양과 대화하게 잠시 자리를 비켜 드릴까요?"

"정말 친절하시군요. 하지만 그냥 계세요. 제게 작은 생각이 있거든요. 데죄네(점심시간)가 다가오고 있어요. 마드무아젤이 혹시 저에게 점심을 함께 하는 영광을 줄지도 모르잖아요?”

먼로 양의 눈이 반짝였다. 먼로 양은 극도로 빈궁한 상태이므로 푸짐한 식사 기회를 마다하지 않을 거라는 생각이 머리를 스쳤다.

몇 분 후에 우리는 모두 택시를 타고 런던에서 가장 비싼 음식점으로 향했다. 도착하자 푸아로는 가장 맛있는 음식을 주문하고서 먼로 양 쪽으로 고개를 돌렸다.

“와인은 뭘로 하실까요, 마드무아젤? 샴페인 어때요?”

먼로 양은 입도 떼지 않고 새침하게 앉아 있었다.

식사는 유쾌하게 시작되었다. 푸아로는 사려 깊게 마음 쓰며 먼로 양의 잔을 채워 주었고, 점차 꺼내고 싶은 주제로 옮겨 갔다.

“딱한 대럴 씨, 여기서 우리와 함께하지 못하다니.”

“정말 맞아요. 딱한 사람, 지금은 어떻게 됐는지…….”

먼로 양이 한숨을 쉬었다.

“대럴 씨를 만난 지가 꽤 오래됐나 보군요?”

“아, 한마디로 고릿적 이야기죠. 전쟁 후로는 못 봤어요. 클로디 그이는 재미있는 남자지만 말수가 아주 적었어요. 자기 이야기는 결코 하지 않았죠. 하지만 물론 그가 실종된 상속자라면 그럴 만도 해요. 작위 상속인가요, 푸아로 선생님?”

“안됐지만, 그냥 재산 상속이에요. 하지만 신원 확인이 문제가 될지 몰라요. 그래서 그를 아주 잘 아는 사람을 찾아야 하는 거지요. 마드무아젤은 그 사람을 잘 알아요, 그렇지 않은가요?”

푸아로가 뻔뻔하게 말했다.

"푸아로 선생님이니까 말씀드릴게요. 선생님은 신사분이니까요. 여자에게 점심을 사는 법도 아시고. 요즘 젊은 애송이들과는 다르죠. 요즘 애들은 순전히 저질이에요. 말했듯이, 선생님은 프랑스 사람이니 놀라지 않으실 거예요. 아아, 프랑스 남자들이란! 나빠요, 정말!"

먼로 양은 푸아로에게 손가락을 능글능글 좌우로 흔들어 보였다.

"음, 저와 클로디, 젊은 두 사람이 있었어요. 그 외에 뭘 기대할 수 있겠어요? 저는 아직도 그이에게 좋은 감정이 남아 있답니다. 하지만 클로디가 저에게 잘 대해 주지 않았다는 건 아셔야 해요. 그래요, 그이는 전혀 저에게 잘 대해 주지 않았어요. 숙녀를 대하듯 하지 않았죠. 돈이 관련되면 남자들은 다 똑같아요."

"오, 아니에요, 마드무아젤, 그런 말 말아요."

푸아로가 항변하면서 다시 먼로 양의 잔을 채웠다.

"이제 대럴 씨가 어떤 사람이었는지 설명해 주겠어요?"

플로시 먼로가 기억을 더듬어 나갔다.

"그다지 봐 줄 만한 남자는 아니었어요. 크지도 작지도 않았지만, 체격이 좋았고 외모가 말쑥했어요. 눈은 푸른 회색 계열이고 약간 금발이었던 것 같아요. 정말, 대단한 예술가였죠! 그 분야에서 클로디에게 필적할 만한 사람은 본 적이 없어요! 질투만 아니었다면 벌써 이름을 날렸을 거예요. 아, 푸아로 선생님, 질투. 선생님은 믿지 못할 거예요, 정말로요. 우리 예술가들이 질투로 얼마나 고통받아야 하는지. 아무튼 한번은 맨체스터에서……."

우리는 팬터마임과 남자 주연 배우의 악명 높은 연기에 관한 길고 복잡한 이야기를 가능한 모든 인내심을 발휘하여 귀 기울여 들었다. 이윽고 푸아로가 먼로 양이 다시 클로드 대럴 이야기로 돌아오도록 부드럽게 유도했다.

"마드무아젤, 대럴 씨에 관한 이 모든 이야기를 들을 수 있다니, 정말 재미있군요. 여자들은 아주 뛰어난 관찰자예요. 남자들이 보지 못하는 사소한 것까지 알아차리지요. 전 어떤 여성이 10여 명 가운데 한 남자를 알아보는 걸 본 적이 있어요. 왜 그랬다고 생각해요? 심기가 불편할 때마다 그 남자가 코를 어루만지는 습관이 있다는 걸 관찰했기 때문이죠. 남자라면 꿈엔들 그런 것을 알아차릴 수 있을까요?"

"절대 아니죠!"

먼로 양은 목소리를 높였다가 다시 설명을 이어 나갔다.

"여자들은 정말 그런 거 같아요. 이제 생각이 나는데, 클로디는 항상 탁자에서 빵을 만지작거렸어요. 손가락 틈으로 작은 빵 조각을 집어서는 빵가루를 찍어 올렸죠. 그러는 걸 백 번은 봤을 거예요. 그 버릇만으로도 어디서든 그를 알아볼 수 있어요."

"바로 그거 아니겠어요? 여성의 관찰력은 놀랍다니까. 혹시 이 사소한 습관에 관해 그에게 이야기한 적이 있나요, 마드무아젤?"

"아뇨, 없어요, 푸아로 선생님. 남자들이 어떤지 아시잖아요! 누군가 자기에 관해 알아채는 걸 싫어하죠. 특히 야단치는 것처럼 느끼면 더해요. 저는 한마디도 안 했어요. 하지만 혼자 웃은 적은 많았죠. 딱하기도 하지, 그이는 자기가 그렇게 하는지도 몰랐어요."

푸아로가 부드럽게 고개를 끄덕였다. 나는 푸아로가 잔을 잡으려고 손을 뻗을 때 그 손이 살짝 떨리는 것을 보았다.

"신원을 확인하는 또 다른 수단으로 필적이 있지요. 마드무아젤이라면 분명히 대럴 씨가 쓴 편지를 보관하고 있겠지요?"

푸아로의 말에 플로시 먼로는 아쉬워하며 고개를 흔들었다.

"클로디는 결코 글쓰기를 좋아하지 않았어요. 한 번도 제게 편지를 쓴 적이 없죠."

"안타깝군요."

먼로 양이 갑자기 말했다.

"하지만 이게 있어요. 저에게 사진이 한 장 있는데 그게 도움이 될까 모르겠네요."

"사진이 있다고요?"

푸아로는 흥분해서 거의 자리에서 벌떡 일어설 뻔했다.

"꽤 오래된 거예요. 적어도 8년은 됐죠."

"사 느 페 리엥(상관없어요)! 아무리 오래되고 바랬더라도! 아, 마 푸아(맙소사), 대단한 행운 아닙니까! 그 사진 좀 제가 볼 수 있을까요, 마드무아젤?"

"어머, 물론이죠."

"혹시 제가 복사본을 만들어 가져도 될까요? 오래 걸리지 않을 텐데요."

"원하신다면요."

먼로 양이 일어서며 능청스레 말했다.

“이제, 저는 가 봐야겠어요. 선생님과 친구분을 만나게 되어 정말 기뻤어요, 푸아로 선생님.”

“사진은요? 언제 받을 수 있을까요?”

“오늘 밤에 찾아볼게요. 어디에 두었는지 알 것 같아요. 찾으면 곧바로 보내 드릴게요.”

“너무 고맙구려, 마드무아젤. 당신은 진실로 상냥한 사람입니다. 곧 다시 점심이라도 같이 할 수 있게 되기를.”

“원하시면 언제라도요. 저는 좋아요.”

“가만있자, 제가 마드무아젤 주소를 받았던가요?”

먼로 양은 큰 동작으로 핸드백에서 명함을 꺼내어 푸아로에게 건넸다. 명함은 다소 지저분했다. 원래 주소를 지우고 연필로 새로 써넣은 것이었다.

푸아로가 여러 차례 인사한 뒤에, 우리는 먼로 양과 헤어졌다.

“정말로 그 사진이 그렇게 중요하다고 생각하는 거예요?”

내가 푸아로에게 물었다.

“그래, 몬 아미. 카메라는 거짓말하지 않아. 사진을 확대해서 보면 보통은 눈에 띄지 않는 게 드러나지. 살펴볼 점은 무수히 많아. 말로는 설명할 수 없는 귀의 모양 따위랄까. 오, 그래. 이건 엄청난 기회야. 우리에게 기회가 온 거라고! 그렇기 때문에 사전 대책을 세워야 한다고 말하는 거야.”

푸아로는 말을 끝내자마자 전화기로 다가가서 예전에 가끔 고용했던 사립 탐정의 전화번호를 눌렀다. 푸아로의 지시는 명확하고 분명했다. 두 사람이 푸아로가 불러 준 주소로 가서, 전반적으로 먼로 양의 안전을 감시하라는 것이었다. 두 사람은 먼로 양이 어디를 가든 따라다녀야 했다.

푸아로는 수화기를 내려놓고 내게로 왔다.

"정말 그렇게 할 필요가 있다고 생각해요, 푸아로?"

"아마도. 우리, 그러니까 헤이스팅스와 나는 분명 감시당하고 있어. 그렇기 때문에 우리가 오늘 점심을 누구와 먹었는지 그자들은 곧 알게 될 거야. 그러면 4인자가 위험을 감지해 낼 가능성도 있지."

약 20분 후에 전화벨이 울렸다. 내가 받았다. 무뚝뚝한 목소리가 전화기에서 들려왔다.

"푸아로 씨 되십니까? 세인트제임스 병원입니다. 한 젊은 여자가 10분 전에 여기로 실려 왔습니다. 차 사고입니다. 플로시 먼로 양이군요. 푸아로 씨를 꼭 만나고 싶다고 합니다. 당장 오셔야겠습니다. 오래 버티지 못할 겁니다."

나는 푸아로에게 이 말을 전했다. 푸아로의 얼굴이 창백해졌다.

"서둘러, 헤이스팅스. 바람처럼 달려가야 해."

우리는 택시를 타고 10분도 안 되어 병원에 도착했다.

먼로 양을 만나러 왔다고 말하자 즉시 사고 병동으로 안내되었다. 하지만 흰 모자를 쓴 간호사와 통로에서 마주쳤다.

푸아로는 수녀의 얼굴에서 상황을 직감했다.

"늦은 거로군요?"

"6분 전에 세상을 떠났습니다."

푸아로는 굳어 버린 듯 서 있었다.

간호사는 푸아로의 감정을 오해하고는 부드럽게 말하기 시작했다.

"먼로 양은 고통받지 않았어요. 마지막까지 의식이 없었죠. 자동차에 치였거든요. 자동차 운전자는 멈추려고도 하지 않았어요. 사악하지 않아요? 누군가 번호를 기록해 뒀다면 좋겠어요."

"운명이 우리에게 등을 돌렸어."

푸아로가 낮은 음성으로 말했다.

"보고 싶으세요?"

간호사가 길을 안내했고, 우리는 뒤를 따라갔다.

딱한 플로시 먼로. 루즈와 염색한 머리카락은 그대로였다. 먼로는 아주 평화로이 입술에 웃음을 머금은 채 누워 있었다.

"그래. 운명이 우리에게 등을 돌렸어. 하지만 정말 운이었을까?"

푸아로는 갑자기 생각이 떠오른 듯 고개를 들었다.

"정말 운일까, 헤이스팅스? 아니라면, 아니라면…… 오, 친구, 내가 이 딱한 여자의 시신 옆에 서서 맹세하건대, 때가 오면 일말의 자비심도 남겨 두지 않을 거야!"

"무슨 소리예요?"

내가 물었지만 푸아로는 간호사에게 돌아서서 열성적으로 정보를 캐냈고, 마침내 먼로 양 핸드백에 든 물품들의 목록을 찾아냈다. 푸아로는 그것을 읽으면서 소리치고 싶은 것을 간신히 참는 눈치였다.

"이것 봐, 헤이스팅스, 알겠어?"

"뭘 보라고요?"

"열쇠가 목록에 없잖아. 분명히 열쇠를 갖고 있었을 텐데. 먼로 양은 냉혹하게 차에 치였고, 누워 있는 먼로 양 위로 처음으로 몸을 숙인 자가 가방에서 열쇠를 가져간 거야. 하지만 아직은 시간이 있을지 몰라. 그자는 원하는 걸 아직 찾지 못했을지 몰라."

우리는 다시 택시를 타고 플로시 먼로가 준 주소로 향했다. 고약한 동네에 지저분한 맨션들이 있었다. 먼로 양의 아파트에 들어가는 데는 시간이 조금 걸렸지만, 적어도 우리가 바깥에서 감시하는 동안 아무도 거기서 나가지 못하리라는 점은 만족스러웠다.

결국 우리는 안으로 들어갔다. 누군가 우리보다 앞서 왔다 간 것이 확실했다. 장롱과 찬장 내용물이 바닥에 온통 흩어져 있었다. 자물쇠가 강제로 열려 있었고, 작은 탁자가 뒤엎어져 있는 걸로 보아 이곳을 수색하던 자가 대단히 성급했음을 알 수 있었다.

푸아로는 잔해를 뒤지기 시작하더니 갑자기 뭔가를 들고 소리치며 똑바로 일어섰다. 그것은 낡은 액자였지만…… 비어 있었다.

푸아로는 천천히 액자를 뒤로 돌렸다. 뒤에는 조그맣고 동그란 딱지가 붙어 있었다. 가격표였다.

"4실링이군요."

"몽 디외(맙소사)! 헤이스팅스, 제대로 좀 보라고. 이건 깨끗한 새 가격표잖아. 사진을 가져간 사람이 붙여 둔 거야. 그자는 우리보다 먼저 왔지만 우리가 올 것을 알고서 우리에게 이걸 남긴 거라고. 클로드 대럴, 일명 4인자가."

끔찍한 재앙

푸아로가 변한 것을 내가 감지하기 시작한 때는 플로시 먼로 양이 끔찍하게 죽은 이후였다. 그때까지, 무너지지 않는 푸아로의 자신감은 시련을 이겨 냈다. 하지만 마침내 장기간의 부담감이 영향을 미치기 시작한 듯했다. 푸아로의 태도는 무겁고 침울했으며, 신경은 매우 날카로워 고양이처럼 신경질적이었다. 빅 포에 관한 논의는 되도록 피했고, 거의 예전같이 열성적으로 일상적인 일에만 몰두하는 듯 보였다. 그럼에도 나는 푸아로가 굵직한 일에는 비밀스럽게 움직이고 있음을 알았다. 기이하게 보이는 슬라브 사람들이 쉬지 않고 푸아로를 만나려고 찾아왔다. 푸아로는 이 수수께끼 같은 행동에 관해 아무런 설명도 해 주지 않았지만 나는 푸아로가 다소 거부감이 느껴지는 사람들의 도움으로 새로운 방어 수단 혹은 대항 무기를 만들고 있음을 알았다. 한번은 순전히 우연히 푸아로의 통장 내역을 보게 되었다. 푸아로가 내게 작은 항목을 점검해 달라고 부탁해서였다. 그런데 거대한 금액이, 최근에 돈을 모으고 있는 푸아로에게조차 큰 금액이 러시아인임이 분명한 이름으로 지급되고 있었다.

하지만 푸아로는 어떤 노선으로 움직일 계획인지는 아무런 언질도 주지 않았다. 그저 계속 반복해서 한마디만 할 뿐이었다.

"적을 얕잡아 보는 것은 잘못이야. 기억하라고, 몬 아미."

그리고 나는 푸아로가 어떻게 해서든 함정을 피하려고 한다는 사실을 알았다.

상황은 이렇게 3월까지 이어졌고, 그러던 어느 날 아침 푸아로가 내게 엄청나게 놀랄 만한 말을 했다.

"친구, 오늘 아침에는 최고의 정장을 입었으면 해. 내무 장관을 만나러 갈 거야."

"정말요? 정말 재밌겠는데요. 내무 장관이 사건을 맡아 달라고 불렀나요?"

"그건 아니야. 만나 뵙자고 한 건 나야. 내가 한때 내무 장관에게 자그마한 도움을 준 적이 있다고 말했던 거 기억하나? 장관은 결과를 이끌어 내는 나의 역량을 맹목적이다 싶을 정도로 열렬히 지지하고 있는데, 이번에 그런 장관의 태도를 이용할 생각이야. 알다시피, 프랑스 수상 무슈 데자르도는 지금 런던에 와 있고, 내 요청을 받은 내무 장관이 오늘 아침에 있을 우리 모임에 프랑스 수상도 와 달라고 했어."

시드니 크라우더 내무 장관은 유명하고 인기 있는 인물이었다. 50대 정도로 보이고 미심쩍은 표정과 매서운 회색 눈을 가진 내무 장관이 그 유명한 유쾌하고 싹싹한 거동으로 우리를 맞이했다.

등을 벽난로 쪽으로 한 채 서 있는 사람은 크고 말랐다. 턱수염은 끝이 뾰족하고 검었으며, 얼굴은 예민해 보였다.

"무슈 데자르도, 무슈 에르퀼 푸아로를 소개하겠습니다. 아마도 이미 들어 보셨을 테지요."

크라우더가 말하자 수상은 인사하고서 악수를 했다.

"물론 무슈 에르퀼 푸아로야 들어 보았지요. 누가 안 들어 봤겠습니까?"

수상이 유쾌하게 말했다.

"정말 호의적이시군요, 무슈."

푸아로가 허리를 숙이면서 말했지만, 얼굴은 기쁨으로 붉어져 있었다.

"이 늙은이에게 할 말이라도?"

조용한 목소리가 들려오면서 한 남자가 큰 책장 옆 구석에서 나타났다. 오래된 지인 잉글스 씨였다.

푸아로는 잉글스의 손을 잡고 열렬히 흔들었다.

"자, 그러면 무슈 푸아로, 무엇이든 말만 하시지요. 우리에게 전달해야 할 극히 중요한 사항이 있다고 말했던 것으로 압니다만."

크라우더가 말했다.

"그렇습니다, 무슈. 오늘날 세계에는 한 거대 조직, 그러니까 범죄 조직이 있습니다. 그 조직을 움직이는 것은 네 사람인데, 빅 포라고 불립니다. 1인자는 중국인 리창옌이고, 2인자는 미국인 백만장자 에이브 릴런드, 3인자는 프랑스 여성이며, 4인자는 여러 가지 근거로 클로드 대럴이라 불리는 무명의 영국 배우로 보이는 남자입니다. 이 네 사람은 합심하여 현존하는 사회 질서를 붕괴하고, 무정부 상태를 만들어 자기들이 지배자로 군림하려고 합니다.”

“믿을 수가 없군. 릴런드가 그런 일에 연루되다니. 공상이 과한 것 아닙니까?”

프랑스 수상이 웅얼거렸다.

“들어 보십시오, 무슈. 제가 빅 포의 행적을 몇 가지 설명해 드리겠습니다.”

푸아로는 매력적으로 이야기를 풀어냈다. 모든 세부 사항을 다 아는 나였는데도 우리의 모험과 탈주 이야기를 듣고 있자니 새삼 전율이 느껴졌다.

푸아로가 이야기를 끝내자, 수상은 크라우더를 말없이 바라보았다. 크라우더도 수상을 바라보았다.

“그렇습니다, 무슈 데자르도. 제 생각에는 ‘빅 포’의 존재를 인정해야 할 것 같습니다. 런던 경시청도 처음에는 비아냥거리는 듯했지만 무슈 푸아로가 주장한 바가 옳다는 점을 인정할 수밖에 없었습니다. 다만 무슈 푸아로가…… 조금 과장했다는 생각은 듭니다.”

이에 대한 답으로 푸아로는 핵심적인 사건 열 가지를 제시했다. 나는 지금까지도 그 내용을 공개하지 말라는 부탁을 받았기에 그렇게 하지는 않겠지만, 그 가운데는 특정 달에 일어난 엄청난 잠수함 재난 사건과 수차례의 비행기 사고와 불시착도 있다. 푸아로에 따르면, 이것들 모두 빅 포의 짓이고, 이는 그자들이 전 세계에 알려지지 않은 다양한 과학적 비밀을 알고 있다는 증거이기도 했다.

이야기를 마치자 프랑스 수상이 물어보리라고 예상했던 질문이 곧장 튀어나왔다.

"이 조직의 3인자가 프랑스 여성이라고 했는데, 이름이 뭔지 알고 있습니까?"

"유명한 이름입니다, 무슈. 명예로운 이름이지요. 3인자는 바로 그 유명한 마담 올리비에입니다."

퀴리 부부에 이어 세계적으로 저명한 과학자 이름이 등장하자 수상은 얼굴이 붉으락푸르락해져서 의자에서 벌떡 일어섰다.

"마담 올리비에라고! 믿을 수 없어! 말도 안 돼! 지금 한 말은 모욕이오!"

푸아로는 부드럽게 머리를 흔들 뿐 아무 대답도 하지 않았다.

수상은 잠시 동안 아연해서 푸아로를 쳐다보았다. 그러더니 원래 얼굴로 돌아와 내무 장관을 흘긋 보고서 의미심장하게 이마를 두드리며 말했다.

"무슈 푸아로는 대단한 사람입니다. 하지만 대단한 사람이라도 때로는 병적으로 집착하는 것이 있지 않겠습니까? 그래서 공상 속 음모를 유력자 가운데서 찾는 거지요. 이것은 잘 알려진 이야기입니다. 그렇게 생각하지 않습니까, 크라우더 장관님?"

내무 장관은 잠시 아무 대답도 하지 않았다. 이윽고 느리고 무겁게 말했다.

"맹세코, 저는 모르겠습니다. 저는 언제나 무슈 푸아로를 대단히 신뢰해 왔고, 지금도 마찬가지입니다. 하지만 그러려면 믿으려는 자세가 좀 필요합니다."

"그 리창옌이라는 자도 그렇지요. 누가 그자 이름을 들어나 봤습니까?"

수상이 다시 말했다.

"저는 들어 봤습니다."

뜻밖에도 잉글스 씨가 말했다.

프랑스 수상은 잉글스를 응시했다. 잉글스 씨도 차분히 수상을 응시했는데, 그 모습은 그 어느 때보다 중국 조각상처럼 보였다.

"잉글스 씨는 중국 내부를 가장 잘 아는 권위자입니다."

내무 장관이 설명했다.

"그런데 리창옌에 관해 들어 봤다는 말입니까?"

"무슈 푸아로가 제게 오기 전까지, 저는 제가 그자에 대해 들어본 유일한 영국인이라고 생각했습니다. 실수하시면 안 됩니다, 무슈 데자르도. 틀림없이 오늘날 중국에서 중요한 인물은 오직 리창옌뿐입니다. 그자는 아마도, 분명치는 않지만, 현재로서는 세계에서 가장 지능적인 인물일 것입니다."

수상은 마치 돌처럼 굳은 채 앉아 있었다. 그러나 곧 정신을 차렸다.

수상이 냉정하게 말했다.

"당신 말도 어느 정도는 맞을지 모르겠군요, 무슈 푸아로. 하지만 마담 올리비에와 관련해서는 실수인 게 분명합니다. 마담은 프랑스의 진정한 딸이고, 오직 과학에만 전념하고 있습니다."

푸아로는 어깨를 으쓱하고서 아무 대답도 하지 않았다.

일이 분가량 대화가 중단되자 내 작은 친구 푸아로는 그 별난 성격과는 다소 어울리지 않는 품위를 갖추며 자리에서 일어섰다.

"제가 드릴 말씀은 그게 전부입니다, 메슈(여러분). 경고할 뿐이지요. 아마도 제 말씀을 믿지 않으시리라 생각했습니다. 하지만 적어도 조심은 하실 테지요. 제 말씀이 마음에 남아서 새롭게 사건이 일어날 때마다 흔들리는 믿음을 확인해 줄 것입니다. 꼭 지금 말씀드려야 했습니다. 나중에는 그럴 기회가 없을지 모르기 때문이지요."

"무슨 뜻……?"

크라우더가 자기도 모르게 푸아로의 무거운 어조에 관심이 끌려서 물었다.

"제 말씀은 무슈, 제가 4인자의 정체를 파악했기 때문에 목숨이 언제 달아날지 모른다는 뜻입니다. 그자는 어떻게 해서든 저를 없애려 할 것입니다. 게다가 그자는 괜히 '파괴자'가 아닙니다. 메슈, 경의를 표합니다. 크라우더 장관님, 이 열쇠와 봉인된 봉투를 받아 주십시오. 사건을 정리한 모든 메모와 언제라도 세상에 위협이 닥쳤을 때 어떻게 대처해야 하는지에 관한 생각을 적은 내용을 담아서 안전하고 확실한 곳에 보관해 두었습니다. 제가 죽게 되거든 장관께서 이 문서를 찾아 활용해 주시기 바랍니다. 그러면 메슈, 인사

드리겠습니다.”

수상은 차갑게 인사만 했지만, 크라우더는 벌떡 일어나 손을 내밀었다.

“당신은 내 마음을 바꾸어 놓았습니다, 무슈 푸아로. 전체적으로 현실성이 떨어지기는 하지만, 나는 당신이 말해 준 내용을 한 치도 의심하지 않습니다.”

잉글스는 우리와 동시에 자리를 떠났다.

푸아로가 걸으면서 말했다.

“면담은 실망스럽지 않았어. 수상을 설득하리라 기대하지는 않았으니까. 하지만 적어도 내가 죽더라도 내 지식까지 죽지는 않으리라는 걸 확인했지. 게다가 한두 명은 설득했고. 파 시 말(나쁘지 않아)!”

잉글스가 말했다.

“저는 두 분 편입니다, 아시겠지만. 그건 그렇고, 가능한 빨리 중국으로 나갈 계획입니다.”

“괜찮을까요?”

“아니요. 하지만 필요한 일이니까요. 할 수 있는 일은 해야죠.”

잉글스가 무미건조하게 말했다.

푸아로가 감정을 담아 외쳤다.

“아, 용감하시군요! 길거리만 아니라면 포옹을 했을 텐데.”

내 눈에는 잉글스가 다소 안심한 듯 보였다.

“제가 중국에 있는 것이 선생이 영국에 있는 것보다 위험하지는 않으리라 봅니다.”

잉글스가 투덜거리듯 말했다. 푸아로도 수긍하는 눈치였다.

"그 말이 아마도 맞겠지요. 그자들이 헤이스팅스도 해치지 못하게 되기만을 바랄 뿐입니다. 그렇지 않으면 엄청나게 화가 날 겁니다."

나는 이 유쾌한 대화에 끼어들어 살해당하게 가만히 있지는 않을 생각이라고 말했다. 잠시 후 잉글스는 우리를 남기고 떠났다.

얼마 동안 우리는 말없이 걸었다. 푸아로가 마침내 무척 놀라운 말을 내뱉었다.

"내 생각에…… 정말로 내 형제를 개입시켜야 할 것 같아."

"형제요? 형제가 있다는 건 몰랐는데요?"

"놀라운데, 헤이스팅스. 모든 유명한 탐정에게는 기질적인 게으름만 아니었다면 훨씬 유명해졌을 형제가 있다는 걸 몰라?"

푸아로는 때때로 장난인지 진심인지 도무지 분간하기 어려운 기이한 방식으로 말한다. 이때가 바로 그런 순간이었다.

"그 형제 이름이 뭔데요?"

나는 이 새로운 상황에 적응하려고 했다.

"아킬 푸아로. 벨기에의 스파 근처에 살아."

푸아로가 엄숙하게 대답했다.

"하는 일은요?"

나는 약간의 호기심을 가지고 물었다. 고인이 된 마담 푸아로의 성격과 기질, 그리고 고전적인 세례명을 고집하는 취향도 놀랍긴 했지만 말이다(아킬은 아킬레스를, 에르퀼은 헤라클레스를 뜻한다 — 옮긴이).

"아무것도 안 해. 아킬은 내가 말했듯이 지독하게 게으른 성격이라고. 하지만 능력은 나에게 거의 뒤지지 않지. 아주 훌륭해."

"외모도 비슷한가요?"

"다르지 않아. 하지만 나만큼 잘생기지는 않았어. 게다가 콧수염도 없고."

"나이는 푸아로보다 많아요, 적어요?"

"우연히도 같은 날에 태어났지."

"쌍둥이요?"

"그래, 헤이스팅스. 한 치의 오차도 없이 정확한 결론을 끌어내는군. 아, 이제 집에 도착했어. 당장 공작 부인 목걸이 사건에 착수하자고."

하지만 공작 부인 목걸이 사건은 착수하지 못했다. 상당히 다른 종류의 사건이 우리를 기다리고 있었기 때문이다.

병원 간호사가 푸아로를 만나려고 기다리고 있다고 집주인 피어슨 부인이 전해 주었다.

간호사는 창문을 마주 보는 커다란 팔걸이의자에 앉아 있었는데, 중년의 나이에 짙은 파란색 간호사복을 입고 유쾌한 얼굴을 하고 있었다. 간호사는 핵심으로 들어가기를 다소 꺼렸지만, 푸아로가 곧 마음을 편안하게 해 주자 이야기를 시작했다.

"저기, 무슈 푸아로. 저는 이런 경우를 처음 당해 본답니다. 라크 수녀회에서 저더러 하트퍼드셔에 가서 일을 맡으라고 했죠. 한 늙은 신사, 그러니까 템플턴 씨를 돌보는 일이었어요. 집도 꽤 괜찮고 사람들도 유쾌했습니다. 아내 템플턴 부인은 남편보다 한참 어렸어요. 템플턴 씨에게는 처음 결혼했을 때 얻은 아들이 있는데, 함께 살고 있었지요. 아들과 새엄마 사이가 항상 좋은지는 잘 모르겠어요. 아들은 흔히 말하는 비정상…… 꼭 '모자라다'는 뜻은 아니지만 지성은 분명 모자란 사람이었거든요. 그런데 템플턴 씨의 병이라는 게 처음부터 수수께끼였어요. 가끔은 정말 아무 문제도 없어 보이다가, 갑자기 위 발작을 일으키면서 고통을 호소하고 구토를 해요. 하지만 의사는 꽤나 만족스러워하는 듯해서 저로서는 아무 말도 할 수가 없었어요. 그렇지만 계속 생각하게 되네요. 그런데……."

간호사가 말을 멈추더니 다소 얼굴이 빨개졌다.

"뭔가 의심할 만한 일이 일어났나요?"

푸아로가 물었다.

"네."

여전히 간호사는 운을 떼기가 어려운 듯했다.

"하인들도 뭔가 수군거리고 있다는 걸 알았어요."

"템플턴 씨의 병에 관해서요?"

"오, 아니요! 그러니까, 다른 것에 관해서요."

"템플턴 부인요?"

"네."

"템플턴 부인과 의사에 대해서요?"

푸아로는 이런 면에서 불가사의한 육감이 있었다. 간호사는 고마운 듯한 눈짓을 던진 뒤에 말을 이었다.

"무심코 던진 말들이었어요. 그런데 어느 날 두 사람이 함께 있는 걸 제 눈으로 보았어요. 정원에서……."

이야기는 그걸로 끝이었다. 의뢰인인 간호사가 깨어진 인륜에 매우 상심하고 있었기에 정원에서 본 게 정확히 어떤 장면이었는지는 물어볼 필요가 없었다. 상황을 판단하기에 부족함이 없을 정도의 뭔가를 본 것이 틀림없었다.

"발작은 점점 심해졌어요. 트레브스 선생님은 그것이 자연스러운 현상이고 예측한 대로라고 말하면서 템플턴 씨가 오래 살 가망이 없다고 했지요. 저는 그때까지 그런 건 본 적이 없었어요. 간호사 생활을 오래 해 왔는데도 말이에요. 그건 마치 일종의……."

간호사가 주저하며 말을 멈췄다.

"비소 중독?"

푸아로가 거들자, 간호사가 고개를 끄덕였다.

"그리고 또, 그, 그러니까 환자는 뭔가 괴상한 말을 했어요. '그자들이, 그 넷이 날 죽일 거야. 나를 해치러 올 거야.'라고."

"예?"

푸아로가 얼른 끼어들었다.

"꼭 그렇게 말했어요, 무슈 푸아로. 템플턴 씨는 물론 당시에 무척 고통스러워했고 자기가 무슨 말을 하는지 거의 몰랐지만요."

"'그자들이, 그 넷이 날 죽일 거야.'"

푸아로가 생각에 잠긴 채 따라 하고는 물었다.

"'그 넷이'란 게 뭘 의미한다고 생각하세요?"

“그건 모르겠어요, 푸아로 선생님. 아마 아내와 아들, 그리고 의사, 그리고 어쩌면 템플턴 부인의 친구인 클라크 양을 말하는 게 아닐까 해요. 그러면 네 사람이 되잖아요? 어쩌면 그 네 사람 모두 자기를 적대시한다고 여겼는지 모르죠.”

“그럴 수도 있겠군요. 음식은요? 아무런 대책도 세울 수 없었나요?” 푸아로가 뭔가에 몰두한 목소리로 말을 이었다.

“할 수 있는 건 언제나 하고 있답니다. 하지만 때로는 템플턴 부인이 직접 음식을 가져다주겠다고 고집을 부려서 저는 일을 쉽게 되죠.”

“그렇군. 그런데 경찰에 갈 정도로 확실한 근거가 있는 건 아니고요?”

간호사의 얼굴은 그 생각만으로도 공포에 빠진 듯했다.

“제가 한 일은요, 무슈 푸아로, 이겁니다. 템플턴 씨는 수프를 한 접시 먹은 후에 아주 심각한 발작을 앓았어요. 그래서 그릇에 남아 있는 걸 약간 덜어서 여기로 가져왔어요. 아픈 어머니를 만나러 가겠다고 하루를 얻어 냈지요. 템플턴 씨 상태가 괜찮으니 다녀와도 좋다고 하더군요.”

간호사는 시커먼 액체가 든 작은 병을 꺼내 푸아로에게 건넸다.

“아주 훌륭해요, 마드무아젤. 즉시 분석해 보지요. 음, 한 시간 뒤에 돌아오면 의구심을 해결할 수 있을 거예요.”

먼저, 방문한 간호사에게서 이름과 자격증을 얻어 낸 뒤 푸아로는 간호사를 바깥으로 안내했다. 그러고는 메모를 써서 수프 병과 같이 보냈다. 결과가 나오기를 기다리는 동안, 푸아로는 간호사의 증명서를 확인하며 즐거워하고 있었는데, 그 모습은 다소 놀라웠다.

"아냐, 아냐, 친구. 주의하는 편이 좋아. 빅 포가 우리를 쫓고 있다는 걸 잊지 말라고."

푸아로는 곧 마벨 파머라는 이름의 간호사가 라크 수녀원의 일원이고 문제의 건을 맡기 위해 파견되었다는 정보를 알아냈다.

"지금까지는 좋아. 자, 파머 간호사도 다시 왔고, 분석 보고서도 왔어."

푸아로가 눈을 반짝이며 말했다.

"비소가 있나요?"

간호사가 숨죽이며 물었다.

푸아로는 종이를 다시 접으며 고개를 저었다.

"아니요."

우리는 모두 엄청나게 놀랐다.

푸아로가 말을 이었다.

"비소는 없어요. 대신 안티몬이 있는데, 그럴 경우 우리는 즉시 하트퍼드셔로 가야 해요. 너무 늦지 않기를 하늘에 기도하세요."

푸아로는 간단한 계획을 세웠다. 자신을 탐정이라고 소개하되, 표면상의 방문 목적은 파머 간호사에게서 이름을 알아낸 어느 하인에 관해 템플턴 부인에게 물어보기 위해서라고 둘러대기로 했다. 그 하인은 템플턴 부인이 예전에 고용한 남자로, 보석 도난 사건에 연루되어 있다고 설명할 예정이었다.

우리가 엘름스테드로 불리는 집에 도착한 것은 늦은 시간이었다. 우리는 간호사에게 20분 정도 먼저 가 있도록 했다. 같이 도착했다는 의심을 사지 않기 위해서였다.

템플턴 부인은 키가 크고 피부가 가무잡잡한 여성으로, 흐늘거리는 동작과 불안한 눈길로 우리를 맞이했다. 나는 푸아로가 직업을 이야기할 때 부인이 마치 지독히 놀랐다는 듯 갑자기 헉 하는 소리를 내며 숨을 들이쉬는 것을 알아챘다. 하지만 부인은 남자 하인에 관한 질문에 순순히 답했다. 푸아로는 부인을 시험하려고 어느 아내가 독살 사건에 개입해서 유죄 판결을 받은 이야기를 길게 늘어놓았다. 푸아로는 이야기하는 내내 부인 얼굴에서 눈을 떼지 않았고, 부인은 동요가 이는 기색을 좀처럼 감추지 못했다. 갑자기 부인은 얼토당토않은 이유를 대고 방에서 나갔다. 그리고 그리 오래지 않아 누군가 나타났다. 체격이 좋고 붉은색의 조그마한 콧수염을 길렀으며 코안경을 낀 남자가 들어왔다.

남자가 자신을 소개했다.

"저는 의사 트레브스입니다. 템플턴 부인이 죄송하다고 전해 달라고 했습니다. 부인은 상태가 무척 안 좋습니다. 신경과민이죠. 남편 걱정 따위로 말입니다. 잠을 잘 수 있게 진정제를 처방했습니다. 하지만 두 분을 여기 모시면서 음식을 대접하기를 부인이 바라서 제가 나서게 되었습니다. 저도 무슈 푸아로의 명성을 들은 바가 있으니 최대한 잘 모실 작정입니다. 아, 미키가 오는군요!"

비틀거리는 젊은 남자가 방으로 들어왔다. 얼굴이 무척 둥글고 눈썹은 항상 놀랄 일이 있다는 듯 우스꽝스럽게 치켜 올라가 있었다. 미키는 어색하게 씨익 웃으며 악수했다. '모자란' 아들이 분명해 보였다.

이윽고 우리 모두 저녁을 먹으러 들어갔다. 트레브스 선생이 잠시 와인을 따기 위해서인지 방을 나갔다. 그러자 갑자기 젊은이 인상이 놀랍게 바뀌었다. 미키는 푸아로를 노려보며 앞으로 몸을 숙였다.

미키가 머리를 끄덕이며 입을 열었다.

"아버지 때문에 오셨죠? 전 알아요. 전 많은 걸 알아요. 하지만 아무도 제가 아는 줄 몰라요. 어머니는 아버지가 죽으면 트레브스 선생과 결혼할 수 있으니까 기뻐할 거예요. 뭐, 친어머니도 아니죠. 어쨌든 맘에 안 들어요. 아버지가 죽기를 바라거든요."

다소 끔찍한 이야기였다. 다행히도 푸아로가 대답할 틈도 없이 의사가 돌아왔고, 우리는 가식적인 대화를 계속해야 했다.

그런데 갑자기 푸아로가 낮게 신음하며 의자 뒤로 몸을 기대었다. 얼굴은 고통으로 뒤틀려 있었다.

"선생님, 무슨 일이신가요?"

선생이 외쳤다.

"갑작스러운 경련이에요. 익숙합니다. 아니, 아니, 도와줄 필요는 없어요, 의사 선생. 위층에서 좀 누웠으면 하는데."

푸아로의 요청은 즉각 받아들여졌다. 나는 푸아로를 따라 위층으로 올라갔다. 푸아로는 무겁게 신음하며 침대에 쓰러졌다.

처음 일이 분은 속았지만, 나는 곧 푸아로가 한 편의 희극(그라면 이렇게 말했을 것이다.)을 펼치고 있음을 깨달았다. 환자 방 가까이에서 혼자 있고 싶었기 때문이다.

그래서 우리 둘만 있게 됐을 때 푸아로가 용수철 튀듯 벌떡 일어나는 것을 보면서도 나는 놀라지 않았다.

"서둘러, 헤이스팅스. 창문으로. 바깥에 담쟁이덩굴이 있어. 의심하기 전에 타고 내려갈 수 있어."

"내려가요?"

"그래, 당장 이 집에서 나가야 해. 저녁 먹을 때 그자 봤어?"

"의사요?"

"아니, 젊은 템플턴. 빵 갖고 장난하는 거 말이야. 플로시 먼로가 죽기 전에 우리에게 말했던 거 기억나? 클로드 대럴에게는 탁자에 빵을 찍어서 부스러기를 집어 올리는 습관이 있다고 했잖아. 헤이스팅스, 이건 거대한 음모야. 멍하게 보이는 저 젊은이가 바로 우리 주적, 4인자라고! 서둘러."

나는 논쟁할 생각은 하지 않았다. 모든 이야기가 믿어지지 않았지만 지체하지 않는 편이 이로웠다. 우리는 담쟁이덩굴을 타고 기어 내려와서 작은 마을 기차역으로 직행했다. 8시 34분에 출발하는 마지막 열차를 겨우 탈 수 있었는데 기차는 11시경 도심에 도착할 예정이었다.

푸아로가 생각에 잠겨 말했다.

"음모라. 얼마나 많은 사람이 거기에 연루되어 있을까? 템플턴 집

안 전체가 빅 포의 공작원으로 득실거리는 게 아닌가 싶어. 단지 우리를 그리로 유혹하려고 그랬을까? 아니면 그보다 더 교활한 뭔가가 있나? 연극을 하여 내 관심을 끌어 놓고 뭔가 일을 벌이려고 하는 건가? 모르겠군."

그렇게 푸아로는 생각에 생각을 거듭했다.

숙소에 도착했을 때 갑자기 푸아로가 거실 문에서 나를 저지했다.

"잠깐, 헤이스팅스. 뭔가 의심스러워. 내가 먼저 들어갈게."

푸아로는 먼저 들어갔고, 조금은 우습게도, 낡은 고무 오버슈즈로 전기 스위치를 누르는 조심성을 보였다. 그러고는 낯선 고양이처럼 방 주변에 위험이 도사리고 있는지 조심스럽고 세심하게 살폈다. 나는 잠시 푸아로가 벽 옆에 서 있으라고 한 그 자리에 그대로 서서 푸아로를 지켜보았다.

"괜찮은 것 같아요, 푸아로."

내가 조바심 내며 말했다.

"그런 것 같아, 몬 아미. 그래. 하지만 확실히 하자고."

"참 나, 아무튼 난 담배나 좀 피울래요. 그나저나 푸아로도 잘못을 하네요. 성냥을 사용한 후 원래 자리에 갖다 놓지 않았잖아요. 나더러는 늘 그거 가지고 뭐라고 했으면서."

나는 손을 뻗었다. 푸아로가 경고하며 외치는 소리가 들렸고, 이어 나를 향해 뛰어오는 모습도 보였다. 동시에 내 손은 성냥갑을 긁었다.

그때 파란색 불길이 솟고, 귀가 찢어질 듯한 굉음이 들렸다. 그러고는 어둠.

정신을 차리고 보니 늙은 친구 리지웨이 선생이 익숙한 얼굴로 나를 향해 몸을 숙이고 있었다. 안도하는 표정이 얼굴에 스쳐 지나 갔다. 의사가 달래듯 말했다.

"가만히 있으라고. 자넨 괜찮아. 사고가 있었어, 알겠지만."

"푸아로는?"

내가 웅얼거렸다.

"여긴 내 하숙방이야. 다 괜찮아."

차가운 두려움이 심장을 움켜쥐었다. 의사가 말을 피하는 것이 끔찍한 두려움을 일깨웠다.

"푸아로는요? 푸아로는 어떻게 됐어요?"

내가 재차 물었다.

그제야 의사는 더 이상 피할 수 없다는 걸 알았다.

"자네는 기적적으로 살아난 거야. 푸아로는 못 피했고!"

내 입에서 외침이 터져 나왔다.

"죽은 거 아니죠? 아니죠?"

리지웨이는 머리를 숙였고, 얼굴이 감정으로 실룩거렸다.

나는 필사적으로 일어나 앉아 힘겹게 말했다.

"푸아로는 죽었을지 몰라도…… 그의 정신은 살아 있어. 내가 이 어받을 거야! 빅 포를 타도하라!"

그러고는 뒤로 넘어져 의식을 잃었다.

죽어 가는 중국인

지금도 3월에 일어난 날들을 글로 쓰기가 무척이나 힘에 겹다.

푸아로, 독특하고 비길 데 없는 에르퀼 푸아로가 죽다니! 어지럽게 흐트러진 성냥갑에는 사악한 수법이 특별히 장치되어 있었다. 푸아로는 어김없이 이를 보고서 서둘러 다시 정리하려 했고, 그 때문에 폭발이 일어난 것이다. 사실상 재앙을 초래한 사람이 다름 아닌 나라는 점이 공허한 후회로 끊임없이 내 가슴을 채웠다. 리지웨이 선생은 내가 죽지 않고 약한 충격만으로 살아난 것은 완전히 기적이라고 말했다.

나는 거의 곧바로 다시 정신을 차린 줄 알았는데, 사실은 24시간이 지나고 나서야 제정신으로 돌아왔다고 한다. 다음 날 저녁이 되어서야 겨우 옆방으로 갈 수 있었다. 힘없이 비틀거리며 가서 세상에서 가장 경이로운 사람의 유해를 담은 소박한 느릅나무 관을 슬

픔에 잠긴 채 바라보았다.

다시 의식을 찾은 바로 그 순간부터 내 마음속에는 오직 한 가지 생각뿐이었다. 푸아로의 죽음에 복수하고 빅 포를 무자비하게 소탕하는 것.

나는 리지웨이 선생도 나와 같은 의견이리라고 생각했는데, 놀랍게도 선량한 선생은 까닭을 알 수 없을 정도로 미온적인 태도를 보였다.

선생은 틈만 나면 '남미로 돌아가라'는 조언을 했다. 불가능한 일에 왜 뛰어드나? 최대한 우아하게 말하자면, 의사의 의견은 이러했다. 푸아로, 그 하나뿐인 푸아로도 실패했는데, 나라고 성공할 리가 있겠는가?

하지만 나는 고집스러웠다. 내게 그 일에 필요한 자질이 있는가 하는 문제는 모두 제쳐 놓고(말이 나온 김에 말이지만, 나는 의사의 이런 견해에 전적으로 동의하지 않았다.) 나는 푸아로와 아주 오래 함께 일해서 그의 방식을 다 알고 있었고, 푸아로가 중단한 시점에서 그 일을 떠맡을 능력이 충분하다고 느꼈다. 내 친구가 악랄하게 살해되었다. 그런 상황에서 살인자들을 법에 따라 처벌하려고 노력도 하지 않은 채 순순히 남미로 돌아가야 한다는 말인가?

나는 이 밖의 모든 이야기를 리지웨이에게 전했고, 선생은 주의 깊게 들었다.

내가 말을 마치자 리지웨이 선생이 말했다.

"그렇더라도…… 내 충고는 변함없으이. 나는 푸아로가 이 자리에 있었다면 자네한테 돌아가라고 재촉했으리라고 진심으로 확신해. 푸아로의 이름을 걸고 부탁하겠는데, 헤이스팅스, 그런 엉뚱한 생각은 그만두고 농장으로 돌아가."

이 말에 내가 답할 수 있는 말은 하나뿐이었다. 리지웨이 선생은 슬프게 고개를 흔들고서 더 이상 말하지 않았다.

내가 건강을 온전히 되찾기까지는 한 달이 걸렸다. 4월 말이 다가오면서 나는 내무 장관과 면담을 원했고, 일이 성사되었다.

내무 장관 크라우더 씨 역시 리지웨이 선생과 같았다. 달래는 듯한 말투였지만 부정적이었다. 장관은 내 제안을 고마워하면서도 부드럽고 사려 깊은 태도로 거절했다. 푸아로가 일러둔 서류들은 장관의 수중에 넘어가 있었고, 장관은 다가오는 위협에 대처하기 위해 가능한 모든 조치를 취하고 있다고 나를 안심시켰다.

그 냉정한 위로에 나는 만족해야만 했다. 크라우더 씨는 내게 남미로 돌아가라고 재촉하는 말로 면담을 끝냈다. 나는 그 모든 것이 마음에 들지 않았다.

이쯤에서 푸아로의 장례가 치러졌다는 얘기를 해야 할 것 같다. 장례는 장엄하고 감동적이었고, 엄청난 수의 조화(弔花)는 믿기 어려울 정도였다. 조화는 신분을 막론하고 많은 사람에게서 왔다. 이는 내 친구가 제2의 조국으로 받아들인 나라에서 스스로 어떤 자리에 올랐는지를 놀라울 정도로 입증해 주었다. 나는 솔직히 말해 무덤가에 서서 푸아로와 함께한 다양한 경험과 행복한 날을 생각하면서 만감에 휩싸여 있었다.

5월 초가 되자, 나는 조직적인 활동 계획을 완성했다. 클로드 대럴과 관련한 정보를 얻기 위해 광고를 이용한다는 푸아로의 방법을 따르는 편이 가장 좋겠다고 여겼다. 나는 이런 취지의 광고를 조간 신문에 수차례 냈고 소호에 있는 작은 음식점에 앉아서 광고의 효과를 판단하곤 했다. 그러던 어느 날 신문에 실린 짧은 기사 때문에 충격을 받아 불쾌해졌다.

한마디로, 기사는 존 잉글스 씨가 기선 상하이호를 타고 마르세유를 출발한 직후 실종되었다는 수수께끼의 사고를 다루고 있었다. 날씨가 완벽히 좋았는데도 불운한 신사 잉글스가 배 밖으로 떨어졌다는 내용이었다. 기사는 잉글스 씨가 중국에서 오랫동안 탁월한 공을 세웠다고 간략히 설명하는 것으로 끝이 났다.

이 기사는 왠지 불쾌했다. 나는 잉글스의 사망에서 사악한 움직임을 읽어 냈다. 단 한 순간도 그것이 사고라는 가정을 믿지 않았다. 잉글스는 살해당했고, 그것은 그 가증스러운 빅 포의 작품임이 너무도 분명했다.

나는 충격으로 멍해져서 그곳에 앉아 있었다. 그 모든 일을 마음속으로 곱씹고 있다가 문득 나를 마주 보며 앉은 남자의 기이한 행동에 깜짝 놀랐다. 그때까지 나는 그에게 별로 신경 쓰지 않았다. 그 자는 마르고 피부가 가무잡잡한 중년 사내로, 혈색이 창백하고 작고 뾰족한 턱수염을 기르고 있었다. 내 맞은편에 하도 조용히 앉아 있어서 그가 왔는지도 거의 알아채지 못할 정도였다.

하지만 지금 그의 행동거지는 분명히 기이했다. 앞으로 몸을 기울이더니 의도적으로 나에게 소금을 뿌렸는데, 내 접시를 빙 둘러가며 작은 소금 더미 네 개를 만들어 놓았다.

그가 애수에 잠긴 목소리로 말했다.

"잠깐 실례하겠습니다. 낯선 이에게 소금을 뿌려 주면 불행이 온다고들 합니다. 어쩌면 그건 불가피한 일인지도 모릅니다. 하지만 그렇지 않기를 바랍니다. 당신이 이성적으로 행동하기를 바랍니다."

그런 뒤 그는 의미심장하게 자기 접시에도 똑같은 행동을 반복했다. 4라는 상징은 너무나도 분명해서 놓칠 수가 없었다. 나는 탐색하듯 그의 얼굴을 바라보았다. 젊은 템플턴이나 문지기 제임스나 혹은 우리가 만났던 여러 인물과 닮은 점이라고는 찾지 못했다. 그럼에도 나는 그가 바로 다름 아닌 가공할 4인자라고 확신했다. 그의 목소리에서는 파리에서 단추를 턱 밑까지 채운 채 우리를 찾아온 낯선 자와 희미하게 비슷한 점이 느껴졌다.

나는 어떻게 움직여야 할지 고민하면서 주변을 둘러보았다. 내 생각을 읽은 그자가 웃더니 가볍게 고개를 흔들었다.

"나라면 그렇게 하지 않겠습니다. 파리에서 당신이 한 성급한 행동이 어떤 결과를 낳았는지 떠올려 보십시오. 확언하건대 내 철수 방법은 확실합니다. 당신 발상은 조금 투박한 경향이 있군요, 헤이스팅스 대위."

"이 악마. 이 악마의 화신!"

나는 분노로 목이 메었다.

"흥분했군요, 아주 조금이지만. 세상을 떠난 당신 친구라면 냉정함을 유지하는 사람이 언제나 대단히 유리하다고 말했을 겁니다.”

“감히 네가 그 사람을 입에 올리다니. 네놈이 그렇게 악랄하게 죽인 사람을. 그러고도 여길 와서……..”

그가 나를 가로막았다.

“나는 아주 훌륭하고 평화로운 목적으로 여기에 왔습니다. 당신에게 당장 남미로 돌아가라고 조언하기 위해서 말입니다. 그렇게 한다면 빅 포와 관련해서는 여기서 끝내기로 하겠습니다. 당신과 당신 가족은 괴롭히지 않을 것입니다. 그것은 약속하겠습니다.”

내가 경멸하듯 웃었다.

“내가 네놈의 독재자 같은 명령에 순종하기를 거부한다면?”

“이건 명령도 아닙니다. 굳이 말한다면, 경고라고 해야 할까?”

그의 목소리에는 차가운 위협이 어려 있었다.

“첫 번째 경고. 이를 무시하지 않는 편이 좋을 것입니다.”

그가 부드럽게 말했다.

그러고는 내가 그 진의를 알아채기도 전에 일어서서 재빠르게 문으로 걸어갔다. 나는 자리를 박차고 일어나 당장 그자 뒤를 쫓았으나 불운하게도 나와 다음 탁자 사이를 막고 있던 엄청나게 뚱뚱한 남자와 곧바로 충돌하고 말았다. 내가 거기서 벗어났을 때 사냥감은 이미 출입문을 지나고 있었고, 이때 다시 수북이 쌓인 음식 접시를 나르던 웨이터가 난데없이 내게 부딪혔다. 그것을 수습한 후 문에 도착했을 때는 검은 콧수염을 한 마른 남자의 흔적은 어디에도 없었다.

웨이터는 지나칠 정도로 내게 사과했고, 뚱뚱한 남자는 조용히 앉아서 점심을 주문하고 있었다. 두 사건 모두 단순한 사고가 아니라는 징후는 없었다. 그럼에도 나는 의심을 거두지 않았다. 빅 포의 공작원들이 사방에 있음을 잘 알고 있었다.

말할 필요도 없이 나는 경고에 주의를 기울이지 않았다. 나는 선한 일을 해내거나, 아니면 하다가 죽을 생각이었다. 광고에는 오직 두 사람만 반응을 보였다. 양쪽 다 아무런 정보도 제공하지 못했다. 그들은 한때 클로드 대럴과 같이 연기를 했던 배우였다. 그들 중 누구도 특별히 클로드 대럴과 친밀한 관계가 아니어서 그의 정체와 현재 위치에 관해 아무런 단서도 제공하지 못했다.

그 후 약 열흘이 지날 때까지 빅 포에게서는 아무런 신호도 오지 않았다. 내가 생각에 잠겨 하이드 파크를 건너가고 있을 때였다. 외국인 억양이 강한 설득력 있는 목소리가 나를 불렀다.

"헤이스팅스 대위 아닌가요?"

커다란 리무진 한 대가 보도 옆에 막 정차했다. 한 여성이 몸을 기울이며 나왔다. 멋진 진주가 달린 아름다운 검은색 옷을 입은 여성은 처음에는 베라 로사코프 백작 부인으로, 나중에는 다른 호칭의 빅 포 공작원으로 알려진 사람이었다. 푸아로는 이러저러한 이유로 항상 백작 부인을 은근히 좋아했다. 그 화려함에 담긴 무엇인가가 매력적으로 느껴졌던 것이다. 푸아로는 열정의 순간에 백작 부인에 대해 천에 하나 있을 만한 여자라고 말하곤 했다. 푸아로에게는 부인이 우리에 맞서서 최악의 적 편에 섰다는 사실이 별로 중요하지 않은 듯했다.

"아, 그냥 가지 말아요! 당신에게 전할 아주 중요한 얘기가 있어요. 나를 경찰에 넘길 생각도 하지 말아요. 어리석은 짓이니까. 당신은 항상 조금 어리석었어. 그래, 맞아요. 지금도 그래요. 우리가 보낸 경고를 계속 무시하고 있잖아요. 내가 두 번째 경고를 가져왔어요. 영국을 당장 떠나세요. 당신은 여기서 아무것도 할 수 없어요. 솔직하게 말하는 거예요. 아무것도 해내지 못할 거예요."

"그렇다면, 당신이 그토록 나를 이 나라에서 내보내려고 안달하는 것이 참으로 이상하군."

내가 뻣뻣하게 말했다.

백작 부인은 넓은 어깨를 크게 으쓱해 보였다.

"내 생각에는 그것도 어리석다고 봐요. 나라면 당신이 마음껏 하고 싶은 대로 하도록 내버려 두겠어요. 하지만 윗사람들은 당신이 던진 말이 당신보다 똑똑한 사람들에게 크게 도움이 될까 봐 걱정하고 있어요. 그래서 당신을 추방하려는 거예요."

백작 부인은 내 능력을 추켜올리려는 듯했다. 나는 짜증을 감췄다. 분명 이런 태도는 나를 짜증 나게 하고, 나라는 존재가 중요하지 않다는 생각을 심어 주려는 의도가 숨어 있었다.

부인이 말을 이었다.

"물론, 당신을 제거하는 거야 어려운 일이 아닐 거예요. 하지만 난 때때로 아주 감상적이 되거든요. 내가 당신을 변호했다고요. 당신에게는 멋지고 귀여운 아내가 있지 않던가요? 그리고 지금은 죽은 그

딱하고 작은 친구도 당신이 죽지 않는다는 걸 알면 기뻐할 거예요. 알겠지만 나도 그를 늘 좋아했죠. 그는 똑똑했어요. 똑똑해서 문제였죠! 만일 4 대 1의 상황이 아니었다면 정직히 말해서 우리도 그를 감당하지 못했으리라고 믿어요. 고백하겠는데, 푸아로는 내 스승이었어요! 나는 존경의 표시로 장례식에 화환을 보냈어요. 심홍색 장미로 된 큰 화환이었죠. 심홍색 장미는 내 기질을 나타내죠."

나는 점점 더 불쾌해졌지만 침묵한 채 듣고 있었다.

"당신은 기어코 달려 보겠다고 기를 쓰는 고집불통 노새 같아요. 여하튼 나는 경고를 전했어요. 기억해요. 세 번째 경고는 바로 파괴자 본인이 전달할 거예요."

부인이 손짓하자 자동차가 신속하게 달려갔다. 나는 기계적으로 번호판을 기록해 두었지만, 그것이 어떤 단서가 되리라는 희망은 품지 않았다. 빅 포는 결코 사소한 일에서 실수하지 않을 것이기에.

나는 조금 취한 채 집으로 갔다. 백작 부인이 홍수처럼 쏟아 놓은 수다에서 한 가지 사실이 드러났다. 내 목숨이 정말로 위험하다는 점. 비록 싸움을 포기할 뜻은 없었지만, 나는 조심스레 걸으면서 가능한 모든 예방책을 강구해야겠다고 생각했다.

내가 이런 모든 사실을 검토하면서 가장 좋은 행동 방향을 찾고 있을 때 전화벨이 울렸다. 나는 방을 가로질러서 수화기를 들었다.

"네, 여보세요. 어디신가요?"

메마른 음성이 들려왔다.

"세인트자일스 병원입니다. 어떤 중국인이 길에서 칼에 찔려 여기로 실려 왔습니다. 오래 버티지 못할 것입니다. 그 사람 주머니에서 선생님 이름과 주소가 적힌 종잇조각이 나와서 전화를 걸었습니다.”

나는 크게 놀랐다. 그렇지만 잠시 생각해 본 뒤에 당장 가겠노라고 말했다. 내가 알기로 세인트자일스 병원은 부둣가 근처에 있었고, 그 중국인이 배에서 막 내린 사람일지도 모른다는 생각이 들었다.

그리로 가는 도중에 갑자기 의심이 솟아올랐다. 이 모든 게 덫이라면? 중국인이 있는 곳이라면 리창옌의 손길이 미칠 터였다. 나는 ‘미끼 놓은 덫’ 사건을 기억했다. 이 모든 것이 적이 파 놓은 계략일까?

그러나 잠시 생각해 보니 병원에 방문해서 나쁠 일은 없다는 확신이 들었다. 음모라기보다는 시쳇말로 미끼일 공산이 컸다. 즉, 죽어 가는 중국인이 내게 뭔가 폭로해 주고, 내가 그 말을 듣고서 행동 방향을 정하면 빅 포의 손아귀에 들어가는 것일 테지. 관건은 마음을 열어 두되 쉽게 믿는 척하면서도 은밀히 경계하는 것이었다.

세인트자일스 병원에 도착하여 방문 목적을 알리자마자 나는 사고 병동으로 안내되어 의문의 남자 침대로 가게 되었다. 그는 꼼짝도 않고 누워 있었고, 눈꺼풀은 덮인 채였다. 가슴이 아주 희미하게 움직이는 것만이 그가 숨 쉬고 있음을 나타냈다. 곁에 선 의사가 중국인의 맥박을 짚고 있었다.

“거의 죽은 상태입니다. 아는 분인가 보죠?”

의사가 내게 속삭였다.

내가 머리를 흔들었다.

“본 적이 없습니다.”

"그러면 선생님 이름과 주소를 주머니에 넣고 뭘 하려고 했을까요? 헤이스팅스 대위 맞으신가요?"

"네, 하지만 저도 달리 설명할 수가 없군요."

"이상하네요. 서류를 보면 이 사람은 잉글스라는 사람의 하인이었던 걸로 보입니다."

내가 이름을 듣고 놀라자 의사가 재빨리 덧붙였다.

"잉글스는 은퇴한 공무원이고요. 아, 아시는군요, 그렇죠?"

잉글스의 하인이라! 그렇다면 만난 적이 있었다. 내가 중국인들의 얼굴을 제대로 구분해 본 적은 없지만. 이 사람은 분명 잉글스와 함께 중국으로 가는 길이었을 테고, 재앙이 닥친 후 아마도 내게 보내는 메시지를 갖고 영국으로 돌아왔을 것이다. 그 메시지를 꼭 들어야 했다.

"의식이 있나요? 말할 수 있습니까? 잉글스 씨는 제 오랜 친구인데, 이 딱한 친구가 메시지를 전하러 온 것 같습니다. 잉글스 씨는 약 열흘 전에 배에서 추락한 것으로 알려졌어요."

"의식은 있지만 말할 기운이 있을지 모르겠습니다. 피를 엄청나게 많이 흘렸거든요. 물론 자극제를 주사할 수는 있지만, 이미 그쪽으로는 가능한 모든 조치를 취했습니다."

그럼에도 의사는 피하 주사를 놓았고, 나는 지대한 가치가 있을지 모르는 한마디, 신호 하나라도 듣기를 바라며 침대 옆에 있었다. 하지만 몇 분이 흘러도 아무 신호도 얻지 못했다.

그때 갑자기 사악한 생각이 머리를 스쳤다. 이미 덫에 빠지고 있는 건 아닌가? 이 중국인이 단지 잉글스의 하인 역할을 가장하고 있을 뿐이고 실제로는 빅 포의 공작원이라면? 어떤 중국인 승려는 죽은 시늉도 할 수 있다는 글을 읽은 적이 있지 않던가? 아니면 한 걸음 더 나아가, 주인의 명이라면 죽음도 기꺼이 불사하는 광란의 무리가 리창옌의 수하에 있을지도 모른다. 조심해야 한다.

이런 생각이 섬광처럼 지나가고 있는데 침대에 누운 남자가 몸을 움직였다. 눈을 떴다. 뭔가 불분명하게 웅얼거렸다. 그러고는 나를 똑바로 쳐다봤다. 알아본다는 표시는 하지 않았으나, 그가 내게 말을 하려고 애쓰고 있음은 즉시 알 수 있었다. 적이든 친구든, 나는 그가 무얼 말하려는지 들어야만 했다.

나는 침대 위로 몸을 기울였지만 부서진 소리들은 내게 아무런 의미도 전달하지 못했다. '핸드'라는 소리를 들은 듯도 했지만, 그것이 어떤 말과 연결되는지는 알 수 없었다. 그런데 다시 말이 들려왔고, 이번에는 또 다른 단어 '라르고'도 들렸다. 나는 놀라면서 응시했다. 두 단어의 조합들이 저절로 떠올랐다.

"헨델의 라르고?"

내가 묻자 중국인이 눈꺼풀을 빠르게 깜빡거리며 동의한다는 듯한 표시를 했다. 그런 뒤 남자는 '카로차'라는 이탈리아어를 하나 더 말했다. 그리고 이탈리아어 두세 단어를 더 말하는가 싶더니 불쑥 쓰러졌다.

의사가 나를 옆으로 밀어냈다. 남자는 죽었고 모든 게 끝났다.

나는 완전히 어리둥절한 채로 바깥으로 나왔다.

'헨델의 라르고'와 '카로차'라. 내 기억이 맞는다면, 카로차는 마차라는 의미였다. 이 단순한 단어들 뒤에 도대체 어떤 의미가 숨어 있단 말인가? 그 남자는 중국인인데, 어째서 이탈리아어로 말했을까? 정말로 잉글스의 하인이었다면 영어를 알아야 하는 게 아닌가? 모든 게 참으로 수수께끼 같았다. 나는 집에 오는 내내 곰곰 생각했다. 오, 푸아로가 그 번쩍이는 천재성으로 이 문제를 해결해 줄 수만 있다면!

나는 열쇠로 문을 열고 집으로 들어가 천천히 방으로 올라갔다. 편지 한 장이 탁자에 놓여 있기에 무심결에 편지를 뜯었다. 하지만 내용을 읽은 나는 바닥에 박힌 듯 서서 움직일 수가 없었다.

그것은 법률 회사에서 보낸 서신이었다.

친애하는 선생님, (이렇게 쓰여 있었다.) 세상을 떠난 의뢰인 무슈 에르퀼 푸아로의 지침에 따라, 동봉한 편지를 보냅니다. 이 편지는 무슈 푸아로가 죽기 일주일 전에 우리에게 왔고, 그와 함께 자신이 죽을 시에는 특정한 날에 당신에게 보내라는 지침도 담겨 있었습니다.

나는 서신을 반복해서 뒤집어 보았다. 그것은 의심할 여지없이 푸아로가 쓴 것이었다. 나는 그 익숙한 글자체를 너무도 잘 알았다. 무거운 마음으로, 하지만 열망도 느끼면서, 편지를 열어 보았다.

몬 셰 아미(친애하는 친구), (이렇게 시작되었다.) 자네가 이 편지를 받을 때 나는 세상에 없을 거야. 나 때문에 눈물 흘리지 말고, 내 지침을 따라 줘. 이 편지를 받는 즉시, 남미로 돌아가. 너무 외곬으로 빠지지 마. 내가 그리로 가라고 하는 건 감상적인 이유 때문이 아니야. 그건 필요한 절차야. 그것도 에르퀼 푸아로가 짠 계획의 일부라고! 더 말해 봐야 내 친구 헤이스팅스처럼 지성이 날카로운 사람에게는 불필요할 테지.

타도하라, 빅 포! 내 친구, 그대에게 무덤 너머에서 경의를 표하며.

영원한 벗,

에르퀼 푸아로

나는 이 놀라운 편지를 읽고 또 읽었다. 한 가지는 분명했다. 이 놀라운 친구가 모든 사태에 대비하여 심지어 자기 죽음까지도 계획에 차질을 빚지 않도록 했다는 사실! 나는 행동하는 역할을, 그는 지시하는 천재 역할을 맡았다. 필시 바다 건너편에서도 완벽한 지시 사항이 나를 기다리고 있을 터다. 그동안 적들은 내가 자기들의 경고에 따른다고 확신하고 나 때문에 머리를 썩이지 않을 것이다. 나는 의심받지 않고 돌아와서 그들 가운데서 혼란을 일으킬 수 있을 터였다.

나는 즉시 떠날 채비를 했다. 전보를 치고, 배편을 예약했으며, 일주일 후에는 부에노스아이레스로 향하는 앤소니아호에 올라탔다.

배가 부두를 떠나자마자 한 스튜어드가 내게 메모를 가져왔다. 그의 설명에 따르면, 배가 출발하기 직전에 마지막으로 배에서 내린 몸집이 크고 모피 코트를 입은 신사 한 명이 전해 줬다고 한다.

나는 메모를 펼쳐 보았다. 간결하고 단도직입적으로 '현명하시군.'이라고 쓰여 있었다. 서명에는 커다란 4 자가 있었다. 나는 혼자서 웃었다!

바다는 심하게 일렁이지 않았다. 나는 괜찮은 저녁 식사를 즐기고, 같이 탄 승객 대다수가 어떤 인물인지 판단한 뒤에 브리지 게임을 한두 판 벌였다. 그런 뒤 잠자리에 들었다. 배에 탈 때마다 그렇듯 나는 세상모르고 잠들었다.

몸이 지속적으로 흔들리는 느낌에 잠에서 깨어났다. 멍하고 당황한 채로, 선원 가운데 하나가 내 옆에 서 있는 걸 보았다. 그는 내가 일어나 앉자 안도의 한숨을 쉬었다.

"드디어 깨어나셨군요. 주여, 고맙습니다. 저는 할 일이 끝없이 많거든요. 늘 그렇게 주무시나요?"

"무슨 일입니까? 배에 문제라도 있습니까?"

내가 여전히 잠이 덜 깬 채 당황스러워하며 물었다.

"저보다 선생님께서 뭐가 문제인지 잘 아실 것 같은데요. 해군 본부에서 특별 지령이 왔습니다. 구축함 한 척이 선생님을 태우려고 기다리고 있습니다."

선원이 건조한 목소리로 말했다.

"뭐라고? 바다 한가운데서?"

내가 외쳤다.

"정말 수수께끼 같은 일입니다만, 그건 제 소관이 아닙니다. 선생님을 대신할 젊은 친구가 하나 파견되어 왔고, 저희는 모두 비밀을 지키겠다고 맹세했습니다. 일어나서 옷 입으시겠습니까?"

놀라움을 전혀 감추지 못한 채로 나는 선원이 시키는 대로 했다. 배가 내려갔고, 구축함으로 이동되었다. 거기서 나는 예절 바르게 환영받았으나, 더 이상 아무런 정보도 없었다. 사령관의 지침은 나를 벨기에 연안의 특정 지점에 내려 주는 것이었다. 그는 그 밖에는 또 알지 못했고 또 알 필요도 없었다.

모든 일이 꿈만 같았다. 한 가지 내가 굳게 매달린 생각은 이 모두가 푸아로가 짠 계획의 일부일 거라는 믿음이었다. 나는 그저 죽은 친구를 믿고서 무작정 앞으로 나아가기만 하면 되었다.

지정된 장소에서 제대로 하선했다. 나를 기다리는 자동차가 있었고, 곧 나는 평평한 플랑드르 평원을 가로지르며 달리고 있었다. 그날 밤 나는 브뤼셀에 있는 작은 호텔에서 묵었다. 다음 날 우리는 다시 달렸다. 나무와 언덕이 많은 것으로 보아 아르덴숲으로 들어가고 있음을 알 수 있었다. 그때 갑자기 푸아로가 스파에 사는 형제가 있다고 한 말이 기억났다.

하지만 우리는 스파로 가지는 않았다. 주도로에서 벗어나서 잎이 우거진 언덕의 은둔처로 구불구불 달리다가 마침내 작은 마을에 도착하여 산허리에 높게 있는 외딴 흰색 저택에 이르렀다.

내리려 하자 문이 열렸다. 나이 든 남자 하인이 문 앞에서 고개를 숙인 채 서 있었다.

하인이 프랑스어로 말했다.

"무슈 르 카피텐, 헤이스팅스 대위님이십니까? 기다리고 있었습니다. 저를 따라오십시오."

하인은 홀을 가로질러 문을 활짝 열더니 옆으로 비켜서서 내가 지나갈 수 있게 해 주었다.

나는 잠시 눈을 깜빡거렸다. 방이 서향인 데다 오후 햇살이 쏟아져 들어오고 있었기 때문이다. 시야가 밝아지자 한 사람이 팔을 벌린 채 나를 환영하려고 기다리는 모습이 눈에 들어왔다.

오, 믿어지지 않는 일이었지만, 믿을 수 없는 일이었지만…… 꿈이 아니었다!

"푸아로!"

나도 이번에는 나를 당혹스럽게 하던 포옹을 피하지 않았다.

"그래, 그래. 정말 나라고! 에르퀼 푸아로를 그리 쉽게 죽일 수야 없지!"

"하지만 푸아로, 왜죠?"

"뤼즈 드 게르(전략)이지, 이 친구야, 뤼즈 드 게르. 이제 대반격을 위한 준비를 다 끝냈어."

"하지만 나한테는 말해 줬어야죠!"

"아니야, 헤이스팅스. 그럴 수 없었어. 말했다면 장례식에서 그런 연기는 천년이 가도 할 수 없었을 거야. 그건 정말 완벽했어. 빅 포에게 확신을 주지 않을 수 없었다고."

"하지만 내가 겪은 일들은……."

"너무 무정하다고 생각하지 마. 부분적으로는 자네를 위해서 이렇게 한 거니까. 나는 목숨을 바칠 각오가 되어 있었지만, 자네 목숨을 계속해서 위태롭게 하는 건 마음이 편치 않았거든. 그래서 폭발이 일어난 후에 반짝이는 아이디어를 생각해 낸 거야. 선량한 리지웨이, 그가 한몫했지. 내가 죽으면 자네는 남미로 돌아가야 했어. 하지만 몬 아미, 자네가 그렇게 할 리가 없었지. 결국 변호사의 편지를 만들어서 복잡한 절차를 거쳐야 한 거고. 하지만 어찌 되었든 헤이스팅스가 여기 왔잖아. 그게 중요한 거지. 이제 우리는 이곳에서 잠복한 채로 최후의 대규모 쿠(공격)를 감행할 때를, 빅 포를 마지막으로 타도할 때를 기다리는 거야.”

4인자가 속임수에 성공하다

우리는 아르덴숲의 조용한 은둔지에서 세상에서 일어나고 있는 일들의 추이를 지켜보았다. 신문은 넘쳐났고, 푸아로는 날마다 봉투 한 다발을 받았는데 일종의 보고서가 담긴 게 분명했다. 푸아로는 내게 절대로 그 보고서를 보여 주지 않았지만 나는 그 태도에서 보고서가 만족스러웠는지 아닌지 대개는 알아낼 수 있었다. 푸아로는 현재 계획만이 성공이라는 왕관을 쓸 수 있는 방법이라는 믿음을 결코 꺾지 않았다.

하루는 푸아로가 말했다.

"사소한 점인데, 헤이스팅스. 자네가 죽으면 내 책임이라는 두려움이 떠나지 않았어. 그리고 그 때문에 신경이 예민해졌지. 마치 흥분한 고양이처럼 말이야. 하지만 이제는 만족해. 그자들이 남미에 도착한 헤이스팅스 대위가 가짜임을 발견한다고 해도, 아니 발견하리라고는 생각하지도 않아. 자네를 개인적으로 아는 공작원을 그곳에 보내지는 않을 테니까. 단지 헤이스팅스가 스스로 교활한 수단을 써서 자기들을 기만하려는 줄로만 믿고서 어디에 있는지 발견하려고 진지하게 주의를 기울이지는 않을 거야. 한 가지 중대한 사실, 내가 죽었다는 사실을 그자들은 철저히 믿고 있어. 그자들은 전진하면서 계획을 완성할 거야."

"그런 다음에는요?"

내가 궁금해서 물었다.

"그런 뒤에는 몬 아미, 에르퀼 푸아로가 대망의 부활을 하는 거지! 아슬아슬한 순간에 나타나 모두를 혼란에 빠뜨린 후 나만의 독특한 방법으로 엄청난 성공을 이뤄 내는 거야!"

나는 푸아로의 허영심이 어떤 공격도 견뎌 낼 수 있는 단단한 것임을 깨달았다. 한두 번 정도 적이 게임에서 승리했던 적이 있음을 상기시켜 주었지만, 자신의 방법에 대한 에르퀼 푸아로의 열정을 누그러뜨릴 수는 없을 듯했다.

"그건 헤이스팅스, 카드놀이할 때 쓰는 작은 속임수와 같은 거야. 당연히 본 적이 있겠지? 잭 네 장을 흩어 놓는 거야, 하나는 카드 한 벌 위에, 하나는 아래에…… 그런 다음 반으로 쪼개서 섞으면 모두가 다시 뒤섞이는 거지. 그게 내 목적이야. 지금까지 나는 빅 포 가운데 한 사람과 맞서 싸우다가 다시 다른 사람과 맞서 싸웠어. 하지만 카드 한 벌에 잭 네 장이 다 들어 있듯, 모두를 하나로 합해 놓은 뒤 일격으로 모두 없애 버리는 거야!"

"그자들을 어떻게 한데 모을 생각인데요?"

"중대한 순간을 기다리면 돼. 잠복한 채로 그자들이 공격할 준비가 될 때까지."

"아주 오래 기다려야 할지도 모른다고요."

내가 투덜거렸다.

"항상 조급하군, 선량한 헤이스팅스! 하지만 그렇게 길지 않을 거야. 그자들이 유일하게 두려워하던 남자인 내가 사라졌으니. 길어야 두세 달이면 돼."

사라졌다는 푸아로의 말에 잉글스와 그의 비극적인 죽음이 떠올랐다. 그러고 보니 세인트자일스 병원에서 죽어 가던 중국인에 대해 푸아로에게 이야기한 적이 없다는 사실이 기억났다.

푸아로는 내 이야기에 열심히 귀를 기울였다.

"잉글스의 하인 말이지? 그런데 그 하인이 말한 단어 몇 개가 이탈리아어였다고? 재미있군."

"그래서 빅 포가 미끼를 던진 게 아닌가 하고 의심한 거죠."

"그 추론은 틀렸어, 헤이스팅스. 회색의 뇌세포를 활용하라고. 적이 헤이스팅스를 속이려고 했다면, 그 중국인은 이해할 수 있는 피진 영어(영어를 못하는 사람이 의사소통을 위해 쓰는 단순한 형태의 혼합어 ─ 옮긴이)로 말했을 게 틀림없어. 아냐, 그 메시지는 진짜야. 들은 걸 다시 말해 보지?"

"우선 헨델의 라르고를 언급했고, 다음으로 '카로차' 비슷한 말을 했어요. 그거 마차 맞죠?"

"다른 건?"

"음, 마지막에 카라인지 어떤 여자 이름 같은 걸 웅얼거렸어요. 지아였던가……. 하지만 그게 나머지와 연관이 있다고는 생각하지 않아요."

"헤이스팅스야 그리 생각하지 않겠지. 카라 지아는 아주 중요해, 정말 중요하다고."

"내 눈에는……."

"친애하는 친구, 제대로 보는 법이 없구먼. 게다가 영국인은 지리를 전혀 몰라요."

"지리요? 지리가 이것하고 무슨 상관이 있다고요?"

"토머스 쿡 씨라면 좀 더 그럴듯한 말을 했으리라고 감히 말하겠네."

늘 그렇듯, 푸아로는 더 이상 말하지 않으려 했다. 가장 짜증스러운 기질이었다. 하지만 나는 푸아로의 태도가 대단히 유쾌해졌음을 알아차렸다. 마치 점수라도 따낸 듯.

날짜는 지나갔고, 다소 단조롭기는 했지만 유쾌했다. 저택에는 책이 많았고, 기분 좋은 산책로도 널려 있었지만, 나는 하는 일 없이 지내야만 하는 생활에 때때로 안달하면서 푸아로가 차분히 만족하는 모습에 놀랐다. 조용한 우리 생활을 어지럽히는 것은 없었다. 6월 말이 되어서야, 그렇다고는 해도 푸아로가 이야기한 기한보다 한참 전이었지만, 우리는 빅 포의 소식을 들었다.

어느 날 이른 아침에 차가 한 대 저택으로 들어왔다. 평화로운 생활을 하던 내게는 매우 특별한 사건이어서 호기심을 해소하려고 서둘러 아래로 내려갔다. 푸아로는 벌써 내 나이 또래의 유쾌하게 생긴 젊은 친구와 이야기를 하고 있었다.

푸아로가 나를 소개했다.

"이쪽은 하비 대위야, 헤이스팅스. 첩보부에서 가장 유명한 사람이지."

"전혀 유명하지 않을 텐데요."

젊은이가 유쾌하게 웃으며 말했다.

"잘 아는 사람들 사이에서만 유명하다고 했어야 하나. 하비 대위의 친구와 지인들은 대부분 대위를 상냥하지만 어리석은 젊은이라고 여기지. 폭스트롯인지 뭔지 하는 춤에만 빠져 있다면서 말이야."

우린 둘 다 웃었다.

푸아로가 말했다.

"자, 자, 본론으로 들어가지. 때가 되었다고 생각한다는 말인가, 그럼?"

"확실합니다. 중국은 얼마 전에 정치적으로 고립되었습니다. 거기서 어떤 일이 일어나는지 아무도 모릅니다. 무선이든 뭐든 어떤 소식도 일절 들려오지 않고 완전히 두절된 채 감감무소식입니다!"

"리창옌은 손에 쥔 패를 꺼내 들었고…… 나머지는?"

"에이브 릴런드는 일주일 전에 영국에 도착했고, 어제 유럽 대륙으로 떠났습니다."

"마담 올리비에는?"

"마담 올리비에는 어젯밤에 파리를 떠났습니다."

"이탈리아로?"

"이탈리아 맞습니다. 저희가 판단하기로는 두 사람 다 선생님이 말씀하셨던 휴양지로 향하고 있습니다. 어떻게 그곳을 아셨는지는 모르겠지만……."

"아, 그건 자랑할 거리도 못 돼! 여기 헤이스팅스가 알아낸 거니까. 헤이스팅스는 자기 지능을 감추지, 무슨 말인지 알지 모르겠지만 심오한 이야기지."

하비가 매우 고마워하며 나를 바라봐서 다소 불편했다.

"자, 준비가 끝났군. 때가 왔어. 계획한 대로 준비됐겠지?"

푸아로가 말했다. 이때 푸아로는 창백했고, 정말로 진지했다.

"선생님이 시키신 것은 모두 실행했습니다. 이탈리아, 프랑스, 영국 정부가 선생님을 지지하고, 모두 조화롭게 움직이고 있습니다."

"사실 이건 새로운 앙탕트(협약)야. 데자르도 수상이 마침내 설득되었다니 기쁘군. 에 비앵(자), 그러면 우리도 시작할까? 아니, 내가 시작해야지. 헤이스팅스는 여기 있어. 그래, 부탁이야. 친구, 진실로, 진지하게 하는 말이야."

푸아로가 메마르게 말했다.

나는 푸아로를 믿지만, 그런 식으로 남겨지는 건 승낙할 수 없었다. 우리 논쟁은 짧았지만 단호했다.

결국 우리는 함께 기차를 타고 파리로 향했다. 푸아로는 그제야 내가 그렇게 결정해서 기쁘다고 털어놓았다.

"헤이스팅스가 맡아야 할 역할이 있거든. 중요한 배역이지! 헤이스팅스가 없으면 실패할지도 몰라. 그렇지만 남으라고 다그치는 게 내 의무라고 생각했거든.”

“그럼 위험한 건가요?”

“몬 아미, 빅 포가 있는 곳에는 늘 위험이 따라다닌다고.”

파리에 도착하자마자 우리는 가르 드 레스트(동역)로 차를 타고 갔다. 푸아로는 마침내 우리 목적지가 볼차노와 이탈리아령 티롤이라고 공표했다.

하비가 차량에서 나가고 없는 틈을 타서 나는 푸아로에게 왜 회합 장소를 알아낸 것이 나라고 말했는지 물었다.

“그건 친구, 잉글스가 어떻게 그 정보를 알게 되었는지는 모르겠지만 여하튼 알아냈고, 하인을 통해 우리에게 보냈지. 몬 아미, 우리는 지금 카러제 호수로, 그러니까 새로운 이탈리아 이름으로는 ‘라고 디 카레차’로 가고 있다고. 이제 자네가 말한 ‘카라 지아’가 어디서 나온 건지, 또 ‘카로차’와 ‘라르고’가 어디서 나온 건지 알겠지? 헨델은 자네가 상상으로 만들어 낸 거고. 아마도 잉글스 씨의 ‘손(hand)’에서 나온 정보를 언급했는데 거기서 연상 작용이 시작됐겠지.”

“카러제? 들어 본 적 없는데요.”

“내가 영국인들은 지리를 전혀 모른다고 항상 말하잖아. 사실 그곳은 유명하고 아주 아름다운 여름 휴양지야. 돌로미테 알프스의 심장부 1.2킬로미터 고지에 있어.”

“그럼 그 외딴 곳에서 빅 포가 회합을 한다고요?”

“그자들의 본부라고 하는 편이 낫겠지. 신호는 떨어졌고, 세상에서 사라져서 산중 요새에서 명령을 내리는 게 그자들의 의도야. 조사해 봤는데, 암석과 광물 채석이 그곳에서 일어나고 있고, 소규모 이탈리아 기업인 게 틀림없어 보이는 관련 회사는 실제로 에이브 릴런드가 움직이고 있었어. 난 그자들이 산 심장부를 파내서 아무도 접근하지 못할 비밀스러운 거대 지하 거주지를 만들었다고 맹세할 수도 있다고. 거기서 조직 지도자들이 무선으로 각국에 파견된 수천 명의 추종자들에게 지령을 내리는 거지. 그리고 바로 돌로미테산맥에서 세상의 지배자가 나타날 거야. 그러니까 에르퀼 푸아로가 아니었다면 그렇게 될 거라는 말이지.”

“정말로 그걸 모두 믿는 거예요, 푸아로? 문명의 이기와 군대는 뭘 하고요?”

“러시아의 경우는 어땠고, 헤이스팅스? 이건 러시아 사태보다 엄청나게 큰 일이 될 거라고. 게다가 더 위협적인 것도 있어. 마담 올리비에의 실험은 발표된 것보다 훨씬 진전되었어. 내 생각에 마담은 어느 정도까지 원자력 에너지를 방출해서 원하는 대로 제어하는 데 성공했어. 대기 중 질소를 이용한 실험도 아주 탁월했고. 마담은 또 무선 에너지를 집중하는 실험도 했어. 엄청난 강도의 빔을 지정된 장소에 모으는 실험이지. 정확히 얼마나 진전이 있었는지는 아무도 모르지만, 지금까지 알려진 것보다 훨씬 많이 나아간 것은 분명해. 마담 올리비에는 천재야. 퀴리 부부는 올리비에에 비하면 새 발의 피야. 그런 천재성에 릴런드의 무한한 경제력이 더해지고, 거기에 지금까지 최고로 교활한 범죄자인 리창옌의 두뇌까지 가세해

서 지시하고 계획을 짜는 거라고. 에 비앵(음), 그건 자네가 말하는
문명 국가들에도 쉬운 일이 아닐 거야."

푸아로의 말을 듣고 나는 깊은 생각에 빠졌다. 푸아로는 때때는
과장해서 말하는 경향이 있기는 해도 진짜로 난리법석을 떠는 사람
은 아니었기 때문이다. 나는 처음으로 우리가 얼마나 무모한 싸움
에 뛰어들었는지 깨달았다.

하비가 곧 다시 합류하여 우리는 길을 떠났다.

정오 즈음 볼차노에 도착했다. 거기서부터는 차를 타고 가야 했
다. 커다란 파란색 자동차 몇 대가 중앙 광장에 서서 기다리고 있었
다. 우리 셋은 그중 하나를 잡아탔다. 푸아로는 햇볕이 뜨거운데도
커다란 코트와 스카프로 눈만 남기고 감쌌다. 눈과 귀 윗부분만 보
였다. 나는 이것이 단지 감기에 걸릴까 하는 걱정이 과해서 대비하
느라 그런 것이라고만 생각했다.

자동차 여행은 두어 시간 걸렸다. 정말 멋진 여행이었다. 처음에
는 한쪽으로 물이 똑똑 떨어지는 폭포가 있는 거대한 낭떠러지를
끼고 구불구불 달렸다. 그러고는 비옥한 계곡으로 들어가서 몇 킬
로미터 계속 달리다가, 다시 위로 꾸준히 구불구불 올라가니 기슭
에 소나무가 밀집해 있고 그 위로 바위 봉우리들이 마침내 모습을
드러내기 시작했다. 모든 게 자연 그대로였고 멋졌다. 마지막으로
솔숲을 지나는 길에 급커브가 연달아 나타나더니 갑자기 커다란 호
텔이 등장했다. 그것을 보니 목적지에 도착했음을 알 수 있었다.

우리 방은 예약이 되어 있었다. 우리는 하비의 안내에 따라 방으

로 곧바로 올라갔다. 방은 바위가 많은 봉우리와 기슭에서 거기까지 이어지는 소나무 숲이 정면으로 보이는 곳이었다. 푸아로는 그쪽을 향해 몸짓을 했다.

"저긴가요?"

푸아로가 낮은 음성으로 물었다.

"네. 펠젠라비린트(바위 미로라는 뜻 ─ 옮긴이)라 불리는 곳이 있습니다. 모두 커다란 둥근 돌을 환상적으로 쌓아 만든 것입니다. 그 자들에게로 가는 구불구불한 길이겠지요. 채석은 그 오른편에서 하는데, 출입구는 아마도 펠젠라비린트에 있지 않을까 합니다."

하비가 대답했다. 푸아로가 고개를 끄덕이더니 내게 말했다.

"이리 와, 몬 아미. 테라스에 내려가서 햇볕을 즐기자고."

"그래도 괜찮겠어요?"

내가 묻자 푸아로가 어깨를 으쓱했다.

햇살은 믿기 어려울 정도였다. 사실 내게는 너무 강했다. 우리는 차 대신 크림을 넣은 커피를 마시고서 위층으로 올라가 얼마 안 되는 짐을 풀었다. 푸아로는 어느 때보다 접근하기 어려운 분위기를 보이며 일종의 공상에 빠져 있었다. 한두 차례인가 고개를 흔들며 한숨을 쉬기도 했다.

나는 볼차노에서 우리와 같이 내려서 개인 자동차를 타고 간 한 남자에게 다소 흥미가 생겼다. 그는 키가 작은 남자였는데, 한 가지 내 주의를 끌어당긴 점은 푸아로만큼이나 얼굴을 감싸고 있었다는 사실이었다. 게다가 커다란 코트와 머플러 외에도 큰 파란색 안

경을 끼고 있었다. 나는 빅 포의 간첩을 만난 거라고 확신했다. 푸아로는 내 생각에 별로 관심이 끌리지 않는 듯했다. 하지만 내가 침실 창문 바깥쪽으로 몸을 기울이다가 그 의문의 남자가 호텔 근처에서 거닐고 있는 걸 발견하고 다시 말하자, 푸아로는 뭔가 있을지 모른다고 인정했다.

나는 푸아로에게 내려가서 저녁을 먹지 말자고 주장했지만, 푸아로는 먹겠다고 고집을 부렸다. 우리는 조금 늦게 식당으로 들어가서 창가 자리로 안내받았다. 자리에 앉을 때, 탄성이 들려옴과 동시에 접시 떨어지는 소리가 들려 그쪽으로 정신이 쏠렸다. 어느 웨이터가 우리 건너편 탁자에 앉은 남자에게 완두콩 요리를 쏟았다.

수석 웨이터가 와서 떠들썩하게 사과했다.

잠시 후 잘못을 저지른 웨이터가 우리에게 수프를 가지고 오자, 푸아로가 말을 걸었다.

"불운한 사고였군요. 하지만 당신 잘못은 아니에요."

"무슈, 보셨습니까? 네, 제 잘못은 아니었습니다. 저 신사분이 자리에서 갑자기 일어났거든요. 저를 공격하기라도 하는 줄 알았습니다. 저로서는 난리를 피할 수가 없었습니다."

푸아로의 눈이 익숙한 초록빛으로 빛났다. 웨이터가 가고 나자 푸아로가 낮은 목소리로 말했다.

"알겠어, 헤이스팅스, 에르퀼 푸아로가 미치는 영향을, 생생하게 직접?"

"무슨 생각을……."

말을 계속할 시간이 없었다. 푸아로의 손이 내 무릎에 닿는 게 느껴졌고, 푸아로가 흥분하여 속삭였다.

"보라고, 헤이스팅스, 보란 말이야. 저 사람이 빵 가지고 장난하는 거! 4인자야!"

과연, 우리 탁자 옆에 앉은 남자는 얼굴이 특이할 정도로 창백했는데, 작은 빵 조각으로 탁자 여기저기를 기계적으로 두드리고 있었다.

나는 그자를 유심히 관찰했다. 얼굴은 깨끗하게 면도를 한 데다 부풀어 오른 듯 통통하고 창백하고 건강이 좋지 않은 혈색이었으며, 눈 밑은 무겁게 처져 있었고 코에서부터 양쪽 입가로 주름이 깊게 파여 있었다. 나이는 서른다섯에서 마흔다섯 사이 어디라 해도 좋아 보였다. 4인자가 예전에 가장했던 인물들 가운데 그 누구와도 딱히 닮은 점은 없었다. 역시 빵을 갖고 노는 버릇이 아니었다면(4인자 자신은 전혀 모르는 듯했지만) 거기에 앉은 남자가 생전 처음 보는 사람이라고 쉽사리 맹세했을 것 같았다.

"그자가 푸아로를 알아봤어요. 여기 오지 말았어야 하는 건데."

내가 중얼거렸다.

"대단한 헤이스팅스, 내가 석 달 동안 죽은 체한 건 오직 이걸 위해서였다고."

"4인자를 놀라게 하려고요?"

"재빠르게 움직여야 하거나, 그렇게 못 하면 전혀 움직이지 말아야 할 순간에 그자를 놀라게 하는 거지. 게다가 우리에게는 크게 유리한 점이 있어. 그자는 우리가 자기를 알아본다는 사실을 몰라. 아마 새로운 변장을 했으니 안전하다고 생각할 거야. 그 작은 버릇을 알려 준 플로시 먼로를 어떻게 축복해 줘야 하나.”

“이제 어떻게 되는 거죠?”

“어떻게 되겠어? 그자는 자기가 두려워하는 유일한 남자를 알아봤어. 기적과 같이 죽음에서 살아난 거지. 그것도 빅 포의 계획이 성공할지 아닐지가 결정될 바로 그 순간에. 마담 올리비에와 에이브 릴런드는 오늘 점심을 여기서 먹었고, 아마 코르티나로 간 것 같아. 우리는 단지 그 두 사람이 은신처로 돌아갔다는 점만 알 뿐이지. 우리는 얼마나 알고 있을까? 바로 그게 4인자가 지금 자문하고 있는 거야. 감히 위험을 감수할 수는 없겠지. 나를 어떤 식으로든 제압하려고 할 거야. 뭐, 어디 한번 에르퀼 푸아로를 제압해 보라지! 만반의 대비를 해 둘 테니.”

푸아로가 말을 마치자 옆 탁자에 앉은 남자가 일어서서 나갔다.

“뭔가 자질구레한 준비를 하려고 나갔군. 테라스에서 커피나 한 잔할까, 친구? 그러면 기분이 더 좋아질 거야. 올라가서 코트 가져올게.”

푸아로가 차분하게 말했다.

나는 테라스로 나갔지만 마음은 약간 혼란스러웠다. 푸아로의 확언이 그다지 안심이 되지 않았다. 하지만 조심만 한다면 아무 일도 일어날 수 없을 터였다. 나는 경계를 철저히 하겠다고 다짐했다.

푸아로는 5분도 되지 않아서 테라스로 왔다. 평소처럼 추위에 대비한 듯 귀까지 가렸다. 푸아로는 내 옆에 앉아서 음미하듯 커피를 홀짝거렸다.

"커피는 영국에 있을 때만 지독하단 말이지. 대륙에서는 커피를 제대로 만드는 게 소화에 무척 중요하다는 걸 사람들이 알거든."

푸아로가 말을 마칠 때, 갑자기 옆 탁자에 앉아 있던 남자가 테라스에 나타났다. 그자는 주저하지 않고 다가오더니 우리 탁자에 의자를 하나 가지고 왔다.

"여기 앉아도 괜찮을까요?"

그자가 영어로 말을 걸자 푸아로가 대꾸했다.

"물론입니다, 무슈."

나는 정말 불안했다. 사람들로 온통 둘러싸인 호텔 테라스에 있는데도 만족스럽지 않았다. 나는 위험을 감지했다.

한편 4인자는 완벽히 자연스러운 태도로 잡담을 했다. 믿기 어려울 정도로 진정한 여행자의 모습이였다. 유람과 자동차 여행을 이야기했고, 그 지역에 상당한 권위자인 척했다.

그자는 주머니에서 파이프를 꺼내어 불을 붙였다. 푸아로도 자그마한 담배 케이스를 꺼냈다. 푸아로가 입술에 담배를 물자 그자가 성냥을 들고 몸을 앞으로 기울였다.

"제가 붙여 드리지요."

그때 아무 경고도 없이 갑자기 불이 모두 나가 버렸다. 유리가 댕그랑거리는 소리가 들렸고, 뭔가가 코 밑에서 톡 쏘는 듯하더니 나를 질식시켰다.

펠젠라비린트에서

내가 의식을 잃은 건 1분도 채 되지 않았을 것이다. 나는 두 남자에게 끌려가는 와중에 의식을 찾았다. 그들은 내 양팔을 붙잡아 무게를 지탱하고 있었고, 내 입에는 재갈이 물려 있었다. 칠흑같이 어두웠지만, 나는 우리가 바깥이 아니라 호텔을 지나가고 있다는 걸 추측할 수 있었다. 주위에서 사람들이 전깃불이 어떻게 된 거냐며 온갖 언어로 소리치고 요구하는 소리가 들려왔다. 납치자들은 나를 치켜들고 계단을 내려갔다. 우리는 지하 통로를 지나갔고, 그런 뒤에 문을 통과하고 다시 호텔 뒤 유리문을 통해 바깥으로 나왔다. 잠시 후에는 소나무에 몸을 숨길 수 있었다.

나는 나와 비슷한 곤경에 빠진 또 다른 사람을 흘긋 보고서야 푸아로마저도 이 대담한 공격의 희생양이 되었음을 알았다.

순전히 대담함 덕분에 4인자는 승리했다. 내 추측에 4인자는 즉

석 마취약, 아마도 염화에틸 소량을 우리 코 밑에서 부숴뜨린 것 같았다. 그러고는 어둠 때문에 혼란해진 틈을 타, 옆자리에 앉아 있었을 공범자들을 시켜 우리 입에 재갈을 물린 뒤 추적을 따돌리기 위해 호텔을 가로질러 황급히 데리고 나왔을 것이다.

그 후 한 시간 동안 어떻게 됐는지는 설명할 수가 없다. 우리는 무모한 속도로 숲을 통과하면서 계속해서 위로 올라갔다. 이윽고 산기슭의 트인 공간이 나타났고, 환상적인 바위와 둥근 돌을 모아 만든 대단한 복합물이 눈에 들어왔다.

하비가 말했던 펠젠라비린트가 틀림없었다. 곧 우리는 그 안을 구불거리며 지나갔다. 그곳은 마치 사악한 정령이 만들어 둔 미로 같았다.

갑자기 멈췄다. 거대한 바위가 우리 길을 가로막았던 것이다. 한 남자가 멈춰서 뭔가를 누르자 거대한 바윗덩어리가 소리 없이 저절로 돌아가더니 산기슭으로 들어가는 터널 같은 작은 길이 드러났다.

우리는 서둘러 안으로 끌려갔다. 터널 안은 얼마 동안 좁았으나 곧 넓어졌고, 얼마 지나지 않자 전깃불을 밝힌 넓은 바위 방으로 들어갔다. 그때 재갈이 풀렸다. 조롱하듯 의기양양한 얼굴로 우리를 마주 보고 서 있던 4인자가 손짓하자 수하들이 우리 몸을 탐색하여 주머니에서 푸아로의 작은 자동 소총을 비롯한 모든 물건을 제거했다.

총이 탁자에 던져지는 순간 고통이 나를 엄습했다. 우리는 패했다. 절망적으로 패배했고 숫자에서도 압도되었다. 끝이었다.

"빅 포의 본부에 온 것을 환영합니다, 무슈 에르퀼 푸아로. 다시 만나다니 뜻하지 않은 즐거움이군요. 하지만 기껏 이렇게 되려고 무덤에서 돌아올 필요가 있었습니까?"

4인자가 조롱하는 목소리로 말했다.

푸아로는 대답하지 않았다. 나는 푸아로를 쳐다볼 엄두가 나지 없었다.

4인자가 말을 이었다.

"이리 오시지요. 당신이 여기 온 것은 우리 동료들에게 조금 놀라운 일일 것입니다."

4인자는 벽에 난 좁은 통로를 가리켰다. 그곳을 지나가니 또 다른 방이 나타났다. 그 끝에는 탁자 하나와 의자 네 개가 놓여 있었다. 마지막 의자는 비어 있었으나 중국 실력자의 망토가 둘려 있었다. 두 번째 의자에는 시가를 입에 문 에이브 릴런드가 있었다. 세 번째 의자에는 타오르는 눈과 수녀 같은 얼굴의 마담 올리비에가 기대앉아 있었다. 4인자는 네 번째 의자에 가서 앉았다.

우리는 빅 포 앞에 있었다.

빈 의자를 보는 순간 나는 그 어느 때보다도 리창옌이라는 존재가 실재함을 온전히 느꼈다. 리창옌은 먼 중국에 있으면서도 이 사악한 조직을 통제하고 지휘했다.

마담 올리비에는 우리를 보자 희미하게 탄성을 질렀다. 릴런드는 좀 더 자제한 채로 단지 시가를 옆으로 옮기고 백발의 눈썹을 씰룩거릴 뿐이었다.

릴런드가 천천히 말했다.

"무슈 에르퀼 푸아로! 놀랍고도 즐거운 일이로군. 당신은 우리를 제대로 속여 먹었지. 우리는 당신이 정말 죽은 줄 알았어. 그렇지만 이제 게임은 끝났다."

릴런드의 목소리에는 무쇠 같은 울림이 있었다. 마담 올리비에는 아무 말도 하지 않았지만, 눈은 불타올랐다. 나는 그녀가 천천히 웃는 모습이 싫었다.

"마담, 그리고 메슈, 오늘 저녁 잘 보내기 바랍니다."

푸아로가 조용히 말했다.

예상치 못한, 기대하지 못한 뭔가가 그의 목소리에 묻어 있어 나는 그를 쳐다보았다. 푸아로는 상당히 침착해 보였다. 하지만 전체적으로 뭔가 다른 것이 있었다.

그때 우리 뒤에서 커튼이 흔들리더니 베라 로사코프 백작 부인이 들어왔다.

"아! 우리의 귀하고 믿을 만한 부관. 당신의 옛 친구가 여기 있습니다. 친애하는 부인."

4인자가 말했다.

백작 부인은 평소처럼 격한 동작으로 휙 돌아보더니 외쳤다.

"오 이런! 땅딸보 씨잖아! 아! 마치 고양이처럼 목숨이 아홉 개인가 보군! 오, 땅딸보 씨, 땅딸보 씨! 왜 이 일에 끼어든 거예요?"

"마담."

푸아로가 고개를 숙이며 말했다.

"나는 마치 위대한 나폴레옹처럼, 거대한 군대를 내 편으로 두고 있지요."

푸아로가 말할 때 나는 백작 부인의 눈에 갑자기 의심이 번득이는 걸 보았고, 그와 동시에 무의식적으로 감지했던 진실을 깨우쳤다.

내 옆에 있는 사람은 에르퀼 푸아로가 아니었다.

푸아로와 매우 닮았지만, 놀랄 만큼 닮았지만. 달걀형 머리도 같고, 점잔 빼는 모습도 같고, 미묘하게 포동포동한 체형도 같았다. 다만 목소리가 달랐고, 눈은 초록이 아니라 검었다. 콧수염도…… 그 유명한 콧수염 맞는데?

내 생각은 백작 부인의 목소리 때문에 중단되었다. 부인은 앞으로 걸어갔고, 목소리는 흥분으로 울리고 있었다.

"당신은 속았어요. 이 남자는 에르퀼 푸아로가 아니에요!"

4인자는 믿을 수 없다는 듯 탄성을 내뱉었지만, 백작 부인은 앞으로 몸을 기울여 푸아로의 콧수염을 잡아뗐다. 수염이 부인 손에 떨어져 나왔다. 그러고 나니 정말로 진실이 눈앞에 드러났다. 이 남자의 윗입술에 나 있는 작은 흉터 때문에 인상이 완전히 다르게 보였던 것이다.

"에르퀼 푸아로가 아니잖아. 그렇다면 누구란 말이야?"

4인자가 중얼거렸다.

"난 알아."

내가 갑자기 외치고는 모든 걸 망칠까 봐 두려워 죽은 듯이 입을 다물었다.

하지만 내가 푸아로라고 부른 그 남자는 괜찮다는 듯 나를 바라보았다.

"말하고 싶으면 해. 이젠 상관없어. 계략은 성공했어."

"이 사람은 아킬 푸아로야. 에르퀼 푸아로의 쌍둥이 형제지."

"말도 안 돼."

릴런드가 날카롭게 말했지만 동요하고 있었다.

"에르퀼의 계획은 놀라울 정도로 성공했다."

아킬이 차분히 말했다.

4인자가 앞으로 뛰어나갔다. 그 목소리는 거칠고 위협적이었다.

"성공했다고? 얼마 후면 죽을 거라는 걸 알지 못하겠나? 죽는다고!"

4인자가 으르렁댔다.

"알지. 그건 나도 안다. 성공을 얻어 내기 위해 목숨을 바치는 사람도 있다는 걸 깨닫지 못하는 건 바로 네놈이야. 전쟁에서 조국을 위해 목숨을 버린 사람들이 있지. 나도 마찬가지로 세상을 위해 내 목숨을 바칠 준비가 돼 있다."

아킬 푸아로가 무겁게 말했다.

바로 그때, 물론 내 목숨을 기꺼이 바칠 작정이긴 하지만 이런 일이 있을 거면 나와 의논을 해야 하지 않았나 하는 생각을 잠깐 했다. 하지만 푸아로가 뒤에 남으라고 설득하려 했음을 기억하고는 마음이 진정되었다.

"당신이 목숨을 버린다고 해서 세상이 어떻게 더 좋아진다는 소리인가?"

릴런드가 냉소적으로 물었다.

"당신은 에르퀼이 세운 계획의 진정한 본질을 인식하지 못하는 군. 먼저, 당신네 은둔처는 몇 달 전에 이미 알았고, 실제 거의 모든 방문자와 호텔 직원 등이 형사거나 첩보부 소속이었다. 산 주변에 경계선도 쳤고. 당신네가 도망칠 방법은 한 가지가 아니겠지만, 그렇다 해도 당신들은 도망치지 못해. 푸아로가 바깥에서 직접 작전을 지휘하고 있다. 내 부츠에는 오늘 밤 내가 에르퀼이 있는 테라스로 오기 전에 아니스 열매를 발라 두어서 냄새가 잔뜩 배어 있다. 사냥개들이 냄새의 흔적을 따라오고 있지. 개들은 틀림없이 입구가 있는 펠젠라비린트의 바위로 올 거다. 자, 하고 싶은 대로 하시지. 그물은 당신들 주변을 촘촘히 감싸고 있다. 도망갈 길은 없어."

마담 올리비에가 갑자기 소리 내어 웃었다.

"당신은 틀렸어요. 도망갈 길이 하나 있거든. 그리고 옛적의 삼손처럼 동시에 적까지 해치울 겁니다. 이제 어떻게 할 거죠, 친구?"

릴런드가 아킬 푸아로를 노려보며 쉰 목소리로 말했다.

"저자가 지금 거짓말하는 것 같아."

아킬이 어깨를 으쓱했다.

"한 시간 후면 새벽이다. 그러면 내 말이 맞는지 알게 되겠지. 사람들이 이미 펠젠라비린트 입구까지 나를 추적했을 것이다."

이렇게 말하는데 멀리서 웬 소리가 울려 퍼지고, 한 남자가 알아듣지 못할 말로 소리치며 달려왔다. 릴런드가 벌떡 일어서서 바깥으로 나갔다. 마담 올리비에는 방 끝으로 가서 내가 알아채지 못했던 문을 열었다. 그 안에는 내가 파리에서 봤던 실험실을 연상시키는 완벽한 실험실이 언뜻 보였다. 4인자 역시 벌떡 일어나 나갔다. 이윽고 푸아로의 권총을 들고 돌아와 백작 부인에게 건네며 험악하게 말했다.

"이자들이 도망칠 리는 없지만, 그래도 갖고 있는 편이 낫지."

그러고는 다시 밖으로 나갔다.

백작 부인은 우리에게 와서 잠시 동안 내 옆에 있는 남자를 주의 깊게 살폈다. 갑자기 부인이 웃었다.

"당신은 정말 교활하군요, 무슈 아킬 푸아로."

부인이 조롱하듯 말했다.

"마담, 우리 사업 얘기 좀 합시다. 그자들이 우리만 남겨 놓은 건 행운이에요. 가격이 얼마입니까?"

"이해가 안 가는군요. 무슨 가격 말인가요?"

"마담, 마담은 우리가 도망치도록 도와줄 수 있어요. 여기서 벗어나는 비밀 통로를 알잖아요. 다시 물어보지요. 얼마입니까?"

부인은 이번에도 웃었다.

"당신이 치를 수 있는 수준이 아니에요, 땅딸보 씨! 음, 온 세상의 돈을 다 준대도 나를 살 수는 없어요!"

"마담, 저는 돈 얘기를 하는 게 아닙니다. 저는 똑똑한 사람입니다. 하지만 이건 사실이지요. 돈으로 움직일 수 없는 사람은 없다! 목숨과 자유를 준 대가로 마담이 소망하는 바를 이뤄 주지요."

"그럼 당신은 마법사가 맞는군요!"

“원한다면 그렇게 불러도 좋아요.”

백작 부인은 갑자기 장난하는 듯한 태도를 버렸다. 부인은 참담하고 비통해하며 말했다.

“바보! 소망이라니! 내 적에게 복수해 줄 수 있나요? 젊음과 아름다움, 그리고 쾌활한 마음을 돌려줄 수 있나요? 죽은 자를 되살릴 수 있나요?”

아킬 푸아로는 부인을 매우 흥미롭게 지켜보았다.

“셋 중에 뭘 원하지요, 마담? 선택해 봐요.”

부인은 냉소적으로 웃었다.

“내게 생명의 영약이라도 주려나 보군요? 좋아, 당신과 거래를 하겠어요. 한때 내게는 아이가 있었어요. 내 아이를 찾아 줘요. 그러면 가게 해 주지요.”

“마담, 좋아요. 거래는 성사됐어요. 아이를 돌려보내 주지요. 바로 에르퀼 푸아로가 보증합니다.”

이번에도 이 기이한 여인은 웃었다. 이번에는 한참을 거칠 것 없이 웃었다.

“친애하는 무슈 푸아로, 내가 당신을 덫에 걸리게 한 것 같군요. 내 아이를 찾아 주겠다니 정말 친절하지만, 이봐요. 나는 당신이 성공하지 못할 것을 알기 때문에 이건 아주 불공평한 거래가 될 거예요, 아닌가요?”

“마담, 성스러운 천사에 걸고 맹세하건대 제가 당신 아이를 찾아 주겠어요.”

"내가 아까 물어봤지요, 무슈 푸아로. 죽은 자를 되살릴 수 있느
냐고."

"그러면 아이가……."

"죽었냐고요? 맞아요."

푸아로는 앞으로 걸어가 부인의 손목을 잡았다.

"마담, 내가, 지금 당신에게 말하는 이 제가 다시 한번 맹세합니
다. 죽은 자를 되살리겠어요."

부인은 마음을 빼앗긴 듯 푸아로를 응시했다.

"제 말을 믿지 못하는군요. 증명해 보이리다. 그자들이 내게서 가
져간 지갑을 가져와 봐요."

부인은 방에서 나가더니 지갑을 손에 들고 돌아왔다. 그러는 동
안에도 부인은 권총에서 손을 놓지 않았다. 나는 아킬 푸아로가 허
세로 부인을 속일 가능성은 희박하다고 느꼈다. 베라 로사코프 백
작 부인은 바보가 아니었다.

"열어 봐요, 마담. 왼쪽 편을 봐요. 그거예요. 이제 사진을 꺼내서
봐요."

미심쩍어하면서도 부인은 작은 스냅 사진을 꺼내 들었다. 사진을
보자마자 부인은 탄성을 지르고는 쓰러질 듯 휘청거렸다. 그러더니
푸아로에게 거의 달려들듯 다가갔다.

"어디예요? 어디죠? 말해 줘요. 어디예요?"

"우리 거래를 기억하겠지요, 마담."

"그래요, 그래, 믿겠어요. 빨리요, 그들이 돌아오기 전에."

부인은 푸아로의 손을 잡더니 재빠르고 조용하게 방에서 데리고 나갔다. 나도 따라갔다. 부인은 바깥쪽 방에서 우리가 처음 들어온 터널로 인도했지만, 그 길을 따라 조금 가자 갈래길이 나왔고 거기서 부인은 오른쪽으로 꺾었다. 계속해서 길이 갈라졌지만, 부인은 우리를 인도하면서 한 번도 더듬거리거나 우물쭈물하지 않고 계속 속도를 올렸다.

"제시간에만 도착한다면. 폭발이 일어나기 전에 밖으로 나가야 해요."

부인이 헐떡거렸다.

우리는 계속 뛰었다. 나는 이 터널이 산을 완전히 관통하고 있다는 것과 우리가 결국은 반대편에, 다른 계곡을 접한 곳에 다다를 것임을 알았다. 땀이 얼굴에서 흘러내렸지만 계속 뛰었다.

잠시 후 저 멀리에서 햇빛이 반짝거리는 게 보였다. 점점 가까워졌다. 푸른 덤불이 많아지는 게 보였다. 우리는 강제로 나무를 옆으로 치우며 길을 뚫었다. 다시 바깥으로 나오자 희미한 새벽빛이 모든 것을 장밋빛으로 물들였다.

푸아로가 말한 경계선은 정말 있었다. 우리가 나타나자, 세 사람이 우리에게 달려들었지만, 곧 다시 놀라 소리치며 우리를 풀어 주었다.

푸아로가 외쳤다.

"서둘러. 서둘러, 시간이 없어."

하지만 푸아로는 말을 마칠 수가 없었다. 발아래 땅이 흔들리고 진동하며 엄청난 굉음이 들리더니 산 전체가 무너지는 듯했다. 우리는 공중으로 내던져졌다.

마침내 정신이 돌아왔다. 나는 낯선 방, 낯선 침대에 있었다. 누군가 창가에 앉아 있었다. 그가 고개를 돌려 다가와 내 곁에 섰다.

그것은 아킬 푸아로…… 아니면, 잠깐, 그건…….

그 유명한 빈정대는 목소리가 내게 남은 모든 의심을 깨뜨렸다.

"그래, 친구, 맞아. 아킬은 집으로 돌아갔어. 신화의 나라로. 사실은 줄곧 나였어. 연기를 할 줄 아는 건 4인자만이 아니거든. 눈에는 벨라도나를 넣고, 수염은 희생하고, 그리고 진짜 상처, 그건 두 달 전에 나를 무척 고통스럽게 한 상처지. 그럼에도 4인자의 날카로운 눈을 속인다는 건 위험했어. 결국 최후의 한 방이 필요했는데, 그건 아킬 푸아로라는 사람이 실제로 있다는 자네의 지식과 믿음이었어! 자네 도움은 정말 귀중했어. 공격이 성공할 수 있었던 공의 절반은 자네 덕분이야! 모든 일의 핵심은 그자들이 에르퀼 푸아로가 여전히 전체를 지휘하고 있다고 믿게 하는 거였지. 그 외에는 모두 진짜였어. 아니스 열매도, 경계선도, 다른 것들도."

"하지만 왜 진짜 대리를 보내지 않았어요?"

"그러면 나더러 자네만 홀로 위험에 내던지라고? 날 뭘로 보는 거야! 게다가 나는 항상 백작 부인을 통해 빠져나가는 길을 찾을 수 있다고 믿었거든."

"도대체 어떻게 부인을 설득할 수 있었죠? 부인이 받아들이기에는 너무 뻔한 이야기였는데, 그 죽은 아이 이야기요."

"백작 부인은 자네보다 훨씬 통찰력이 있다고, 헤이스팅스. 부인은 처음에는 내 변장에 속았지만 곧 알아차렸어. '당신은 정말 교활하군요, 무슈 아킬 푸아로.'라고 말했을 때, 나는 부인이 진실을 추측했다는 걸 알았어. 그때가 아니었으면 비장의 수를 써먹지 못했겠지."

"죽은 자를 살린다는 그 시시한 이야기 말이에요?"

"그렇지. 그런데 말이야, 나는 줄곧 아이를 데리고 있었어."

"뭐라고요?"

"정말이라고! 내 신조 알지. 대비하라. 로사코프 백작 부인이 빅 포와 연루되었음을 알자마자 나는 부인의 내력에 관해 가능한 모든 걸 조사했지. 부인에게 죽은 것으로 알려진 아이가 있었다는 사실을 알아냈고, 또 이야기에 뭔가 모순이 있다는 것도 발견했어. 그래서 아이가 사실은 죽지 않은 게 아닌가 하고 의심하기에 이르렀지. 결국 나는 아이를 찾아내는 데 성공했고, 엄청난 돈을 지불하고서 아이를 데리고 있을 권리를 획득했어. 그 딱한 것은 거의 굶어 죽기 직전이었어. 내가 아이를 친절한 사람들과 함께 안전한 곳에 데려다 놓고, 새로운 환경에서 아이 사진을 찍었어. 그렇게 해서 때가 됐을 때 쿠 드 테아트르(대반전)를 준비해 둔 것이지!"

"정말 대단해요, 푸아로. 정말 대단해요!"

"나도 기뻤어. 내가 백작 부인을 아끼잖아. 폭발 때 부인이 사라져 버렸다면 유감스러웠을 거야."

"물어보기가 조금 겁났는데…… 빅 포는 어떻게 됐어요?"

"시신은 이제 모두 되찾았어. 4인자 시신은 거의 알아볼 수 없게
됐어. 머리가 산산조각 났거든. 그렇게 되지 않았으면 좋았을 것을.
확실히 하면 좋았을 텐데 말이지. 하지만 이제 지난 일이야. 여길 봐."

푸아로는 신문에 표시된 문단을 가리켰다. 신문에는 리창옌이 최
근에 혁명을 주도하다가 무참히 실패하자 자살해 숨졌다고 나와 있
었다.

푸아로가 무겁게 말했다.

"대단한 적수였는데. 그자와 나는 이승에서는 만날 수 없는 운명
이었나 봐. 그자는 여기서 일어난 참사 소식을 듣고서 가장 간단한
길을 택했지. 참 똑똑한 자였어, 친구, 똑똑했다고. 하지만 4인자의
얼굴을 봤으면 좋았을 거야……. 상상해 봐, 결국…… 그래, 공상이
겠지. 그자는 죽었어. 그래, 몬 아미. 우리는 함께 빅 포를 맞이해서
쓰러뜨렸어. 이제 자넨 어여쁜 아내에게 돌아가고, 나는 은퇴해야
지. 내 생애의 대사건이 끝났어. 이제 어떤 것도 대단치 않게 보일
거야. 그래, 은퇴해야지. 어쩌면 호박이나 기를지도 몰라! 결혼해서
정착할지도 모른다고!"

푸아로는 그 생각에 신나게 웃었지만, 어색한 느낌도 섞여 있었
다. 그렇게 됐으면…… 작은 남자는 항상 크고 화려한 여자에 감탄
하는 법이니까.

푸아로가 다시 말했다.

"결혼해서 정착한다…… 누가 알겠어?"

〈끝〉

옮긴이 | 김우열

서강대학교에서 철학과 역사학을 전공했고 현재 인트랜스 번역원의 전문번역가로 활동 중이다. 옮긴 책으로 『교황 베네딕토 16세 평전』, 『브라보! 마이 라이프』, 『논리는 힘이 세다』, 『Abs 다이어트』, 『2007 세계대전망』(공역) 등이 있다.

애거서 크리스티 전집

빅 포

3판 1쇄 찍음 2023년 8월 21일
3판 1쇄 펴냄 2023년 8월 28일

지은이 | 애거서 크리스티
옮긴이 | 김우열
발행인 | 박근섭
편집인 | 김준혁
펴낸곳 | 황금가지

출판등록 | 2009. 10. 8 (제2009-000273호)
주소 | 06027 서울 강남구 도산대로 1길 62 강남출판문화센터 5층
전화 | **영업부** 515-2000 **편집부** 3446-8774 **팩시밀리** 515-2007
홈페이지 | www.goldenbough.co.kr

도서 파본 등의 이유로 반송이 필요할 경우에는 구매처에서 교환하시고
출판사 교환이 필요할 경우에는 아래 주소로 반송 사유를 적어 도서와 함께 보내주세요.
06027 서울 강남구 도산대로 1길 62 강남출판문화센터 6층 민음인 마케팅부

© ㈜민음인, 2023. Printed in Seoul, Korea
ISBN 978-89-8273-725-1 04840
ISBN 978-89-8273-700-8 04840 (set)

㈜민음인은 민음사 출판 그룹의 자회사입니다.
황금가지는 ㈜민음인의 픽션 전문 출간 브랜드입니다.